10
18

12, AVENUE D'ITALIE. PARIS XIIIe

Sur l'auteur

Né à Berlin en 1948, Nicolas Remin a fait des études littéraires en Allemagne, puis à Santa Barbara. Grand voyageur, il a vécu en Californie et en Toscane. *Requiem am Rialto* est son cinquième roman situé dans la Venise du XIXe siècle.

NICOLAS REMIN

LES MASQUES DE SAINT-MARC

Traduit de l'allemand
par Frédéric WEINMANN

INÉDIT

10
18

« Grands Détectives »

créé par Jean-Claude Zylberstein

Du même auteur
aux Éditions 10/18

L'IMPÉRATRICE LÈVE LE MASQUE, n° 4134
LES FIANCÉS DE VENISE, n° 4135
GONDOLES DE VERRE, n° 4288

Titre original :
Die Masken von San Marco

ISBN-978-2-264-05157-8

1

« La bombe, jaillie de la foule des curieux, éclata avec une énorme boule de feu au moment où la calèche de Napoléon III s'arrêtait devant l'Opéra. L'explosion brisa la verrière à l'entrée de la salle, déchiqueta une demi-douzaine de spectateurs anonymes et éteignit les becs de gaz dans la rue. Une fois la portière débloquée, il apparut que le couple impérial était sain et sauf. Quand l'impératrice Eugénie pénétra dans sa loge, la robe couverte de taches sombres, une rumeur inquiète parcourut l'orchestre ; ce n'était néanmoins que le sang d'un adjudant. Pendant l'entracte, le gouvernement, accouru en hâte, présenta ses compliments au chef de l'État. Le retour aux Tuileries rappelait un cortège triomphal. Tout Paris était debout pour acclamer les miraculés. »

Un cortège triomphal. Toute une ville debout pour acclamer les miraculés.

François-Joseph reposa sur son bureau la chemise remplie de coupures de journaux datant de l'année 1858. Puis il se leva et s'approcha de la fenêtre. À l'ouest, le soleil automnal donnait aux nuages l'aspect d'un trait de plume gris et délavé. Une soudaine bourrasque chassa une volée de feuilles jaunâtres dans la cour intérieure de la Hofburg. De l'autre côté de la place, un vieil homme nettoyait le pavé avec un balai de ramilles. Un autre s'approcha d'un pas traînant et s'arrêta pour bavarder avec lui. L'empereur ferma les yeux. L'espace d'un instant, les deux vieillards se transformèrent dans son imagination en une foule déchaînée, poussée sous ses fenêtres par une brutale tempête d'enthousiasme monarchique.

Un cortège triomphal. Toute une ville debout pour acclamer les miraculés.

L'idée tenait du génie. Et surtout, elle venait de lui, même si – il fallait le reconnaître – il s'était à l'origine contenté d'une allusion à peine sérieuse, presque effrayé déjà par sa propre audace. Ce n'était pas parce que son officier d'ordonnance, le comte Crenneville, s'était emparé de cette allusion et avait fait ce qu'il fallait pour sa mise en œuvre qu'il pouvait à présent en revendiquer la paternité. François-Joseph se promit de le lui rappeler si nécessaire, à condition bien entendu que tout finît bien.

Il s'éloigna de la fenêtre quand la calèche noire de Crenneville, tirée par deux chevaux à la robe tigrée, traversa la cour, s'approcha des sentinelles et s'immobilisa avec fracas. Les soldats saluèrent, puis les bêtes repartirent en haletant. Le claquement du fer sous leurs sabots s'atténua avant que la voiture disparaisse sous le passage.

Ils étaient donc là. Et d'ici quelques instants, le comte Crenneville entrerait dans son cabinet de travail en compagnie du colonel Hölzl pour discuter les derniers détails. François-Joseph sentit son estomac se nouer. Saisi d'un frisson, il ferma le battant de la porte entrebâillée d'un geste militaire et tira sur le col de sa veste d'uniforme. Les deux énormes poêles blancs en faïence, qu'on alimentait par une trappe dans le couloir adjacent, remontaient à Marie-Thérèse et ne répandaient qu'une chaleur insuffisante. Quand l'hiver s'installerait, dans six semaines environ, il serait obligé d'utiliser des chaufferettes, de petites boîtes portables remplies de charbons ardents.

Il s'installa à son bureau et saisit une plume d'un geste machinal. Non, vraiment, pensa-t-il, on ne pouvait pas en vouloir à l'impératrice de broyer du noir dès que son séjour à la Hofburg se prolongeait. Même s'il ne pouvait rien y changer, il savait combien elle souffrait de l'air confiné et de l'austère étiquette espagnole qui régnaient au palais. Tout ce qu'il pouvait faire, c'était montrer de la compréhension pour ses états d'âme et l'assurer de son amour. En espérant que celui-ci comptait encore pour elle, songea-t-il dans un soupir.

Quoi qu'il en soit, le petit voyage à Venise prévu pour la semaine suivante semblait rien moins que bienvenu. Contre toute habitude, elle n'avait pas refusé de l'accompagner en visite officielle. Elle paraissait même se réjouir de retrouver la ville sur la lagune. Par précaution, il s'était gardé de lui confier ses projets réels. Le cercle des personnes dans le secret devait rester, pour des raisons évidentes, le plus restreint possible. Si l'affaire venait à s'ébruiter, il en résulterait des dégâts politiques incommensurables. En outre, il était à craindre que l'impératrice ne désapprouvât son plan. Or s'il y avait bien une chose qu'il préférait éviter, c'était une dispute conjugale se concluant par le départ d'une épouse furibonde pour le lac de Starnberg.

Cinq minutes plus tard, il perçut des pas dans l'antichambre. Un laquais frappa à la porte et entra.

— Le comte Crenneville et le colonel Hölzl, Majesté.

François-Joseph raidit le buste, trempa la plume dans l'encrier et se pencha sur les dossiers devant lui.

— Faites-les entrer, dit-il d'un ton sec.

La plume à la main et les yeux rivés sur le papier, il compterait lentement jusqu'à vingt, balancerait ensuite la tête d'un mouvement pensif et, pour finir, écrirait « Avis favorable » dans la marge. « Avis favorable » convenait presque toujours. Alors seulement, il daignerait lever son regard impérial et prendrait connaissance de l'arrivée des deux hommes d'une mine distraite. Il ne fallait surtout pas donner l'impression qu'il attendait leur visite.

Le colonel Hölzl, dont le cœur battait la chamade, resta sans le vouloir un pas en arrière. Crenneville, de son côté, s'approcha du bureau de l'empereur avec un flegme imperturbable. Le parquet lustré, à l'odeur de cire d'abeille, faisait l'effet d'une patinoire. Hölzl se demanda combien d'invités avaient déjà dérapé à cet endroit.

Lorsqu'ils avaient franchi le seuil du cabinet de travail, l'empereur n'avait même pas relevé la tête. Il se concentrait sur un dossier, exactement comme l'image qu'on avait de lui. Le colonel remarqua néanmoins qu'il bougeait les lèvres. François-Joseph finit par écrire deux mots dans la marge, d'un air songeur. Puis il se leva, s'avança sur le côté de son bureau et les regarda : c'était un homme de taille moyenne, presque mince, aux yeux noisette, avec une barbe un peu trop grande pour son visage. Hölzl le trouva moins majestueux que sur les portraits officiels accrochés dans les administrations.

Crenneville était venu le chercher à son hôtel à quatre heures tapantes et, pendant les dix minutes qu'avait duré le trajet, ils avaient passé une nouvelle fois tous les détails en revue. L'idée lui paraissait audacieuse et originale. Car comment convaincre les députés libéraux à la Chambre haute de l'impuissance de l'armée d'Italie mieux que par un événement spectaculaire sur la place Saint-Marc ?

Le colonel Nepomuk Hölzl, jeune et ambitieux chef du contre-espionnage militaire à Vérone, avait été convoqué à Vienne par télégraphe six semaines plus tôt et s'était vu confier une mission extrêmement délicate par l'officier d'ordonnance de l'empereur. Sur ces entrefaites, il avait élaboré un plan tout aussi audacieux que l'idée elle-même. Crenneville s'était montré impressionné – en particulier par la solution originale qu'il avait trouvée à un problème supplémentaire, surgi pendant la phase des préparatifs.

Peut-être était-ce pour cette raison, pensa-t-il, que le comte l'avait prié de l'accompagner à la Hofburg. En tout cas, c'était un honneur de prendre la parole devant Sa Majesté. Une telle faveur serait sans doute suivie d'une importante promotion.

Une fois que l'empereur les eut salués avec une exquise politesse, ils prirent place en face de lui sur deux simples chaises Thonet. Crenneville parla alors pendant une demi-heure avant d'en arriver à la fin de son exposé.

— Toutefois, conclut-il dans un sourire, nous avons introduit un petit changement.

Il s'appuya sur le dossier et referma son carnet.

— Colonel ?

Le colonel Hölzl releva la tête et nota avec satisfaction que sa nervosité initiale s'était évanouie.

— Il existe en effet à Venise, commença-t-il d'une voix lente, un groupe qui projette un attentat lors de la visite officielle de Sa Majesté.

Au mot d'attentat, le porte-plume dans la main de l'empereur se mit à trembler avec nervosité.

— Pardon ?

— Nous avons appris, poursuivit le chef du contre-espionnage, que quelqu'un devait apporter une assez grande quantité de poudre dans trois jours. Cette personne travaille pour le compte du Comitato Veneto, un groupe de Turin dans lequel nous avons réussi à introduire un mouchard.

L'empereur fronça les sourcils.

— Est-ce le gouvernement piémontais qui se cache derrière ce projet ?

Le colonel secoua la tête.

— Nous ne disposons d'aucun indice à ce sujet.

— Qu'avez-vous l'intention de faire ?

— Notre agent sait seulement qu'un artificier doit faire le voyage à Venise pour diriger l'opération. Néanmoins, il connaît l'horaire du train et le code.

— Quel code ?

— Le code vestimentaire pour identifier l'homme en question. Ainsi que le mot de passe.

— Je ne vous suis pas tout à fait.

— Pour des raisons de sécurité, expliqua le colonel Hölzl, les différents groupes limitent leurs contacts au strict minimum. Ils s'entraident, mais veillent avec un soin jaloux à garder l'anonymat.

— Vous voulez dire que l'homme chargé d'apporter la poudre ne connaît pas le groupe de Venise ?

Hölzl hocha la tête.

— De même que le groupe de Venise ne l'a jamais vu. C'est pourquoi ils utilisent des codes, en l'occurrence un crêpe noir et un *Giornale di Verona*. Ainsi, en cas de problème, personne ne peut trahir l'autre. L'échange d'informations passe par une boîte aux lettres située à Londres et demande en règle générale deux mois.

— Pourquoi ne pas arrêter cet homme dès son arrivée ?

— Parce qu'il doit d'abord nous conduire aux conjurés.

— Vous n'interviendrez donc qu'une fois que vous saurez qui appartient à ce groupe ?

— Une autre solution, suggéra le colonel, consisterait à remplacer l'homme en question par l'un des nôtres. Il pourrait avoir un arrêt cardiaque ou tomber du train en marche. Ensuite notre agent prendrait le *Giornale di Verona*, mettrait le brassard noir et attendrait qu'on lui adresse la parole dans le hall de la gare. Nous aurions ainsi un espion chez l'ennemi et ne serions plus tributaires d'observations hasardeuses.

— En outre, nous pourrions intercepter le groupe à tout moment, ajouta l'empereur.

Le colonel Hölzl se risqua à une objection.

— Il me semblerait toutefois plus judicieux de confier le soin de les arrêter à la police vénitienne.

— Pourquoi cela ?

Crenneville jugea utile d'intervenir.

— Sa Majesté se rappelle sans doute que cette opération vise à démontrer le sous-financement catastrophique de l'armée d'Italie. Or une armée sous-équipée ne peut pas assurer de protection efficace. C'est pourquoi nous aurions intérêt à laisser la garde civile déjouer l'attentat. Notre agent sèmera sur son passage des indices impossibles à rater.

Le souverain secoua la tête d'un geste songeur.

— Et l'homme retenu pour cette mission… mérite-t-il notre entière confiance ?

— Le cœur qui bat dans sa poitrine appartient à Sa Majesté ! répondit le colonel avec une note pathétique dans la voix.

S'il exagérait autant, c'est qu'il avait eu beaucoup de mal à trouver une personne appropriée en un laps de temps aussi bref. Il s'était gardé d'informer Crenneville de ce détail et préférait de même le cacher à l'empereur.

— D'où notre agent va-t-il tirer sur moi ? voulut encore savoir celui-ci.

Étrange, songea le colonel, le comte avait traité cette question en long et en large. Peut-être le souverain voulait-il tester sa mémoire.

— D'une lucarne du palais royal, répondit-il. Pendant le discours de Sa Majesté. Il utilisera une poudre dégageant une forte fumée et provoquant un grand bruit. Après le premier coup de feu, tous les regards se tourneront vers le toit. À ce moment-là, il tirera de nouveau en l'air, agitera un drapeau tricolore et s'enfuira.

— Alors un vent de panique soufflera sur la place Saint-Marc, précisa le comte. Après coup, on se souviendra que le seul à…

François-Joseph termina la phrase à sa place.

— … à ne pas avoir perdu ses moyens était l'empereur en personne ! dit-il les yeux brillants. Un roc dans la tempête, un bouclier d'airain, qui a pris le commandement avec sang-froid…

Crenneville inclina sa tête grisonnante.

— Je suis persuadé que le Parlement reviendra aussitôt sur sa décision. On ne peut pas démontrer de façon plus convaincante le danger que représentent les Italiens et l'inefficacité de l'appareil militaire.

— Bien, je résume ! annonça l'empereur.

Il posa sa plume, ferma les yeux un instant et s'éclaircit la gorge.

— Première étape : notre agent élimine le spécialiste chargé d'apporter la poudre à Venise et, une fois à la gare, se fait passer pour lui. Deuxième étape : il trahit le groupe en semant derrière lui des traces destinées à la garde civile. Troisième étape : il me tire dessus depuis une lucarne du palais royal.

L'empereur ferma à nouveau les paupières qui, cette fois, restèrent closes un peu plus longtemps.

Quand il les rouvrit, il dirigea son regard vers le colonel Hölzl.

— Et ces cartouches à blanc ? On ne peut pas les confondre avec des vraies ?

Le jeune officier se permit un sourire de spécialiste.

— Il n'y a aucun risque, Majesté. C'est moi-même qui vais remettre le fusil et les munitions nécessaires à notre homme de confiance.

2

Le train, seize voitures vertes suivies de deux wagons de marchandises sans fenêtres, quitta la gare de Vérone à huit heures du soir, comme le voulait l'horaire. Seuls un petit groupe d'officiers autrichiens et une douzaine de civils étaient montés dans les compartiments chauffés, heureux d'échapper à l'humidité glaciale du quai.

Grâce aux instructions extrêmement précises du colonel Hölzl, il n'avait eu aucun mal à reconnaître l'individu et s'était installé en face de lui. Comme il s'agissait d'une voiture de première classe, une lithographie de l'empereur était accrochée entre deux lampes à pétrole au-dessus du siège en velours vert. Quel que soit l'angle sous lequel il considérait l'affaire, ce détail lui paraissait lourd de sens.

Les compartiments attenants étaient restés vides. Au fond, cela n'avait aucune espèce d'importance. Il s'était préparé à exécuter son travail sans bruit. Bien sûr, l'opération aurait pu se compliquer si, malgré l'absence de réservation, un gradé avait insisté pour s'asseoir dans le même compartiment qu'eux. Mais comme le train ne s'arrêtait qu'une seule fois, en gare de Vicence, et que cela ne s'était pas produit, il s'était détendu et somnolait à présent dans le fauteuil rembourré.

L'homme en face de lui, avec qui il n'avait pas échangé plus de deux ou trois paroles anodines, avait un visage banal, rasé de près et grassouillet. De temps à autre, il se servait du binocle accroché à un bouton de sa redingote pour feuilleter le *Giornale di Verona*. Le crêpe noir passé autour de son bras gauche ainsi que les commissures de ses lèvres tombantes laissaient supposer un récent décès dans sa famille. La pâleur cadavérique de son teint qui prenait des reflets verdâtres dans la lumière des lampes à pétrole convenait à merveille à ces circonstances.

Il devait avoir entre trente et quarante ans et n'était sans doute même pas officier de réserve, mais simple civil en piètre condition physique. Des hommes aux doigts roses et boudinés n'étaient pas des adversaires dangereux. Il ne lui faudrait donc pas longtemps pour en venir à bout, d'autant que le gaillard n'avait aucune idée de ce qui l'attendait. Une petite balle bien ciblée entre les deux yeux – c'était l'affaire de quelques secondes –, et la première partie de l'opération serait réglée. Quelques jours plus tôt, il avait chronométré une dernière fois le trajet et constaté que le train mettait huit minutes à traverser le nord de la lagune. C'était bien assez pour tuer l'inconnu et se débarrasser de son cadavre, même s'il devait rencontrer une résistance improbable.

La pluie s'était mise à tomber après Padoue et s'était transformée en un véritable déluge à l'approche de Fusina, là où commence le pont ferroviaire au-dessus de la lagune. De grosses gouttes frappaient la fenêtre, formant de larges traînées sur le verre avant de poursuivre leur chute. Si le temps avait été plus clément, il aurait baissé la vitre pour jeter un coup d'œil sur les scintillements à la surface de l'eau et respirer à pleins poumons les effluves salins. Mais aujourd'hui, il devait hélas y renoncer. Il ne voyait rien d'autre que le reflet de l'homme en train de gaspiller les dernières minutes de sa vie à la lecture du *Giornale di Verona*, un quotidien d'un ennui mortel.

Il ramassa la mallette posée sur le siège à côté de lui, en défit les lanières en cuir et y plongea la main droite. Comme toujours, la poignée de son arme, en ébène lisse, lui procura un plaisir extrême, presque plus intense que la peau d'une femme. Le train avait ralenti et s'était engagé sur le pont. Il n'y avait aucune raison d'attendre plus longtemps. Il sortit son revolver et le pointa sans hâte entre les yeux de l'inconnu. Puis il baissa le chien et appuya sur la détente, mais le seul bruit qu'il perçut se limita à un bref clic. Le revolver était bloqué.

L'homme aux doigts boudinés réagit avec une rapidité surprenante. Au lieu de rester figé de peur – ce qui lui aurait permis d'essayer une nouvelle fois de tirer un coup de feu –, il se pencha sur la gauche et projeta son pied droit dans les airs. Sa botte vint frapper le revolver qui tomba par terre avec fracas. Alors le petit gros jaillit de son fauteuil. Ses deux mains se refermèrent autour de son cou comme les mâchoires d'une tortue.

Il l'étranglait de toutes ses forces. Sous l'effet d'une douleur à peine supportable, sa vue se troubla un instant. Il roula sur le côté et se cogna contre la vitre avec violence. Malgré tout, il parvint à enfoncer l'index et le majeur dans les globes oculaires de son adversaire. Le petit gros aux doigts boudinés hurla et relâcha son étreinte sans le vouloir, ce qui lui donna l'occasion de le frapper au menton du poing gauche. Sa tête partit à la renverse. Un second coup de poing, cette fois de la main droite, la plus forte, atteignit à son tour le menton de l'inconnu et lui imposa une rotation sur le côté. Le petit gros perdit l'équilibre et s'effondra en haletant comme un poisson hors de l'eau.

Aussitôt, il s'assit à califourchon sur son dos, passa le bras droit autour de son cou et lui attrapa les cheveux de la main gauche de manière à tirer sa tête en arrière. Un geste bref et puissant suffit à lui briser la nuque. On aurait dit le bruit d'un coquillage qu'on écrase sur la plage. Le bonhomme lâcha un cri étouffé, se cabra une dernière fois, puis retomba sans force sur le plancher. Sa tête était tournée vers le côté. Ses yeux vides fixaient le visage de l'empereur qui avait suivi le combat d'une mine impassible.

Dans l'intervalle, le train devait avoir franchi la moitié du pont. Il lui restait donc encore quatre petites minutes pour fouiller sa victime et, ensuite, la jeter par-dessus bord. Les documents de transport se trouvaient dans la poche intérieure de sa redingote – avec un passeport, un billet de première classe et une réservation dans un hôtel de la place Saint-Marc. Le passeport était à coup sûr falsifié, et le mort n'avait sans doute jamais eu l'intention de descendre dans cet hôtel. Il remit le billet de train dans la poche intérieure de la redingote : premier indice destiné à la police vénitienne.

Il attrapa l'inconnu sous les aisselles, le releva et plaqua son dos contre la porte du compartiment, aussi droit que possible. Puis il baissa la poignée et vit le buste tomber en arrière dans l'obscurité. Il s'imagina entendre le claquement du cadavre à la surface de l'eau. La pluie continuait son vacarme sur le toit du wagon. Par un temps pareil, personne n'aurait l'idée de passer son nez à la fenêtre. Et quand bien même c'eût été le cas, il faisait trop noir pour qu'on pût distinguer quoi que ce soit. Il se rassit et posa le *Giornale di Verona* à côté de lui.

Le train avait ralenti et roulait maintenant au pas. Sur la droite, on distinguait déjà quelques becs de gaz. Puis le quai surgit. Des porteurs en uniforme bleu marine attendaient devant un panneau où il était écrit, pour les voyageurs qui auraient eu un doute, *Venezia Santa Lucia*.

Quelques instants plus tard, un homme d'âge moyen, à l'air bouleversé, sortit d'une voiture de première classe et jeta un regard inquiet à la ronde. Il portait un crêpe noir autour du bras gauche de son manteau démodé et tenait un journal dans la main droite. De toute évidence, il arrivait à Venise pour un enterrement.

3

— Au fond, cette lettre est un vrai scandale ! s'exclama le baron Jean-Baptiste von Spaur hors de lui.

Le commandant de police frappa son bureau du plat de la main et jeta un regard courroucé sur le portrait de l'empereur accroché au mur. La violence du coup fit cliqueter un verre à liqueur qu'il venait de vider pour se remettre de ses émotions et chassa deux moineaux réfugiés sur l'appui de fenêtre. Les deux battants grands ouverts laissaient passer l'air tiède de cette journée d'automne presque estivale. Après plusieurs jours de pluie froide, le vent avait tourné. À son réveil, Tron avait découvert au-dessus du Grand Canal un ciel d'un bleu immaculé, un ciel comme purifié. Du fait qu'il avait rendez-vous avec la princesse au *Florian* à midi, il n'éprouvait qu'un intérêt limité pour la lettre de Spaur.

— De manière indirecte, on nous soupçonne d'incompétence, poursuivit son supérieur. Sans doute Toggenburg a-t-il laissé entendre dans un de ses rapports qu'on ne pouvait pas compter sur la police vénitienne. Sinon, je ne m'explique pas ce courrier. La Hofburg nous consacre à peine trois phrases ! Comme si cette affaire ne nous concernait pas !

Cette *affaire* était la venue de l'empereur, et ce *courrier*, un message laconique de l'officier d'ordonnance au commandant de police de Venise. Le comte Crenneville se contentait de l'informer des dates de la visite officielle et le priait instamment de suivre en tout point les instructions du commandant de place, le général Toggenburg. En haut de la demi-feuille de papier ministre, on avait écrit en majuscules d'imprimerie : « ENREGISTRÉ ET URGENT. »

Tron reposa le courrier et observa Spaur.

— Quand cette lettre est-elle arrivée ?

— Ce matin. Par l'intermédiaire de la Kommandantur. Je parie que Toggenburg en connaît le contenu.

Tron afficha une mine songeuse.

— Peut-être ne sommes-nous pas soupçonnés uniquement d'incompétence et préfère-t-on pour cette raison confier la sécurité de l'empereur à l'armée.

Spaur fronça les sourcils.

— Que voulez-vous dire ?

— Qu'on ne nous fait pas confiance, expliqua le commissaire avec un sourire. Qu'on tient la garde civile pour trop peu fiable du point de vue politique, sapée par des partisans de Turin et de Garibaldi. On ne remet pas la vie de l'empereur entre de pareilles mains.

Le baron roula des yeux.

— Comme si la vie de l'empereur était plus en sécurité avec des gens du calibre de Toggenburg ! Moi, pour ma part, je ne remettrais *jamais* ma vie entre les mains de cette armée-là ! Vous avez noté la date en haut de la feuille ?

Tron hocha la tête.

— Oui, la lettre est arrivée à la Kommandantur il y a deux semaines.

— Arrivée sous forme *chiffrée*, commissaire ! Je l'ai appris par l'officier des transmissions.

— Pourquoi leur a-t-il fallu si longtemps pour nous la transmettre ?

Spaur poussa un soupir de mépris.

— Parce que, pour des raisons de sécurité, les codes ont été changés et que, pour des raisons de sécurité également, on ne les en a pas informés ! Comme ils continuaient de décrypter à partir des anciennes tables de décodage, personne à la Kommandantur n'a réussi à lire les messages pendant près d'une semaine. Ils se sont contentés d'entasser les courriers provenant de Vienne en espérant qu'ils ne contenaient rien d'important.

— Et quand a-t-on levé le lièvre ?

— Quand un capitaine de l'état-major qui voulait se faire réserver une chambre par ce biais s'est étonné de ne pas obtenir de réponse. Il a donc lancé des recherches et fait un scandale. Ensuite, il a encore fallu une semaine pour que les nouvelles tables de décodage arrivent de Vérone. Ils n'avaient pas utilisé le bon formulaire et, par ailleurs, il manquait la signature du supérieur hiérarchique ! Voilà pourquoi je ne reçois les instructions de l'officier d'ordonnance que maintenant.

— Je me demande, dit Tron d'un air surpris, pourquoi ils ont crypté un message aussi banal.

— Parce que tout ce qui concerne la visite de l'empereur est automatiquement codé, lui apprit Spaur.

— Et rien n'a transpiré au sujet du programme ? insista le commissaire. Toggenburg ne vous a rien dit quand vous l'avez rencontré hier sur la place Saint-Marc ?

Le commandant de police haussa les épaules.

— Par principe, Toggenburg ne me raconte jamais rien. Il s'est contenté de quelques allusions. De toute évidence, ils traitent cette fois le déroulement de la visite comme un secret d'État. Il ne court que des rumeurs.

— Et que disent-elles, ces rumeurs ?

— Que l'empereur doit emprunter la ligne Sud et arriver par Trieste. De là, il prendra le *Jupiter*, une frégate à vapeur. Il paraît que le programme prévoit la visite d'une entreprise de produits régionaux. Il se pourrait donc que l'empereur se rende dans une saline ou passe à l'Arsenal.

— L'Arsenal est exclu, objecta Tron. Aujourd'hui, les gros bateaux sont construits à Trieste. L'empereur pourrait tout au plus visiter un chantier de gondoles.

Spaur fit la moue d'un air excédé.

— Je n'en sais rien, commissaire. Nous ne pouvons qu'attendre. On prétend même que l'empereur veut faire un discours sur la place Saint-Marc et inspecter les chasseurs croates à la Douane de mer. Ensuite, il donnerait un gala au palais royal. Une cérémonie purement militaire, si j'ai bien compris.

— Serons-nous responsables de sa sécurité ?

Le commandant de police adressa à Tron un regard résigné.

— J'aimerais bien l'apprendre, moi aussi. Mais, pour le moment, on dirait qu'ils n'attachent pas grand prix à notre collaboration.

— Cela veut-il dire que nous faisons comme si nous n'étions pas au courant de sa venue ?

Spaur secoua la tête.

— Bien sûr que non ! s'exclama-t-il. Par précaution, nous allons prélever du personnel dans les autres secteurs et renforcer nos effectifs partout où l'empereur risque d'aller au cours de ces trois jours. Ainsi, s'il devait arriver quelque chose, si, par malheur, quelqu'un devait attenter à la vie de Sa Majesté, nous serions peut-être plus rapides que l'armée.

Il tendit la main vers son verre à liqueur et jeta un regard pensif au portrait de l'empereur.

— Alors, c'est à *nous* que Sa Majesté devrait la vie ! Et Toggenburg aurait la tête sur le billot. Nous pourrions ainsi…

Le commandant de police fixa d'un air rêveur la pellicule rougeâtre qui adhérait à la paroi du verre.

— Nous pourrions quoi ? demanda Tron.

Spaur releva les yeux, toussota et lui adressa un sourire nerveux. Puis il esquissa des moulinets de la main gauche, comme pour chasser une pensée incongrue.

— Rien, commissaire, rien.

— Toggenbourg a-t-il laissé entendre que quelqu'un voulait attenter à la vie de l'empereur ?

Le commandant secoua de nouveau la tête.

— Absolument pas !

Puis il fronça les sourcils.

— Qu'est-ce qui vous fait croire cela ?

— Ce bruit est revenu aux oreilles de l'inspecteur Bossi. Selon lui, un petit groupe projette un attentat.

— D'où tient-il cette information ?

Tron soupira.

— De son coiffeur. J'avoue qu'il ne s'agit pas d'une source très fiable.

— Chaque fois que l'empereur vient à Venise, on entend parler d'attentat, remarqua Spaur presque déçu. Cela fait partie de l'habituel folklore garibaldien. Par conséquent, oublions cette rumeur.

Le commandant de police s'empara de la bouteille, se servit à ras bord et but d'un trait la moitié du verre. Puis il observa son subalterne.

— En revanche, je peux vous confier une nouvelle qui n'est *pas* une rumeur, commissaire.

Il s'appuya contre le dossier de son fauteuil en souriant.

— Cette fois, François-Joseph est accompagné de son épouse.

Quoi ? Comment ? L'espace d'un instant, le commissaire fut persuadé d'avoir mal entendu. L'impératrice à Venise ? Il ferma les yeux et ne put s'empêcher de repenser à leur première rencontre, dans la salle de bal du palais Tron : une jeune femme masquée à l'air un peu perdu au milieu de la foule des convives. Depuis, ils ne s'étaient jamais revus.

Il s'éclaircit la gorge.

— L'impératrice accompagne son époux ? Ce n'est pas fréquent. Sa Majesté entend-elle prolonger son séjour après la visite officielle ?

— Je l'ignore, avoua son chef. D'ailleurs, je ne sais pas non plus, ajouta-t-il avec un sourire goguenard, où vous pourriez avoir l'occasion de raviver vos relations. Je doute fort qu'on vous prie d'assister à la réception au palais royal. Malgré tout, nous devrions parer à toute éventualité. Déterminez quels agents nous pouvons soustraire aux autres services et élaborez un plan d'intervention pour l'ensemble des trois jours. Ah oui, et puis une fois que vous serez sorti, mettez-vous en quête de mon sergent !

Cette dernière instruction s'annula d'elle-même car, au même instant, le sergent Kranzler, factotum personnel du commandant de police, entra dans la pièce, posa un plateau sur le bureau et ressortit sans un mot.

Le plateau contenait une cafetière, un sucrier en argent, une tasse et une assiette à dessert remplie d'un morceau de gâteau aux cerises qui aurait pu servir de socle à Saint-Pierre de Rome. À côté de la tasse se trouvait un billet que Spaur ramassa sans grand intérêt. Après l'avoir lu, il releva les yeux et sourit d'un air blasé.

— Du travail pour vous, commissaire.

Tron, déjà debout, plissa le front.

— Que s'est-il passé ?

— On a repêché un cadavre sur la fondamenta[1] Nuove, lâcha son supérieur avec un ton d'ennui. La cause du décès paraît floue.

Il tendit la main vers la fourchette à gâteau.

— Bossi vous attend dans votre bureau. Le billet vient de lui.

1. Rive piétonne d'un canal. (*N.d.T.*)

4

— Un homme, un civil, précisa Bossi quelques minutes plus tard. Ils l'ont repêché devant le ponte dei Mendicanti.

Le soleil qui, en automne comme en hiver, ne pénétrait dans le bureau de Tron qu'à midi faisait luire l'uniforme bleu du tout nouvel inspecteur et soulignait la patine du mobilier, les fissures du sol en *terrazzo* et les taches sur les murs. Deux espèces de coffres en cerisier verni – l'un pour l'appareil photographique, l'autre pour les plaques sèches à la gélatine – étaient posés en équerre aux pieds de l'inspecteur. Un support en bois attendait contre le bureau du commissaire. Il s'agissait du matériel nécessaire pour les *photographies du lieu du crime* – ce qui voulait dire, songea Tron avec résignation, que son subalterne partait de l'hypothèse d'un assassinat. Il toussota.

— Qui a retiré l'homme de l'eau ?

— Un promeneur a vu le corps à la dérive et prévenu la garde civile au Rialto, répondit Bossi. Deux agents ont repêché le cadavre, puis l'un d'eux est accouru au commissariat central.

— Et quand a-t-on retrouvé cet homme ?

— Il y a deux heures.

— Il s'est noyé ?

— L'agent a signalé des blessures au visage.

— Où est-il à présent, cet agent ?

— Je l'ai envoyé chercher le médecin légiste il y a une demi-heure, expliqua l'inspecteur. Je suppose que le docteur Lionardo s'est déjà mis en route.

Le commissaire fronça les sourcils.

— Pourquoi ne m'avez-vous pas prévenu tout de suite ?

— Parce que le sergent Kranzler a refusé de vous apporter mon billet, expliqua Bossi en roulant des yeux. Il ne voulait pas déranger Spaur sans une tasse de café et une part de gâteau. La livraison du *Café oriental* avait du retard. Vous discutiez d'un sujet important ?

— De la venue de l'empereur. Nous avons reçu des instructions de Vienne.

— Et alors ?

— L'armée s'occupe de tout, répondit Tron. Nous, nous ne bougeons pas. À moins que la Kommandantur ne l'exige expressément. Spaur souhaite que nous prenions des agents dans les autres quartiers et les répartissions dans le secteur de Saint-Marc. Mais cela reste une mesure interne dont Toggenburg ignore tout.

— Dans ces conditions, remarqua Bossi, nous ne porterons aucune responsabilité si les choses tournent mal.

Tron l'observa un instant.

— Que savez-vous sur le coiffeur qui vous a parlé d'un attentat ?

Bossi fit une grimace sceptique.

— Il parle beaucoup, et la plupart du temps pour dire des bêtises. Je vous avais prévenu dès le départ, commissaire !

— J'ai eu l'imprudence de rapporter cet on-dit au commandant. L'hypothèse d'un attentat contre la personne de l'empereur a eu l'air de le ravir.

— Comment ? Il souhaite la mort de l'empereur ?

— Non ! le corrigea son chef. Il souhaite juste que nous l'empêchions.

— Je ne comprends pas.

Tron sourit.

— Spaur n'apprécie pas qu'on ait confié la sécurité de Sa Majesté à l'armée. Il suppose qu'on nous tient pour incompétents et qu'on met en doute notre fiabilité. Si la garde civile déjouait un attentat contre la personne de l'empereur à la place de l'armée, Toggenburg sombrerait dans le ridicule.

— C'est ce qu'il a dit ?

— Pas en ces termes, mais à peu près.

— Dans ce cas, il risque d'être déçu, lâcha l'inspecteur. Je m'attends tout au plus à quelques personnes arborant un ruban tricolore à la boutonnière. Comment voulez-vous qu'on l'empêche, de toute façon ?

Comme la plupart des Vénitiens, Bossi était un fervent partisan de l'unité italienne. Tron, qui ne partageait pas son enthousiasme pour le rattachement à Turin, soupira.

— Ma gondole est prête ?

— Elle attend en bas, commissaire.

L'inspecteur se pencha pour ramasser les deux coffres contenant son matériel photographique et leva un regard embarrassé vers son supérieur.

— Auriez-vous peut-être l'amabilité de… ?

Tron ne saisit pas tout de suite le sens de sa question. Enfin, il comprit : Bossi voulait qu'il se charge du reste. Du coup, il s'empara du trépied, attrapa au passage son haut-de-forme accroché à une patère et tint la porte à son assistant aux mains pleines.

Étonnant, pensa Tron une demi-heure plus tard en descendant de sa gondole amarrée à la fondamenta Nuove, étonnant que la vue d'un cadavre continue de lui procurer une excitation de novice. Chaque fois, son pouls s'accélérait, des gouttes de sueur lui perlaient au front et coulaient dans sa nuque, ce qui l'obligeait à ôter son chapeau.

Pourtant, le mort allongé dans une flaque d'eau boueuse au pied du mur de soutènement n'offrait même pas un spectacle insoutenable. Il avait les yeux fermés, la tête inclinée sur le côté et le front traversé par une balafre de la longueur d'un doigt qui semblait plutôt résulter d'une chute bénigne que d'une arme tranchante. La peau de son visage et de ses mains était gonflée, mais un séjour de plusieurs jours dans l'eau paraissait peu probable.

À quelque distance de là, un petit attroupement rappelait le chœur d'une tragédie grecque, se demandant : « Ah, qui me le dira ? Un pêcheur sur la rive Qui jette sans repos ses filets dans l'eau vive ? » L'action du drame inespéré se déroulant sous ses yeux traînait cependant en longueur et ne s'accéléra guère quand l'inspecteur Bossi se mit à photographier le cadavre sous tous les angles. Ce n'était pas la première fois que les curieux regardaient un photographe enfouir son buste sous un carré de velours noir à chaque prise de vue.

Le décor, en revanche, était grandiose. L'ouest de la lagune, barré par les îles de San Michele et de Murano, s'étendait en face du quai. Derrière, les sommets crénelés des Préalpes évoquaient des découpes aux ciseaux, collées sur une feuille de carton bleu. Ce n'était pas vraiment un jour pour s'occuper d'un crime, pensa le commissaire dans un soupir. En admettant qu'il s'agisse bien d'un crime.

Quand le docteur Lionardo fit son apparition, Bossi était déjà en train de ranger son matériel. Le légiste portait son habituelle pèlerine noire et un haut-de-forme élimé qui brillait dans le soleil comme s'il était lustré. Il ne devait pas avoir beaucoup dormi la nuit précédente car il avait de tout petits yeux et, en sortant de la gondole, il eut du mal à retenir un bâillement. Tron prit soudain conscience que, malgré plusieurs années de collaboration, ils n'avaient jamais mené une seule conversation d'ordre privé. Le médecin était-il marié ? Avait-il des enfants ? Ou était-il vieux garçon ? Il l'ignorait. Néanmoins, il l'estimait pour la rapidité et la qualité de son travail. Et il appréciait aussi la délicatesse presque cérémonielle avec laquelle il traitait les morts, comme s'ils étaient encore en vie et éprouvaient toujours des sensations ou des sentiments.

Après avoir fini son examen, le docteur se releva et, sans un mot, tendit au commissaire un bout de papier détrempé. Tron déplia avec précaution la feuille imbibée et ne put cacher sa surprise en déchiffrant les lettres à demi effacées. Il s'agissait d'un billet de chemin de fer de première classe, délivré à Vérone le jour précédent pour le train de huit heures. À supposer que cet homme fût bel et bien parti pour Venise la veille au soir, comment expliquer l'absence d'argent et de tout autre papier ? Les lui avait-on volés avant de jeter son corps dans la lagune ? Ou un détail avait-il échappé à Lionardo ? Non, cette hypothèse était exclue. Rien ne lui échappait jamais. Tron leva le nez du billet.

— Savez-vous de quoi il est mort ?

— Je crois qu'il s'est brisé la nuque, répondit le légiste.

— Et la plaie sur son front ?

— Une simple égratignure.

— Avez-vous remarqué des traces de résistance ?

Lionardo secoua la tête.

— Rien qu'une ecchymose à la main droite. Elle peut avoir quantité de raisons.

Tron posa alors la question décisive.

— Était-il déjà mort au moment où il a chuté dans la lagune ?

Le médecin tourna la tête sur le côté pour suivre du regard des mouettes qui passaient au-dessus du ponte dei Mendicanti.

— S'il respirait encore, les poumons devraient contenir de l'eau. Je ne le saurai qu'après l'autopsie.

— Quand aurai-je votre rapport ?

— Demain matin.

— De toute évidence, l'assassin a vidé les poches de sa victime pour nous empêcher de l'identifier, déclara Bossi. Le billet a dû lui échapper. Et comme il devait savoir qu'un voyageur aurait très bien pu monter dans le train à Fusina, il n'a pu commettre son crime que sur le pont ferroviaire au-dessus de la lagune.

— Vous partez donc de l'hypothèse d'un crime ?

— L'absence de toute résistance prouve qu'il a été tué *de sang-froid*. Ce meurtre va faire du bruit ! prédit l'inspecteur sans se laisser troubler. Une occasion idéale de démontrer que nous employons les méthodes les plus modernes !

— Je ne crois pas que nous ayons intérêt à nous vanter de meurtres. Surtout à la veille d'une visite officielle de l'empereur. En outre, il n'est pas sûr que nous ayons affaire à un crime. Il est rare que les assassins brisent la nuque de leurs victimes. Ils les abattent, les étranglent ou les frappent à mort. Mais ils ne leur brisent pas la nuque.

— Un tueur professionnel, si !

— Puis-je vous demander ce que vous lisez en ce moment, Bossi ?

L'inspecteur rougit.

— *L'Agent du tsar*.

— De Paul de Kock ? demanda Tron dans un éclat de rire.

Le malheureux hocha la tête.

— Ce sont des romans de gare, Bossi ! Mal écrits et cousus de fil blanc. Il n'y a que dans les romans à trois sous qu'on rencontre des *tueurs professionnels* ! Rien que le titre est à se tordre de rire.

Bossi s'éclaircit la gorge.

— Dans ce cas, quelle est *votre* version des faits, commissaire ?

— Je n'en ai pas. Du moins pas avant d'avoir lu le rapport d'autopsie.

— Mais que conclurez-vous s'il apparaît que l'homme était déjà mort au moment où il est tombé dans la lagune ?

— Il reste d'autres explications possibles. Les portières s'ouvrent quand on les déverrouille. Notre homme peut très bien avoir regardé par la fenêtre et appuyé sur la poignée par inadvertance. C'est arrivé l'année dernière sur la ligne Sud.

— Vous voulez parler du général d'état-major ivre mort ?

Tron acquiesça d'un mouvement de la tête.

— Tout le monde a aussitôt pensé à un meurtre. En fait, il s'agissait d'un accident. Notre homme peut très bien s'être brisé la nuque en se cognant contre le pont et être ensuite tombé à l'eau.

— Comment expliquez-vous, alors, qu'il n'avait ni argent ni papiers d'identité sur lui ?

— Peut-être les avait-il rangés dans son sac de voyage, suggéra le commissaire. Ce n'est pas fréquent, mais on ne saurait l'exclure.

— On aurait retrouvé le sac dans le train, remarqua l'inspecteur, les sourcils froncés. Que fait-on des objets oubliés ?

— Le contrôleur les met à l'abri et en informe le chef de gare, à l'aide d'un formulaire prévu à cet effet. Si des indices font croire à un délit, le chef de gare prévient la police ferroviaire qui, à son tour, nous informe par écrit. Ce qui ne s'est pas produit, me semble-t-il. À moins que le rapport ne soit resté bloqué quelque part.

— Et maintenant, que faire ?

— Nous allons passer à Santa Lucia, décida Tron, et parler au chef de gare, Valmarana.

— Votre camarade de classe ? Le contrôleur ? Le *comte* Valmarana ?

— Il a obtenu une promotion, expliqua le commissaire. Ce qui doit l'arranger car, dans ces conditions, il peut mieux s'occuper de son hôtel.

— Il a ouvert un hôtel ?

Tron hocha la tête.

— La pension *Valmarana*. Un établissement typique, paraît-il.

— Vous voulez dire avec des draps humides, des repas immangeables et des chambres toutes petites ?

— Sans oublier les prix exorbitants ! s'esclaffa le commissaire.

5

Sissi, vêtue d'une tenue de sport et chaussée de ballerines en lin, laissa retomber par terre les haltères qu'elle venait de soulever et se dressa sur son séant. La pluie qui battait contre les fenêtres de la Hofburg depuis le petit matin avait faibli. Quand elle fermait les yeux, elle n'entendait plus qu'un léger martèlement, un bruit consolant qui lui rappelait les averses d'été à Possenhofen et lui donnait pendant un instant l'illusion d'être revenue au lac de Starnberg.

Elle se releva dans un mouvement aérien, s'avança vers l'un des deux immenses miroirs fixés au mur de son gymnase, croisa les mains sur sa nuque et se tourna de côté avec lenteur. Dans ses habits moulants – une courte tunique et un pantalon en cachemire d'une extrême finesse –, on aurait presque dit qu'elle était nue. Elle constata avec satisfaction que son corps restait sans défaut : elle avait le ventre plat, des jambes et des bras à la musculature élégante et une taille incomparable.

Sissi n'était pas sans savoir que l'empereur avait un faible pour les femmes de chambre bien en chair ; parfois, elle se demandait si sa pratique obsessionnelle de la gymnastique ne visait pas à contenir les tentatives d'approche de son mari dans les limites du raisonnable. Depuis des années, elle traitait de plus en plus ouvertement cet aspect de leur union comme une obligation désagréable et saisissait la moindre occasion d'échapper au devoir conjugal. À vrai dire, se dit-elle, il était surprenant que François-Joseph l'aimât encore. Peut-être faisait-il juste semblant pour ne pas devoir reconnaître vis-à-vis de sa mère qu'il s'était trompé le jour où il l'avait choisie, elle, et non pas sa sœur Hélène. Et qu'en était-il en réalité de ses propres sentiments ? Avait-elle vraiment éprouvé de l'amour à Ischl, ou s'était-elle simplement pâmée comme une gamine ? Quoi qu'il en soit, poursuivit-elle en pensée, depuis qu'elle avait atteint l'âge adulte, ses sentiments pour lui fondaient tous les jours un peu plus, comme un morceau de sucre dans une tasse de café.

Elle se détourna du miroir avec un soupir et laissa son regard errer dans la salle. Il y avait là des barres asymétriques, une barre fixe, des anneaux accrochés au plafond, des haltères de différents formats et, pour finir, la balance dominée par un grand tableau sur lequel elle inscrivait son poids et son tour de taille. Le monde entier était persuadé qu'elle se torturait avec ces instruments pour conserver sa silhouette et sa beauté légendaires. C'était faux. Ou, du moins, ce n'était vrai qu'en partie, car il ne s'agissait pas de torture à proprement parler. Élisabeth avait découvert que se concentrer sur son corps effaçait toute autre pensée : sa captivité à la Hofburg, le nœud de vipères à la Cour, son mariage raté.

Alors qu'elle s'approchait des barres asymétriques, on frappa à la porte et le visage d'Ida Ferenczy, sa lectrice et confidente, apparut dans l'entrebâillement. Elle tenait une feuille de papier à la main. Son visage traduisait l'embarras.

— Qu’y a-t-il ?

La jolie lectrice rougit de gêne.

— Un billet de l’empereur, Majesté.

Élisabeth ne put s’empêcher de sourire. De toute évidence, quelqu’un qui n’avait pas eu le courage de venir la déranger avait chargé la pauvre Ferenczy de lui faire la commission. S’agissait-il du comte Crenneville ? Ou de cet intrigant de Grünne ? Elle ne les supportait de toute façon ni l’un ni l’autre.

— Que veut-il ?

Question absurde. La pauvre Ferenczy ignorait bien entendu le contenu du billet. De fait, elle haussa les épaules.

— Le message est scellé, Majesté.

— Eh bien, ouvre-le ! Lis-moi ce qui est écrit. Et entre !

Sissi se pencha pour ramasser une serviette dont elle se couvrit le haut du corps. La salle de gymnastique n’était pas chauffée. Dès qu’elle arrêtait de s’activer, elle grelottait.

— Son Altesse écrit qu’elle désire parler à Sa Majesté, dit Ferenczy après avoir survolé le billet du regard.

— François-Joseph me voit ce soir pendant le dîner !

La jeune femme secoua la tête.

— Son Altesse souhaite s’entretenir avec Sa Majesté plus tôt dans la journée.

— À quelle heure ?

— Son Altesse aimerait recevoir Sa Majesté dans ses appartements à onze heures.

Pardon ? Dans une heure ? Sa voix exprima un soupçon d’agacement.

— À onze heures, j’ai mon cours d’escrime. L’empereur le sait très bien.

— Son Altesse l’a déplacé, Majesté.

Déplacé le cours d'escrime ? Si François-Joseph avait osé prendre une telle initiative, il devait s'agir d'une affaire importante. Sissi serra la serviette qui menaçait de glisser autour de son cou, se retourna et s'avança jusqu'à la fenêtre. La pluie avait cessé, mais le ciel au-dessus de la ville restait lourd et couleur d'ardoise, aussi triste que la cour sans arbre devant ses appartements. Pendant quelques instants, elle songea à opposer un refus à son époux. Puis sa curiosité féminine l'emporta.

— Envoie-moi Mlle Wastl dans mon vestiaire, ordonna-t-elle en se retournant. J'ai besoin d'elle pour m'habiller.

« Urgent, tu parles ! » pensa Élisabeth, de plus en plus agacée, une heure et demie après. Elle avait allumé une de ses cigarettes égyptiennes, entre autres parce qu'elle savait que François-Joseph ne les supportait pas, et observait à travers une volute de fumée son impérial époux qui tenait une tasse à la main. Ses larges favoris lui arrondissaient le visage. Chaque fois qu'il portait le thé à ses lèvres, il lui rappelait un hamster plongeant son museau dans un abreuvoir.

Cela faisait une bonne demi-heure qu'il s'étendait sur le nom et le rang des personnes autorisées à écouter la messe dans la basilique Saint-Marc. Et sur l'importance qu'il accordait à sa présence à ses côtés au moment où il recevrait les hommages de la foule. Il avait aussi laissé entendre que si elle ne venait pas, elle manquerait un moment important – sans doute voulait-il parler de la liesse populaire, songea-t-elle. Devait-elle l'informer que les Vénitiens ne débordaient pas d'enthousiasme pour l'Autriche et la famille impériale ?

Elle s'appuya sur le dossier de son fauteuil et ravala son courroux. Ils avaient déjà discuté longuement du protocole de la messe solennelle, clou de la visite officielle de l'empereur à Venise, mais son mari ne lui avait toujours pas annoncé une seule nouvelle justifiant le report de son cours d'escrime.

— C'est tout ce que tu as à me dire ? l'interrogea-t-elle avec un calme qui l'étonna elle-même.

François-Joseph reposa sa tasse et fixa son épouse avec attention.

— Non, il reste un détail.

— Lequel ?

— Te souviens-tu du collier que portait la femme de l'ambassadeur de France lors du dernier bal à la Cour ? Le collier de la reine Hermelinda ?

« Mon Dieu, quelle question ! » Évidemment qu'elle s'en souvenait. Un collier en or se composant de médaillons sur lesquels on reconnaissait le profil des impératrices romaines. Il provenait, paraît-il, du même atelier que la légendaire couronne de fer, qui devait son nom à un cercle forgé à partir d'un clou de la croix de Jésus. Elle qui n'attachait en général aucun prix aux bijoux avait été littéralement folle de jalousie à la vue de ce chef-d'œuvre.

— Oui, bien sûr ! répondit-elle, troublée par la tournure que prenait leur conversation. Qu'est-il arrivé à ce collier ?

— Il a été mis en vente à Paris.

— Dans ce cas, je suppose qu'il appartient désormais à l'impératrice Eugénie, lâcha-t-elle.

À cette pensée, proprement effroyable, Sissi faillit se sentir mal. Elle ferma les yeux et s'enfonça dans son fauteuil. L'empereur sourit.

— Que dirais-tu si quelqu'un l'avait précédée ?

— Quelqu'un de notre connaissance ?

— Oui, le comte Auersperg.

Elle soupira.

— Tant mieux pour la comtesse ! Au moins aurons-nous le plaisir d'admirer ce collier de temps à autre.

— Auersperg ne l'a pas acheté en sa qualité de mari, précisa l'empereur.

— À quel titre alors ?

— En mon nom.

L'espace d'un instant, Élisabeth fut persuadée d'avoir mal entendu. Elle se redressa de manière si brusque dans son fauteuil qu'un peu de cendre tomba par terre.

— Tu as acheté ce collier ?

Il hocha la tête avec un sourire.

— Et où est-il ?

— Là où tu le porteras pour la première fois, répondit-il sur un ton solennel.

— Je ne comprends pas ce que tu veux dire, chéri.

Pardon ? Elle avait dit « chéri » ? D'une voix presque suave ? Apparemment oui, puisque, sous ses favoris, l'empereur piqua un fard.

— Je veux parler de notre prochain voyage, balbutia-t-il.

Il fallut plusieurs secondes à Sissi pour comprendre le sens de ses paroles.

— Le collier est à Venise ?

Il acquiesça d'un mouvement de la tête.

— Au palais royal, sous bonne garde.

Élisabeth fronça malgré elle les sourcils.

— Au palais royal ?

— Tu penses sans doute à l'argenterie disparue l'an dernier ? demanda son époux.

Elle confirma. Lors du précédent inventaire annuel, on avait constaté qu'il manquait une grande partie de l'argenterie, datant de Napoléon Ier. Une enquête de la police militaire, menée par le commandant de place en personne, n'avait donné aucun résultat.

L'affaire fut jugée si humiliante qu'on s'était abstenu d'en avertir la police vénitienne.

— Après cette bavure, Toggenburg a réorganisé de fond en comble le service de garde, la rassura François-Joseph. Pareil incident ne se reproduira pas. En outre, nous pouvons compter sur Königsegg.

Königsegg ? Son intendant en chef parti à Venise dix jours plus tôt pour préparer leur venue ? Qu'avait-il à voir avec ce bijou ? Comme s'il avait lu dans ses pensées, l'empereur précisa :

— Je lui ai donné l'ordre de réceptionner le collier et de le mettre aussitôt à l'abri dans le coffre-fort de mon cabinet de travail.

Il se leva, lissa son uniforme et, d'une chiquenaude, chassa une miette de biscuit accrochée à sa manche.

— Le comte prendra soin du collier comme de la prunelle de ses yeux.

6

Debout à la fenêtre de sa chambre, grande ouverte, un verre de cognac rempli à ras bord à la main, Eberhard von Königsegg admirait la place Saint-Marc plongée dans la pénombre. Comme il s'était mis à bruiner vers onze heures, il ne distinguait qu'un rectangle gris foncé, entouré de plusieurs douzaines de points lumineux – les becs de gaz offerts aux Vénitiens par Son Altesse en personne. Le général de division vida son verre d'un trait. Une explosion de chaleur à l'intérieur de son ventre le détendit aussitôt. Il se prit à rêver qu'il n'avait jamais mis les pieds au casino Molin.

La reconnaissance de dette qu'il y avait signée la nuit précédente atteignait la somme astronomique de cinq mille cinq cents florins. Or il savait que quand les officiers autrichiens ne réglaient pas leurs obligations, les casinos s'adressaient au commandant de place. Le cas échéant, une enquête officielle ferait éclater au grand jour son goût pour la boisson et ses aventures extraconjugales. Après cela, tout le monde le laisserait tomber comme une vieille chaussette. À moins que…

Königsegg inspira profondément et ferma la fenêtre. Ensuite, il jeta un coup d'œil sur sa montre de gousset et constata qu'il était presque onze heures et demie. Il avait décidé d'attendre minuit. Plus il sortait tard, plus le risque de rencontrer quelqu'un dans les escaliers diminuait.

Au bout de trente minutes passées dans son fauteuil, un autre cognac à la main, le comte se leva. Il éteignit la lampe à pétrole et ferma le dernier bouton de sa veste d'uniforme. Puis il s'empara de la lanterne sourde dont il aurait besoin dans le cabinet de l'empereur et sortit sans bruit dans le couloir.

À présent, il éprouvait une certaine lourdeur dans les membres. Ses genoux vacillaient. Les premiers pas lui donnèrent même l'impression ridicule que le sol s'inclinait sous ses pieds. Néanmoins, il constata qu'il lui suffisait de s'appuyer contre le mur pour garder le cap. Une chance que le cognac ne trouble que son équilibre, pensa-t-il en cherchant la rampe à tâtons. Il gardait l'esprit clair – ce qui était l'essentiel – et son entendement aigu.

Deux paliers plus bas, il toucha au but. Il se trouvait dans un long corridor, faiblement éclairé par les flammes bleuâtres de quelques appliques à gaz. À gauche, du côté de la place Saint-Marc, les appartements de l'empereur se composaient de trois pièces contiguës : tout d'abord l'antichambre, puis la petite salle d'audience et, enfin, le cabinet de travail de Son Altesse où se trouvait le coffre-fort renfermant le collier.

Arrivé devant la porte des appartements royaux, Königsegg s'immobilisa quelques secondes et tendit l'oreille. Comme il n'entendait rien, il appuya sur la poignée avec lenteur, traversa l'antichambre, puis s'engagea d'un pas titubant, mais non dénué d'élan, dans la salle d'audience. Dix minutes après avoir quitté sa chambre, il pénétrait dans le cabinet de travail de l'empereur. Il s'arrêta devant le coffre-fort et inspira de nouveau profondément. Jusqu'à présent, tout s'était déroulé sans accroc. Mais la partie la plus délicate de l'opération l'attendait encore. Il devait composer le bon code.

Quand Grünne avait ouvert le coffre pour y déposer la cassette, deux jours plus tôt, le général de division avait pu voir les deux premiers chiffres de la combinaison. Les quatre suivants allaient de soi. Il s'agissait sans doute d'un zéro, d'un huit, d'un trois et à nouveau d'un zéro. La plupart des gens utilisaient leur date de naissance pour concevoir un code. Königsegg supposait qu'en cela l'empereur n'était pas différent des autres.

Il s'agenouilla, dirigea le faisceau de la lanterne sourde vers le cadran à dix chiffres, gros comme le poing, et arrêta l'aiguille devant le un. Avant chaque nouvelle rotation, il laissait au mystérieux mécanisme de la serrure le temps de s'enclencher. Lorsqu'il eut composé le dernier chiffre, il constata que la sueur perlait à son front et que ses mains tremblaient. Malgré tout, il baissa l'imposante poignée, de la taille de son avant-bras, et tira sur la porte avec précaution. Elle s'ouvrit sans peine. Comme elle était bien huilée, elle ne grinça même pas. Königsegg poussa un soupir de soulagement.

La cassette se trouvait à l'endroit où Grünne l'avait laissée, c'est-à-dire sur l'étagère du milieu. Il s'agissait d'un insignifiant coffret en métal, recouvert de velours vert, qui rappelait immanquablement les boîtes de confiseries de chez Demel, le pâtissier de la Cour à Vienne. Le général de division tendit le bras et l'ouvrit.

Le collier, fixé sur un coussin en velours, était encore plus beau et plus massif que dans son souvenir. Les douze médaillons ovales, dont chacun montrait le profil d'une impératrice romaine, étaient reliés par une chaîne travaillée avec art. Ils produisaient le bruit à la fois clair et sonore des objets en or pur quand ils cognent les uns contre les autres. C'était, pensa-t-il, un de ces bijoux jadis gardés par des dragons et causes de guerres sanglantes. Il devait peser une petite livre. Königsegg ignorait le prix exact de l'or, mais cette somme suffirait à coup sûr pour rembourser ses dettes.

Il enfouit le collier dans une poche de son uniforme, rangea la cassette et referma la lourde porte du coffre-fort. Puis il refit le chemin en sens inverse en prenant soin de ne pas poser les talons. Sur le seuil du cabinet de travail, il s'arrêta un instant et promena le faisceau de la lampe sourde à travers la pièce pour vérifier qu'il n'avait laissé aucune trace. Il y avait peu de chances que quiconque ouvre le coffre-fort dans les prochaines vingt-quatre heures. Il y avait même très peu de chances que quiconque pénètre dans le cabinet de travail avant l'arrivée de l'empereur. Si tout se déroulait comme prévu, il pourrait donc remettre le collier à sa place la nuit suivante.

7

Tron, vêtu de sa veste d'intérieur en velours rouge, une coupe de veuve-clicquot devant lui, s'efforçait d'ignorer les regards réprobateurs de la princesse assise à l'autre extrémité de la table. Elle avait renoncé au dessert, s'était allumé une deuxième cigarette et trempait les lèvres dans son champagne. Il savait ce qu'elle pensait : qu'il ne possédait pas la maîtrise de soi nécessaire pour affronter la vie moderne.

Elle n'avait certes pas tout à fait tort car, ce jour-là, il avait fait des choses qu'il n'aurait pas dû, mais il ne pouvait s'en empêcher : au lieu de traiter les dossiers qui s'empilaient sur le plancher de son bureau, il avait passé les deux premières heures de la matinée au *Florian* à boire du café, à critiquer l'unité italienne et à méditer sur le prochain numéro de l'*Emporio della Poesia*. Par ailleurs, c'était sans nul doute aussi par manque d'autodiscipline qu'il négligeait de plus en plus souvent le plat principal (aujourd'hui une caille braisée) et n'y goûtait pour ainsi dire que *pro forma* afin de mettre tout son appétit au service des soufflés, des exquises mousses au chocolat légèrement glacées et des fruits exotiques.

Par exemple cet ananas doré qu'il coupait en morceaux proportionnés à la taille de sa bouche à l'aide d'un couteau aiguisé et recouvrait de délicieux ingrédients. Depuis quelque temps, il n'abandonnait plus ce soin aux serviteurs éthiopiens de la princesse, mais tenait à s'en occuper en personne. Il commençait par ôter la touffe de feuilles vertes, puis divisait le fruit en tranches de l'épaisseur d'un doigt avant d'en supprimer la peau écailleuse. Ensuite, il recouvrait la chair jaunâtre de chantilly sur laquelle il ajoutait de la nougatine aux amandes ou des miettes de meringue.

Le pire était qu'une fois qu'il avait commencé, il avait du mal à s'arrêter. Avait-il déjà dévoré quatre ananas ou n'en était-il encore qu'au troisième ? Même en admettant que ce soit le quatrième – et dernier –, pensa-t-il, ne devrait-il pas conclure le repas par une cuillère de mousse au chocolat ? Pour lui, en fin de compte, les ananas constituaient le plat de résistance. Or un plat de résistance sans dessert, cela ne s'était jamais vu. En même temps, la princesse risquait de penser que…

Il leva la tête. Elle avait dit quelque chose qu'il n'avait pas compris.

— Trois florins ou, si tu préfères, six lires, répéta-t-elle.

— Pardon ?

— Trois florins ou, si tu préfères, six lires. La pièce, bien entendu.

— Qu'est-ce qui vaut six lires la pièce ?

La princesse expira un anneau de fumée au-dessus de la table. Puis elle dit sans le regarder :

— Un ananas. Quatre ananas coûtent par conséquent vingt-quatre lires. Quant au champagne, il doit se monter à douze lires supplémentaires, ce qui nous mène à un total de trente-six lires.

Cette somme représentait à peu près une semaine de salaire pour un commissaire de police. Était-ce ce que sa fiancée voulait lui faire comprendre ? Non. Il suffisait qu'elle sût qu'il le savait. Tron, qui se demandait toujours où elle voulait en venir, fronça les sourcils.

— Tu souhaites qu'à l'avenir je renonce au dessert ?

Il ne lui parut pas judicieux d'ajouter que, dans les faits, il se contentait d'un seul plat. Maria afficha un sourire un peu froid.

— Bien sûr que non ! D'autant que tu as l'air d'y tenir beaucoup. Je voulais juste te prévenir que certaines circonstances pourraient nous contraindre à des économies.

Le commissaire trouva cette phrase étrange dans la bouche d'une femme qui habitait un palais rénové de fond en comble au bord du Grand Canal et employait une douzaine de domestiques. À présent cependant, le sourire s'évanouit tout à fait sur le visage de sa fiancée.

— La comtesse ne t'a parlé de rien ?

— De quoi aurait-elle dû me parler ?

— Les verriers de Bohême ont adressé une requête à Vienne, expliqua-t-elle sans élever la voix, sur le ton qu'elle prenait d'ordinaire pour annoncer les mauvaises nouvelles. Nous vendons trop de verre pressé en Autriche. De ce fait, le ministère du Commerce songe à prendre des mesures protectionnistes.

Elle se tut et suivit du regard le nuage couleur de lavande qui s'échappait de sa cigarette.

— S'ils instaurent des droits de douane, nous ne ferons plus de bénéfices.

Puis elle ajouta comme en passant :

— Le cas échéant, je serai obligée d'interrompre la production.

Il lui fallut plusieurs secondes pour décoder le sens de cette phrase en apparence anodine : *Le cas échéant, je serai obligée d'interrompre la production.* La fabrication du verre pressé était du domaine de sa mère, la comtesse Tron. La suspension de cette activité obligerait la vieille dame à se contenter de nouveau de son légendaire bal masqué annuel. Il doutait qu'elle s'en accommodât. En outre, une telle décision signifiait que les travaux de leur palais, toujours en ruine contrairement à celui de Balbi-Valier, seraient remis aux calendes grecques.

Étonnant, pensa-t-il, à quel point ses fiançailles avec la princesse avaient changé non seulement sa propre existence, mais aussi celle de sa mère. Au départ, la comtesse avait désapprouvé sa liaison avec la fille d'un petit fermier de la « terre ferme ». Mais au bout de quelque temps, ses allusions caustiques aux origines « modestes » de la princesse avaient cessé. Et quand Maria avait proposé d'inscrire le nom de Tron sur le cristal qu'elle produisait à Murano, la fière Vénitienne avait aussitôt accepté – à la grande surprise de son fils. Dès lors, elle avait investi dans le commerce du verre pressé une énergie non moins surprenante, car elle n'était plus toute jeune. La rendre à sa vie privée était de l'ordre de l'impensable. Le commissaire toussota.

— Je me demande ce que la comtesse fera si tu arrêtes la production.

C'était une bonne question. Qu'est-ce que sa mère pourrait bien faire ? Ouvrir un magasin d'antiquités comme son amie, la comtesse Albrizzi, qui refilait à des étrangers fortunés de faux meubles anciens ? Se spécialiser dans la vente de tableaux de troisième ordre, achetés à vil prix, qu'elle ferait passer pour du bien de famille ? Ou organiser une fois par mois un bal masqué dont elle ferait payer l'entrée, comme au théâtre ? Cela paraissait difficile à imaginer.

Tron se rappela la discussion qu'il avait eue à la gare l'après-midi même. Il dit sans réfléchir :

— Julia Valmarana a ouvert une pension.

Il regretta aussitôt cette confidence, car l'idée de voir le salon du palais Tron transformé en réfectoire lui donnait à elle seule la nausée. La princesse haussa les sourcils.

— La femme de ton camarade de classe ? Celui qui contrôle les billets sur la ligne de Vérone ?

— Valmarana est désormais chef de gare, précisa-t-il. Je suis allé lui rendre visite tout à l'heure.

— Et comment va leur affaire ?

Elle ne marchait pas mal, d'après ce qu'il avait compris. Par précaution, il préféra toutefois atténuer la vérité.

— Ils ont encore besoin de son salaire ! Mais nous avons surtout parlé d'autre chose.

Il se hâta de changer de sujet.

— C'est d'ailleurs pourquoi je n'ai pas pu venir au *Florian* ce midi.

— Que s'est-il passé ?

— On a repêché un cadavre sur la fondamenta Nuove, expliqua-t-il, heureux que la princesse ne pose pas plus de questions sur la pension *Valmarana*. La nuque brisée, semble-t-il, sans papiers d'identité, mais avec un billet Vérone-Venise en première classe. Bossi est persuadé qu'on l'a assassiné et jeté dans la lagune.

— Je croyais qu'il s'était rompu la nuque ?

— Pour Bossi, cela prouve que nous avons affaire à un *tueur professionnel*. Selon lui, les *tueurs professionnels* ne font aucun bruit et ne laissent aucune trace.

Il sourit.

— Pas de sang, pas de fumée !

Il s'était imaginé que la princesse balancerait la tête devant une ânerie aussi puérile. Au lieu de cela, elle poursuivit son interrogatoire :

— Et toi, qu'en penses-tu ?

— Que Bossi lit trop de romans.

Il but une copieuse gorgée de champagne et constata que ses connaissances toutes fraîches sur le prix de cette boisson augmentaient le plaisir décadent qu'elle lui procurait plutôt que l'inverse.

— Je crois, reprit-il, qu'il s'agit d'un accident. L'homme est tombé du wagon, s'est brisé la nuque et a fini dans la lagune.

— S'il s'agit d'un accident, on devrait avoir retrouvé des bagages dans le train, fit remarquer la princesse.

Il approuva.

— C'est pourquoi nous nous sommes rendus à la gare.

— Et alors ?

— On n'a rien retrouvé, lâcha-t-il, soudain envahi par le sentiment qu'elle mettait en doute sa théorie de l'accident. Mais cela ne prouve pas qu'il s'agisse d'un meurtre ! On a pu lui voler son sac.

— Qu'avez-vous l'intention de faire maintenant ?

— Attendre le résultat de l'autopsie et aller à Vérone avec les clichés de Bossi. En tout état de cause, demain matin, nous saurons s'il a été assassiné ou non.

Le commissaire déposa une cuillère de chantilly sur la dernière tranche d'ananas et la recouvrit de généreux morceaux de nougatine aux amandes.

— Après, nous verrons bien.

Cette expression, songea-t-il, ne permettait pas seulement de clore des discussions oiseuses, elle s'appliquait aussi de manière merveilleuse à l'ensemble de son existence depuis quelques années. Il fallait toujours s'accommoder de faits sur lesquels personne n'avait d'influence et qui restaient entourés d'un halo : son mariage avec la princesse, le statut qu'elle occupait dans sa vie, son propre statut dans sa vie à elle, et en plus, à présent, la place de la comtesse dans cet imbroglio. Qu'adviendrait-il de sa mère si les autorités appliquaient un droit de douane au cristal de Venise ? Combien de temps mettrait-on à prendre cette décision à Vienne ?

Tron avait espéré que la princesse éviterait ce sujet pour le reste de la soirée. Mais à peine le café fut-il servi qu'elle revint à la charge.

— Est-il exact que Sissi accompagne son époux en visite officielle ?

« Tiens, se dit-il, elle est déjà au courant. » Il haussa les épaules.

— En tout cas, Spaur part de cette hypothèse.

Maria versa une cuillerée de sucre dans sa tasse. Puis elle poursuivit d'un ton songeur, comme si la pensée venait tout juste de lui traverser l'esprit :

— Tu pourrais peut-être t'entretenir avec elle.

— Je dois prier l'impératrice de m'accorder une audience ?

Maria lui répondit avec une certaine impatience dans la voix :

— Pas la *prier de t'accorder une audience*, Alvise ! Mais lui demander un entretien dès que l'occasion s'en présentera.

— Encore faudrait-il que l'occasion se présente !

— Tu vas bien réussir à la voir, quand même ! s'obstina-t-elle. En fin de compte, c'est vous qui allez veiller sur elle pendant son séjour à Venise.

Le commissaire secoua la tête.

— Eh bien, non ! Cette fois, l'armée est seule responsable de la sécurité du couple impérial.

— Pourquoi cela ?

— Parce qu'à Vienne on ne fait pas confiance à la garde civile.

— Ils vous prennent pour des partisans de Garibaldi ?

Tron acquiesça.

— C'est à peu près cela. Je n'aurai par conséquent aucune occasion de parler à Sa Majesté. On ne me laissera même pas l'approcher. À moins qu'elle ne soit victime d'un malfaiteur et qu'elle n'ait besoin de mon aide. Ce qui me paraît assez peu probable.

Le commissaire repoussa son assiette où baignait un reste de chantilly liquéfiée et tendit la main vers la bouteille de champagne.

— En dehors de cela, reprit-il, je doute qu'elle s'intéresse aux problèmes des verriers vénitiens. Et qu'elle soit en mesure de les résoudre.

Pour dire la vérité, il s'attendait que sa fiancée le contredise – dans son plus bel italien de Florence. Or il n'en fut rien. En fait, elle se leva et se dirigea vers la fenêtre. Comme Moussada, l'un des serviteurs éthiopiens, avait déjà quitté la pièce, elle tira elle-même les rideaux et ouvrit les battants, dévoilant un rectangle presque entièrement noir. Seules quelques lumières du palais Barbaro, pareilles aux feux de position d'un bateau, scintillaient de l'autre côté du Grand Canal. Une bourrasque projeta dans la salle à manger une bouffée d'air humide, automnal, qui sentait le varech gelé.

Le commissaire se leva à son tour et s'approcha de sa fiancée. À ce moment-là, elle lui sourit, tourna les yeux vers le plafond, puis l'observa d'un air interrogateur. Il savait ce que ce regard signifiait. Il l'attira à lui et l'embrassa, d'abord avec douceur, puis avec plus d'insistance. Il lui caressa le dos jusqu'à la taille. Le tissu de sa robe était lisse et soyeux.

Tron désigna la table d'un geste de la main.

— Tu veux que je monte le champagne ?

— Oui, répondit-elle, cette fois dans le plus pur vénitien. Prends la bouteille. Demain, il ne sera plus bon.

Tron ne put s'empêcher de rire.

— Vu le prix qu'il coûte, ce serait dommage. C'est cela que tu veux dire ?

Elle hocha la tête.

— C'est exactement ce que je voulais dire.

8

Chaque fois c'étaient les cris qui le tiraient du sommeil. Alors il se réveillait, trempé de sueur, mais le pire était qu'il continuait de rêver, les yeux grands ouverts, parfaitement conscient. Les images ne pâlissaient même pas avec les années ; au contraire, elles devenaient de plus en plus intenses. La petite fille sortait de la maison en hurlant, sa robe en feu, avant qu'une balle lui pénètre le visage.

Tard dans la nuit, l'unité spéciale dont il avait le commandement avait repoussé les Chemises rouges dans une ferme au sud du lac de Garde et encerclé le bâtiment. Il avait assez d'hommes pour les empêcher de fuir, mais pas assez pour les obliger à se rendre. Comme il n'avait pas voulu tenter un assaut à cause de la femme et de la petite fille à l'intérieur, il avait envoyé un de ses soldats au quartier général tout proche pour demander des instructions.

Il avait cru que compte tenu de leur nette supériorité numérique, les Chemises rouges se rendraient. Il ne savait pas trop ce qu'il adviendrait d'eux par la suite, car l'armée impériale ne connaissait pas souvent le pardon pour les francs-tireurs de Garibaldi, mais au moins, la mère et l'enfant seraient épargnées.

Il ne pouvait pas faire mieux. Quelques prisonniers ou exécutions supplémentaires ne changeraient pas le cours de l'histoire. Deux jours plus tôt, les Autrichiens avaient été battus à plate couture à Solferino et tout le monde savait qu'ils avaient perdu la guerre. Néanmoins, ce n'était pas à lui de décider le retrait. Il n'avait aucune marge de manœuvre.

Les renforts, un détachement de dragons de Linz, arrivèrent à l'aube : il s'agissait de deux douzaines de cavaliers aux uniformes en lambeaux, menés par un certain lieutenant Kurtz qui prit aussitôt le commandement. Kurtz refusa de négocier. Pour commencer, ses hommes mirent le feu à la toiture, puis ils tirèrent sur les rebelles qui tentaient de s'échapper. À la fin, ils tuèrent la femme et la petite fille.

Le tribunal militaire qui le condamna trois mois plus tard pour insubordination – il avait donné un coup de poing au lieutenant Kurtz – se contenta de le dégrader. On ne l'avait pas radié de l'armée parce qu'on avait encore besoin de ses services pour des missions spéciales, des missions qu'il exécutait la plupart du temps seul.

À Vérone, il avait tué un homme qui fabriquait du mercure détonant dans sa cave. À Bad Ems, il avait dérobé des documents dans la chambre d'un général prussien. À Saint-Pétersbourg, il avait éliminé un attaché d'ambassade qui s'apprêtait à vendre des secrets aux Russes. Sa hiérarchie appréciait l'habileté avec laquelle il exécutait ses missions. Et il avait constaté que plus une opération paraissait risquée et impossible, plus elle l'attirait. En outre, il avait toujours un compte à régler avec l'armée autrichienne.

Depuis quelques années, son nom, pareil à l'adresse d'un grand restaurant, courait dans les casinos fréquentés par les officiers. Sans doute était-ce pourquoi le colonel Hölzl avait fait irruption chez lui à Grinzing, dans la banlieue de Vienne, deux semaines auparavant. Il l'avait écouté sans sourciller et, après un bref instant de réflexion, avait accepté son offre. C'était l'occasion qu'il attendait.

Il se tourna sur le côté, chercha les allumettes à tâtons en maugréant et alluma la lampe à pétrole posée sur la table de chevet. Ensuite il se leva et s'avança vers la fenêtre pour fumer une cigarette. Il se sentit soulagé quand les images dans son esprit commencèrent à s'estomper. Il aimait beaucoup ce petit appartement au rez-de-chaussée, une simple pièce avec cuisine qui donnait sur la fondamenta degli Incurabili. À cette heure de la nuit, on ne voyait rien. Mais en plein jour, il pouvait admirer le canal de la Giudecca avec ses voiliers et ses bateaux à vapeur. Quel dommage qu'il dût déjà partir dans une bonne semaine !

Sans doute, pensa-t-il, l'avaient-ils attendu sur le quai et ne l'avaient-ils pas quitté des yeux à son arrivée, la veille. Ils connaissaient le numéro du wagon et du compartiment. En outre, il n'était pas difficile à reconnaître avec son crêpe noir et son *Giornale di Verona* sous le bras. Ils l'avaient observé pendant qu'il négociait avec les bagagistes, puis une demi-heure plus tard, alors qu'il confiait son bien à deux hommes en noir venus exprès de San Michele. Vu la nature de la marchandise, il ne pouvait pas la laisser à la gare durant une nuit. C'est pourquoi il l'avait aussitôt expédiée sur l'île des morts.

Dès qu'elle fut chargée sur la gondole, un homme s'était approché de lui en traînant la jambe. Il lui avait adressé la parole, présenté ses condoléances pour la mort de son père, puis proposé un logement. Pendant un court instant, il avait craint d'avoir à prononcer un mot de passe inconnu. Il avait répondu qu'il acceptait volontiers l'appartement et, à son grand soulagement, le boiteux avait eu l'air satisfait.

Pendant le trajet, ils avaient échangé quelques politesses. L'autre n'avait rien lâché, ni sur l'importance de leur groupe, ni sur la date et le lieu de l'explosion. Il avait simplement dit que l'enterrement était prévu pour le lendemain et qu'ils n'avaient pas besoin de lui pour mettre à l'abri le contenu du cercueil. Néanmoins, il le saurait bientôt – assez tôt pour mettre la police vénitienne sur la voie. Quoique cela ne fût d'ailleurs peut-être pas nécessaire vu son excellente réputation. Le colonel Hölzl s'était dit persuadé que la garde civile ne préviendrait pas la Kommandantur. Elle s'efforcerait sans doute de tuer la bête sans aide extérieure. Comment résister à la tentation de s'approprier la peau de l'ours aux dépens de l'armée ?

Des pas durs, à la cadence militaire, se firent entendre. Ses yeux s'étant habitués à l'obscurité, il distingua deux silhouettes et supposa qu'il s'agissait de chasseurs croates venant de la caserne toute proche et patrouillant sur la fondamenta degli Incurabili. Il recula par réflexe, bien que les soldats n'eussent rien vu qu'un insomniaque en train de fumer une cigarette à sa fenêtre.

Il avait passé la journée à errer sans but à travers la ville et à se perdre dans le labyrinthe des petites *calli* et *salizade* où un individu familier des lieux pouvait aisément disparaître sans laisser de trace. À midi, il avait grignoté un morceau au café *Florian* et s'était ensuite mêlé à la foule sur la place Saint-Marc. Il s'était arrêté devant la tribune qu'on installait en vue de l'arrivée de l'empereur et avait jeté un regard professionnel sur les toits d'en face. On pouvait tirer d'au moins une douzaine d'endroits différents. La distance n'était pas un obstacle – surtout avec l'arme qu'il utiliserait. La seule difficulté consistait à trouver un chemin pour s'enfuir. Par chance, il avait une bonne semaine pour cela. L'essentiel était de bien connaître les lieux. Il apprendrait l'heure le lundi suivant. Il suffirait alors d'appuyer sur la détente au bon moment et, ensuite, de prendre la poudre d'escampette. Plus tard, le colonel Hölzl aurait des comptes à rendre, mais c'était le cadet de ses soucis.

Il tira une dernière fois sur sa cigarette, la jeta par la fenêtre et observa l'arc de cercle dessiné par la pointe incandescente avant qu'elle atterrisse sur le quai dans un jaillissement d'étincelles. Alors il referma les battants et se recoucha. Quelques minutes plus tard, il dormait.

9

Quand Tron arriva au commissariat central le lendemain matin, peu après onze heures, le rapport du docteur Lionardo l'y attendait déjà – deux pages manuscrites, rédigées avec soin par l'assistant du légiste. L'autopsie avait révélé que les poumons du défunt ne contenaient pas d'eau et que l'homme était par conséquent bel et bien mort d'une brutale rupture des vertèbres cervicales. Ce qui signifiait ni plus ni moins qu'il avait été assassiné et jeté dans la lagune. La théorie de l'accident, défendue jusque-là par le commissaire, devenait caduque.

Tron, qui avait survolé le rapport debout, s'assit et posa les jambes sur son bureau pour échapper au froid du *terrazzo*. Il avait plu toute la matinée. À présent, les gouttes projetées contre les vitres par un vent d'est glacial s'infiltraient à travers les joints, puis coulaient sur les appuis de fenêtre pour former de petites flaques sur le sol ou disparaître dans un réseau de fissures pareil à une toile d'araignée.

Le local qu'il occupait depuis cinq ans au deuxième étage du commissariat, une pièce sombre avec deux fenêtres pourries, comprenait un vieux bureau militaire, deux chaises, une armoire à casiers et un poêle en fonte. Il donnait sur un long couloir privé de la lumière du jour et à peine éclairé par trois suspensions, si bien que Tron avait toujours l'impression de travailler au sous-sol.

Son voisin de palier était l'inspecteur Capponi, responsable de l'approvisionnement en matériel de police, un monsieur d'un certain âge avec lequel il échangeait deux ou trois mots à l'occasion. La porte de l'autre côté du couloir donnait sur les archives, un capharnaüm rempli de journaux confisqués et de dossiers des années antérieures, géré par un Autrichien anémique répondant au nom de Lueger. Avaient-ils reçu leur provision mensuelle de combustible, eux aussi ? Dans le bureau de Tron, en tout cas, deux piles de bûchettes attendaient contre le mur, à hauteur de genou, dans un lit de poussière et d'éclats de bois.

Tron, toujours vêtu de sa fourrure pour se protéger du froid, s'approcha d'une des montagnes de dossiers qui occupaient les deux autres murs et en retira au hasard une mince liasse datant de l'année 1853, le rapport d'un vol à la sauvette traité par son prédécesseur. Il s'agenouilla devant le poêle, ouvrit la trappe rouillée, fit des boules avec le papier et les déposa sur la grille. Une fois qu'il eut terminé, il les recouvrit de bûchettes, y versa une bonne dose d'alcool à brûler et approcha une allumette. Un petit jet de flamme s'éleva aussitôt.

Tron observa les langues de feu consumant le papier et s'attaquant peu à peu aux bûchettes. Comme le poêle tirait mal, il fut obligé de les attiser avec la couverture d'un dossier pendant un bon moment. Au bout de dix minutes, il en eut mal au bras droit. Furieux, il décida de transférer son bureau au *Florian* pour la journée quand Bossi apparut dans l'encadrement de la porte.

Le commissaire se releva, épousseta quelques cendres de sa fourrure et montra le bureau du doigt.

— Le rapport de Lionardo est arrivé.

— Je sais, dit le jeune homme en ôtant le pince-nez en verre ordinaire dont il se parait depuis sa promotion au rang d'inspecteur. C'est moi qui l'ai déposé.

Bossi portait la blouse blanche qu'il revêtait parfois pour rappeler qu'il était homme de science et défendait une méthode d'investigation moderne. Il tenait sous le bras une enveloppe marron, sans doute les clichés réalisés la veille.

— Donc, ce n'était pas un accident, lâcha Tron. Vous aviez raison, Bossi.

— J'ai également raison sur un autre point, commissaire, précisa l'inspecteur. Le docteur Lionardo ne l'a pas écrit dans son rapport, mais il me l'a dit de vive voix.

Son supérieur fronça les sourcils.

— Vous avez parlé à Lionardo ? Quand ? Et où ?

— Je suis allé à l'Ospedale Ognissanti. Pour être sûr que vous trouviez le rapport à votre arrivée.

— Alors, qu'est-ce qui manque dans ce rapport ? s'enquit Tron.

— Que cette façon de tuer est assez rare.

— Vous voulez dire : briser la nuque ? Oui, c'est ce que vous prétendiez.

— À présent, c'est le docteur Lionardo qui le prétend. Il ne suffit pas de tourner la tête de la victime. Il faut connaître l'amplitude exacte de l'angle et savoir comment tenir le crâne. Peu de gens ont assez de force pour exécuter un tel geste. Le docteur suppose que le meurtrier s'est aidé de ses bras. Cette façon de tuer demande une technique particulière.

— D'où l'on peut conclure que l'assassin n'est pas un amateur ?

— Ce sont à peu près ses termes, en effet, dit Bossi.

— Pourquoi cette information ne figure-t-elle pas dans le rapport ?

— Le docteur Lionardo ne s'estime pas compétent en dehors du domaine médical. Ses déductions demeurent des opinions personnelles.

— Malgré tout, cette opinion lui a paru assez importante pour qu'il vous en fasse part, remarqua Tron. Vous savez ce qui m'étonne le plus ? C'est que le mort n'avait sur lui qu'un billet de train. Aucun document sinon ce billet.

— Si le meurtrier avait prévu de jeter le cadavre à la mer, il n'a pu le tuer que sur le pont au-dessus de la lagune puisque quelqu'un aurait très bien pu monter à Fusina. Il n'avait donc pas beaucoup de temps. Le billet lui a sans doute échappé.

— Ou alors, la victime n'a tout bonnement pas pris le train, objecta le commissaire.

Son assistant fronça les sourcils.

— Comment cela ?

— Peut-être que cet homme n'a pas été assassiné dans le train, expliqua Tron. Peut-être même n'a-t-il pas été assassiné à Venise. On peut lui avoir glissé un billet dans la poche pour nous lancer sur une mauvaise piste.

— Vous pensez que c'est possible ?

— Oui. Je ne dis pas que c'est la vérité, mais c'est possible. En tout cas, cette version me paraît plus probable qu'un mystérieux meurtre commandité. Nous ne sommes pas dans un roman, Bossi.

— Que faire, maintenant ?

— Ce sont vos clichés ? demanda Tron avec un geste du menton.

Bossi hocha la tête et lui tendit l'enveloppe marron. Le commissaire en sortit une des feuilles cartonnées de grand format. Chaque fois qu'il regardait une photographie, il avait le sentiment de voir quelque chose de très vieux, remontant à une époque révolue depuis longtemps, même s'il savait que ce n'était pas possible puisqu'il s'agissait d'une invention récente. L'homme avait un visage banal, rasé de près et peut-être grassouillet – il était difficile de dire si sa peau n'avait pas gonflé sous l'effet d'un séjour prolongé dans l'eau salée. Tron dit :

— Je suggère que vous alliez montrer ces photos à Vérone, Bossi.

10

La pluie et le vent assaillirent soudain la gondole de toutes parts. D'instinct, Boldù s'enfonça dans les coussins. De violentes bourrasques faisaient naître des crêtes d'écume blanche à la surface des vagues. À travers l'épais rideau d'air humide, il avait du mal à distinguer les voiliers qui les frôlaient. Le plus inquiétant restait que le vent se prenait dans le *felze* – l'habitacle noir sous lequel ils étaient assis – et faisait gîter l'embarcation. Il se demanda s'il était déjà arrivé qu'une gondole fasse naufrage dans le canal de la Giudecca. Il se demanda également si l'homme à côté de lui savait nager.

Cet homme, du nom de Rossi, était venu le chercher deux heures plus tôt sur la fondamenta degli Incurabili et semblait décidé à ne lui révéler le contenu de sa mission qu'une fois arrivé à destination. Sur ces deux points – le contenu de la mission et leur lieu de destination –, les instructions du colonel Hölzl demeuraient floues. En cas d'ennui, il lui faudrait improviser.

Jusqu'à présent, la conversation dans la gondole s'était limitée au strict minimum. Rossi n'avait pas l'air très curieux de mieux le connaître, il l'avait à peine interrogé. Bien entendu, Boldù savait que la discrétion était une règle d'or dans son métier. Il se retenait donc lui aussi de poser des questions.

Lorsqu'ils eurent atteint la punta di Santa Marta – après avoir traversé le canal de la Giudecca d'est en ouest –, la pluie cessa d'un coup et le vent retomba. Sur leur droite s'étendait le Champ de Mars. Devant eux se dressait la minuscule île de Santa Chiara. Et à gauche, on distinguait dans la grisaille le pont de chemin de fer qui reliait la gare à la terre ferme. Cette vue inhabituelle – rares étaient les étrangers à s'aventurer dans cette partie de la ville – l'amusa sans raison.

Une petite douzaine d'épaves mouillaient devant Santa Chiara. De plus près, Boldù s'aperçut qu'en attendant d'être envoyées à la ferraille, elles servaient de logis à des Vénitiens : des feux de camp brûlaient sur des gabares couvertes de cabanes, des voiliers privés de gréement supportaient des constructions provisoires. Deux chalands reliés par des cordes hébergeaient selon toute apparence un nombre de gens assez important : on entendait des cris d'enfants et des aboiements, des hommes en haillons pêchaient, appuyés au bastingage. Lorsque la gondole passa devant eux, ils détournèrent la tête avec défiance.

Sur l'ordre de Rossi, la gondole mit le cap vers un bateau à aubes, ancré en marge de cette étrange colonie et à moitié caché par un brick sans mât, raison pour laquelle Boldù ne l'avait pas remarqué tout de suite. C'était un paquebot à roues latérales, qui avait dû perdre un jour sa cheminée, son garde-corps et ses mâts de drapeau. Une longue fente, manifestement rebouchée de l'intérieur, traversait les planches de la proue telle une balafre mal cicatrisée. On aurait dit un navire que seul un miracle avait préservé du naufrage.

La gondole s'approcha sans bruit. Juste avant l'abordage, Boldù put lire sur un des énormes caissons qui abritaient jadis les roues hydrauliques : *Patna*. Sans doute un nom indien, pensa-t-il.

Une fois en haut de l'échelle de coupée toute pourrie, fixée à la poupe du navire, il constata que même les habitants de l'étrange colonie aquatique avaient dédaigné l'embarcation. Ce n'était pas seulement le garde-corps, mais l'ensemble du bastingage qui avait disparu. La timonerie ne possédait plus ni porte ni fenêtre, le pont était jonché d'ordures. Seules les superstructures à l'avant, accessibles par un petit escalier, semblaient encore intactes. Il remarqua qu'aucun des panneaux de pont, en verre opale, n'était cassé.

Rossi s'arrêta devant la porte, frappa trois coups et attendit. Quelques instants plus tard, un jeune homme apparut dans l'encadrement, un couteau à la main. Il hocha la tête sans un mot et s'écarta pour les laisser passer.

Boldù fut surpris par la taille de la cabine. À la grande époque du *Patna*, il devait s'agir du restaurant de bord. Ici, contrairement au pont, le sol était impeccable. Une légère odeur de désinfectant planait dans l'air, presque comme dans un hôpital militaire. Un énorme bureau couvert d'une pile de feuilles en carton se dressait juste au-dessous de la source de lumière, à côté d'une machine à la fonction non moins mystérieuse que le carton. Elle se composait de deux billots sur lesquels était fixé un rouleau muni d'une manivelle à une extrémité. Il ne put s'empêcher de penser à un tournebroche.

Son guide tourna la manivelle pour lui prouver à quel point c'était facile.

— Ainsi, expliqua-t-il, la fabrication des mortiers gagne en précision et en rapidité. Nous avons assez de matériel pour deux cents garnitures. Et avec une feuille, nous faisons quatre parois.

Garnitures ? Parois ? Boldù ne comprenait toujours pas ce qu'ils fabriquaient, mais jugea préférable de ne pas poser de questions.

— Venez ! poursuivit Rossi. Je vais maintenant vous montrer où nous mélangeons la poudre explosive.

Il ouvrit la porte du fond qui menait dans une autre cabine. Boldù nota l'existence de trois fenêtres percées – sans doute après coup – dans la paroi à bâbord. Là non plus, on ne voyait rien à travers car les vitres étaient elles aussi en verre opale.

Sous le panneau de pont se dressait une grande table qui supportait cette fois deux plaques en marbre, serties dans un cadre en bois, sur lesquelles on pouvait changer la nature de la poudre en modifiant la proportion de salpêtre et de soufre : obtenir de la poudre de chasse à partir d'une poudre de guerre, ou l'inverse. Boldù ignorait quel type d'explosif il avait transporté. Mais de toute évidence, il fallait d'abord le transformer avant d'en garnir les mortiers.

— Le matériel est là-dedans, reprit Rossi en montrant du doigt deux grandes caisses au pied de la table.

Boldù supposa qu'il voulait parler de la poudre qui devait servir à fabriquer des projectiles ou des petites bombes.

— Nous avons du nitrate de strontium et du nitrate de baryum en quantité suffisante, poursuivit le Vénitien. Quant à l'antimoine pour le blanc, nous devrions le recevoir demain. Alors, nous pourrons procéder au mélange et mettre le pilon en route.

Il désigna un appareil posé sur une table à côté du plan de travail. Il se composait d'un long tube métallique vertical d'où sortait un câble passant par une poulie fixée au plafond avant de retomber vers le bas. Cette partie du câble était munie d'une poignée. Il suffit que Rossi tire dessus pour qu'un piston s'élève dans les airs. Dès qu'il lâcha la poignée, le piston s'écrasa avec fracas dans le fond du tube.

— Nous remplissons les chandelles par petites doses, expliqua-t-il sur un ton qui rappelait à Boldù son professeur de chimie à l'école militaire. Le pilon permet de damer le mélange avec une force constante. Bourrée à la main, la poudre dense ne brûle pas de façon régulière. Or il faut qu'elle soit dense à cause de la hauteur.

Boldù s'éclaircit la gorge.

— Et à quelle hauteur pensiez-vous ?

À ce moment-là, son interlocuteur prononça une phrase qui lui dessilla les yeux.

— Je veux qu'on puisse voir les bouquets dans l'ensemble de la ville. Je pensais donc à une centaine de mètres.

Ayant enfin compris de quoi il retournait, Boldù faillit éclater de rire. En fait, il aurait pu réagir plus tôt. Le baryum pour le vert, l'antimoine pour le blanc, le strontium pour le rouge : l'idée était géniale. L'espace d'un instant, il fut tenté de combiner son propre projet à celui du groupe. Il sourit.

— Et quand avez-vous l'intention de lancer le feu d'artifice ?

— Dès le soir de l'arrivée de l'empereur. En signe de bienvenue.

— Et où ?

— Pile au-dessus de la place Saint-Marc. Depuis le toit des Anciennes Procuraties. Nous voulons allumer vingt fusées à vingt endroits différents.

— Combien serons-nous ?

Rossi hésita une seconde. Puis il dit :

— Avec vous, cela fait cinq.

Boldù fronça les sourcils.

— Seulement cinq pour vingt positions ?

— Nous utiliserons des mèches de différentes longueurs, lui expliqua le Vénitien. Cela fait quatre positions par personne.

— Et comment accède-t-on au toit des Anciennes Procuraties ?

— Par un petit escalier à l'abandon qui donne sur le bassin Orseolo.

— Il n'y a rien sous les combles ?

— Rien que du bric-à-brac et de la fiente de pigeon. Un grand nombre de tuiles sont cassées. Il ne sera pas difficile de les retirer.

— Vous êtes sûr qu'on ne peut pas voir les tuiles manquantes d'en bas ?

Rossi secoua la tête.

— Non, pas dans l'obscurité. Et puis, nous les enlèverons à la dernière minute.

« Voilà des informations fort intéressantes », pensa Boldù.

11

Sous le regard attentif du professeur, Eberhard von Königsegg sortit une bourse en velours rouge de la poche de sa redingote et la posa devant l'appareil installé sur la table. Il se composait de deux cylindres en cuivre, montés sur un socle en fer et reliés par des tuyaux. Une flamme brûlait sous celui de gauche, où un cadran indiquait les degrés. Quand la température convenable serait atteinte, le professeur ouvrirait la trappe à l'avant, y introduirait le collier et ajouterait quelques gouttes de mercure. Le général de division n'arrivait toujours pas vraiment à y croire. Pourtant, la veille, il avait vu de ses propres yeux que cela fonctionnait.

Il devait l'adresse au gondolier du casino Molin. « Dites au professeur que vous venez de la part d'Angelo. Il vous aidera. » Voyait-on à ce point qu'il venait de signer une reconnaissance de dette d'un montant faramineux ? Et qu'il songeait à se tirer une balle dans la tête ? Königsegg demeurait persuadé que le Seigneur lui avait envoyé un ange. Le nom du gondolier ne pouvait pas relever du hasard.

Le lendemain matin, il avait donc rendu visite au professeur qui lui avait expliqué avec force détails le fonctionnement de sa machine. Bien entendu, le général avait eu du mal à le croire. Cependant, le professeur l'avait prié de défaire son alliance et avait posé celle-ci dans le cylindre de gauche. Puis il y avait versé du mercure et, cinq minutes plus tard, il avait sorti de celui de droite une pépite d'or du même poids que l'alliance. Enfin, il lui avait rendu sa bague – en parfait état. Königsegg avait aussitôt pensé au bijou de l'impératrice.

À présent, le professeur sortait le collier de la bourse en velours et ouvrait la trappe. L'intendant en chef de Sa Majesté fut soudain gagné par l'inquiétude.

— Vous êtes sûr que cela ne va pas endommager le collier ?

Il était entré dans une pharmacie pour le faire peser. Il détestait qu'on se moque de lui et n'avait pas l'intention de payer plus des dix pour cent convenus. Mais le principal restait que le collier revienne cette nuit même, intact, dans le coffre-fort du palais royal. Le professeur lui adressa un sourire rassurant.

— Bien entendu, monsieur !

Il déposa le bijou dans le cylindre, versa du mercure contenu dans un flacon et referma la trappe. Il fallait désormais attendre cinq minutes. L'horloge murale fixée au-dessus de la table indiquait sept heures.

Le professeur régla l'intensité de la flamme sous le cylindre de gauche et recula d'un pas. Après quelques secondes de silence, il répéta les explications de la veille.

— Ce procédé s'appelle la *multiplication directe*. Le mercure enveloppe le bijou et prend l'empreinte du métal. Je ne parle pas de la forme, mais de la substance. Voilà pour le premier cylindre.

Le général de division n'y comprenait toujours rien.

— Et que se passe-t-il une fois que le mercure s'est imprégné de l'or ? demanda-t-il.

— Il arrive dans le second cylindre par l'intermédiaire des tuyaux. Là, l'empreinte *coagule*.

Königsegg s'éclaircit la gorge.

— Et après ?

— Attendons que l'or refroidisse ! déclara le professeur. Ensuite, nous le pèserons. Il se peut que l'empreinte se recompose en petits grains.

Il sourit.

— Cela faciliterait le paiement de ma commission…

L'intendant en chef de l'impératrice savait que le collier pesait à peu de chose près une livre. Après déduction des dix pour cent, il lui resterait donc toujours quatre cent cinquante grammes. C'était plus qu'assez pour rembourser ses dettes. Il regarda l'horloge en face de lui. Encore deux minutes. Son cœur battait à tout rompre. Dieu, dans sa grâce, lui avait envoyé un ange et lui, de son côté, s'était montré digne de cette grâce : il avait agi avec audace et détermination. « Le Seigneur, pensa-t-il, vient en aide à ceux qui prennent soin d'eux-mêmes. »

Il jeta un nouveau coup d'œil à l'horloge. Plus qu'une bonne minute. Ensuite, ils pèseraient l'or, le professeur retiendrait sa commission (entre-temps, Königsegg avait décidé de ne pas se montrer regardant) et, un quart d'heure plus tard, il pourrait quitter les lieux. Peut-être devrait-il se rendre sans plus attendre au casino Molin pour y régler ses dettes ? Il lui semblait de toute façon risqué de pénétrer dans les appartements de l'empereur avant minuit. Et puis, tant qu'à être au casino, rien ne l'empêchait de jouer une petite partie. Voire deux. Il ferma les yeux en se réjouissant d'avance. Pendant un moment, il eut même l'impression d'entendre la roulette tourner dans le plateau.

Le bruit de la porte d'entrée qu'on défonçait, suivi de pas précipités dans le couloir, interrompit brutalement sa rêverie. Quelques secondes après, la porte derrière lui s'ouvrit et deux policiers firent irruption dans la pièce. L'un était petit et gros, l'autre grand et mince. Tous deux portaient l'uniforme bleu de la police vénitienne et tenaient un pistolet à la main. L'arme du gros le visait. Celle du maigre était tournée vers le professeur.

Pendant quelques bienfaisantes secondes, il réussit à se bercer de l'illusion qu'il s'était juste endormi et vivait un cauchemar d'une extrême perfidie. Mais le maigre hurla un ordre en vénitien que le général de division ne comprit pas. Alors le canon du pistolet désigna le plafond. Königsegg leva aussitôt les mains en l'air. Du coin de l'œil, il constata que le professeur l'imitait.

Les deux policiers s'approchèrent. Le gros avait un visage franc et sympathique. Le maigre, au contraire, faisait penser à un oiseau de proie. Ni l'un ni l'autre ne semblait très respectueux du règlement : il leur manquait le baudrier blanc passé en écharpe au-dessus de la veste. Compte tenu des circonstances, Königsegg jugea préférable d'éviter tout commentaire.

Le professeur protesta d'une voix forte, emportée. Le maigre lui répondit sur le même ton. Ils parlaient à nouveau vénitien, si bien que le général de division n'y comprenait rien. L'altercation s'acheva quand le policier attrapa le professeur par l'épaule et le poussa sans ménagement contre le mur. Il tira une paire de menottes de sa poche d'uniforme et lui attacha les mains dans le dos.

Alors, le gros s'avança vers la machine, ouvrit la trappe du cylindre de gauche et en sortit le collier avec précaution à l'aide d'un mouchoir. En le voyant, il ne put retenir un cri de surprise. Les deux policiers parurent se réjouir. Ils échangèrent quelques mots en vénitien.

— Ce collier vous appartient-il ? demanda ensuite le maigre en italien, de sorte que le général put le comprendre.

Il hocha la tête.

— Une très belle pièce, lâcha le policier en faisant glisser le bijou entre ses doigts.

Ses yeux brillaient au milieu de son étroite face de vautour.

— De quoi aiguiser les convoitises…

— Il appartient à ma femme, dit l'Autrichien d'une voix lasse.

— Combien vous a-t-il demandé ? voulut savoir le gros. Dix pour cent ? Vingt pour cent ?

— Dix pour cent, répondit-il.

Les deux policiers éclatèrent de rire. Puis le maigre lâcha :

— Il vous en aurait pris cinquante, monsieur. De force, si nécessaire. Vous n'auriez jamais osé porter plainte. Vous êtes de passage ici ?

Königsegg acquiesça d'un geste de la tête.

— Où logez-vous ?

— Au *Danieli*, prétendit-il, incapable sur le coup de trouver le nom d'un autre établissement.

— Vous avez vos papiers ?

— Ils sont dans ma chambre.

— Dans ce cas, hélas, nous allons devoir vous prier de nous y conduire.

— Vous me rendrez le collier, une fois arrivés ?

Question absurde. Arrivés où ? Dans une chambre qui n'existait pas ? Le gros sourit d'un air désolé et secoua la tête.

— Je n'ai pas le droit, monsieur. Mais ne vous faites aucun souci. Si vous pouvez prouver que le collier vous appartient, le tribunal vous le rendra à l'issue du procès.

Le général de division blêmit.

— Il va y avoir un procès ?

— Le professeur ne vous a-t-il pas averti que sa machine était illégale ?

— Je n'étais pas au courant ! s'exclama Königsegg.

— Cet homme est recherché par nos services pour plusieurs délits de même nature, expliqua le mince avec un regard de mépris en direction du professeur, debout contre le mur, les yeux clos.

À nouveau, une discussion en vénitien à laquelle l'Autrichien ne comprit pas un traître mot s'engagea entre les deux policiers. Ensuite, le gros ouvrit la trappe du cylindre de droite, en sortit les grains d'or qui s'y étaient *coagulés* et les mit précieusement dans son mouchoir avant de dire en italien :

— Nous allons vous conduire tous les deux au commissariat. Après un détour par le *Danieli*.

Il adressa un regard interrogateur à son collègue et, sur un geste de celui-ci, dessina avec l'index un cercle imaginaire. Le colonel comprit. Il ne servait à rien de résister. Il fit demi-tour et joignit les mains dans le dos.

Lorsqu'ils sortirent de l'immeuble et s'engagèrent sur le campo Santo Stefano, il était presque huit heures du soir. Il pleuvait toujours à verse. Königsegg, qui avait oublié son chapeau – ainsi que l'essentiel de sa raison – dans l'appartement du professeur, sentit les gouttes couler de ses cheveux jusque dans sa redingote. Plusieurs personnes équipées de lanternes sourdes vinrent à leur rencontre. Il constata avec effroi qu'il s'agissait d'officiers autrichiens. Mort d'angoisse, il s'imagina que l'un d'eux pouvait le reconnaître. Bonsoir, général. Vous avez besoin d'aide, général ? Mais ils passèrent à côté d'eux sans même leur accorder un regard.

Peut-être devrait-il proposer un marché aux deux représentants de la loi. Les grains d'or contre le collier. Il avait d'emblée songé à cette issue. Mais il n'avait pas compris la conversation entre le maigre et le professeur. Il se pouvait que les policiers aient déjà refusé une offre similaire car ils n'étaient pas tout à fait comme les autres – il le sentait depuis le début. Il poussa un soupir en se disant que la différence tenait sans doute à leur intégrité.

Ils avançaient toujours dans l'ordre qu'ils avaient adopté avant de sortir de l'appartement : le professeur et lui en tête, les policiers derrière, l'arme au poing. La pluie semblait diminuer. Cependant, un vent violent s'était levé ; les gouttes les frappaient au visage. Dans dix minutes au plus tard, ils seraient au *Danieli*. Là, pensa-t-il, envahi par une horreur diffuse, c'en était fini de lui. À moins qu'il ne parvienne à prendre la fuite. S'il réussissait, il lui resterait cinq jours pour remettre le collier dans le coffre-fort avant l'arrivée de l'empereur. Il ne voyait absolument pas comment s'y prendre, mais peut-être le Seigneur lui accorderait-il une deuxième fois un miracle.

Ils venaient de traverser le campo Santo Maurizio et s'engageaient à présent dans la calle delle Ostreghe, une étroite ruelle bordée en plein jour de charmantes boutiques, mais plongée à cette heure dans une telle obscurité qu'on ne voyait pas à un mètre. Königsegg avait les yeux qui lui piquaient, les menottes lui faisaient mal aux poignets. Le pire restait pourtant la crainte des événements à venir.

— *Mori turi tesa lutant*, murmura-t-il.

Il ne savait pas trop ce que cette phrase signifiait ni où elle se trouvait dans les Saintes Écritures – il n'était pas aumônier, après tout –, mais ce proverbe de la Bible lui semblait convenir à sa situation. On aurait presque dit une prière, ou une formule magique.

— *Mori turi tesa lutant*, répéta-t-il avec ferveur.

À cet instant, il se produisit pour la seconde fois de la soirée un événement qu'il n'avait pas prévu. Il lui fallut trois ou quatre secondes pour comprendre ce qui s'était passé. Le professeur à côté de lui avait pris ses jambes à son cou et disparu dans l'obscurité. Le général sentit une main se poser sur son épaule et l'écarter. Le maigre hurla quelque chose en vénitien et les deux policiers s'élancèrent à leur tour. Il entendit encore pendant un moment leurs cris furieux et le bruit de leurs bottes sur le pavé. Puis les cris cessèrent, les pas s'évanouirent et le silence se fit. Königsegg avait de nouveau le sentiment d'être plongé dans un rêve. Il fit deux pas en arrière en titubant, se retourna et s'enfuit dans la nuit.

12

— Fantastique, murmura Tron.

Il se cala dans son fauteuil et posa sur ses genoux les deux feuilles manuscrites qu'il venait de lire avec ravissement. La princesse, assise dans sa méridienne de l'autre côté de la table basse, releva la tête d'un air troublé pour se replonger aussitôt dans la lecture de documents commerciaux. Bien que les fenêtres donnant sur le Grand Canal fussent fermées et les rideaux tirés, on entendait les gouttes de pluie contre les vitres – un bruit qu'il avait toujours trouvé réconfortant.

Le texte qu'un certain M. Fabri venait de lui envoyer, accompagné d'un bref courrier, pour l'*Emporio della Poesia* de décembre portait le titre lapidaire de *Dame élégante*. Même si le sujet demeurait flou, Tron soupçonnait qu'il s'agissait d'un poème d'amour. D'un certain côté, le style était vaporeux, mystérieux, mais en même temps, c'était le plus pur et le plus transparent qu'il ait jamais lu.

E tu non sei del mondo, o bella creta,
No, del mondo non sei, nè del poeta[1]...

1. « Et tu n'es pas de ce monde, ô belle argile / Non, pas de ce monde, et pas au poète... »

Qui était ce M. Fabri, habitant près du pont de l'Académie ? Quel inconnu avait couché sur le papier ces vers enchanteurs et…

— Fantastique, dit à son tour la princesse.

Il leva les yeux et, quoiqu'il n'y eût rien de répréhensible dans ses réflexions, il éprouva un instant le sentiment désagréable qu'elle avait lu dans ses pensées. Il toussota.

— Pardon ?

— Les nouveaux chiffres de Vienne sont fantastiques ! expliqua-t-elle, non sans une légère exaspération dans la voix.

Comme il la fixait toujours d'un air imbécile, elle ajouta :

— Le verre pressé, Alvise ! Un tiers des pots de chambre vendus à Vienne sortent de nos ateliers.

Tron ravala sa salive. De toute évidence, la princessc n'avait pas du tout lu dans ses pensées.

— Tu m'en vois ravi.

— Il y a juste un petit problème, poursuivit-elle. C'est que les chiffres sont *trop* bons.

Elle alluma une cigarette et expira la fumée pardessus la table du salon.

— Plus nous vendons, plus les producteurs de Bohême renforcent leur pression. Nous devons trouver un expédient.

— Que veux-tu dire par là ?

— L'idéal, murmura-t-elle, serait qu'il arrive un malheur à l'impératrice…

Elle le scruta de ses yeux verts.

— Un petit incident qui, avec ton aide, se transformerait en grande joie.

Ciel, on aurait dit qu'elle exigeait de lui un coup monté ! Le commissaire jugea prudent de ne pas approfondir la question.

— Tu crois que j'aurais ainsi l'occasion d'évoquer les droits de douane ?

Maria esquissa un petit mouvement de la tête.

— Le couple impérial ne reste que quatre jours à Venise, objecta-t-il. Et le protocole est très strict. Cela laisse peu de place pour des petits malheurs. En dehors de cela, je crains que tu n'exagères l'influence de Sissi sur son époux.

— Si les rumeurs provenant de Vienne ne mentent pas, non ! déclara-t-elle avec un sourire de supériorité.

— Et que disent ces rumeurs ?

— Que l'impératrice intervient activement dans les affaires politiques. Et que François-Joseph se range de plus en plus souvent à son avis. Les mouvements nationaux se renforcent tous les jours et l'empereur n'a aucun remède.

— Quel est celui de Sissi ?

— Lâcher la bride et faire preuve de compréhension. Ce qui ne convient guère aux intrigants de la Cour et encore moins à la grande-duchesse Sophie.

— Comment sais-tu tout cela ?

— Par Hyazinth de Ronay, notre représentant à Vienne. Il connaît bien Ida Ferenczy, la lectrice de Sa Majesté.

— Tu crois que la présence de Sissi aux côtés de son mari cache des raisons politiques ?

— Cela ne me paraît pas exclu. Si tel était le cas, tant mieux pour nous ! On pourrait interpréter l'introduction de nouvelles taxes douanières comme un affront envers la Vénétie. Cette affaire ne représente pas seulement un enjeu économique, mais aussi politique.

— En d'autres termes, le destin de la monarchie austro-hongroise dépend de ton verre pressé, lâcha Tron.

La princesse, sourde à l'ironie de cette remarque, hocha la tête avec le plus grand sérieux.

— On pourrait le formuler ainsi, en effet.

— Je me demande quels projets amènent l'impératrice à Venise.

— Elle n'est pas obligée d'avoir en tête un plan précis. Sa simple présence suffit amplement car, à l'inverse de son mari, elle sait tout à fait disposer les gens en sa faveur. Tu es bien placé pour le savoir.

Au souvenir de leur rencontre, Tron sourit.

— Tu as raison ! Néanmoins, là n'est pas la question. Je n'arrive tout simplement pas à m'imaginer que son influence sur l'empereur soit aussi grande que tu le prétends.

— C'est ce que pensaient beaucoup de gens. Or ils se trompaient tous.

La princesse regarda son fiancé tout en écrasant sa cigarette.

— Veux-tu apprendre quelques informations concernant la Hofburg ?

— J'adore les informations sur la Hofburg ! répondit-il.

— Eh bien, cet été, François-Joseph et Sissi se sont déchirés.

— À quel sujet ?

— À propos de Rodolphe, le prince héritier. Et de son précepteur, le comte Leopold Gondrecourt. Un individu abject, protégé par la grande-duchesse Sophie.

La princesse fit une pause calculée.

— Que dirais-tu d'un précepteur qui réveille son élève en pleine nuit à coups de pistolet et l'asperge d'eau dans son lit ?

— Quel âge a le petit ? demanda le commissaire, curieux de découvrir l'objectif de cette digression.

— Six ans, répondit-elle.

— Je tiendrais cet homme pour un tortionnaire.

Elle hocha la tête.

— C'est également l'opinion de Sissi. Cet été, elle a écrit une lettre virulente à son mari : ou bien lui, ou bien moi.

Tron fronça les sourcils.

— Elle aurait demandé le divorce s'il avait refusé de renvoyer Gondrecourt ?

— Parfaitement.

— Et alors, que s'est-il passé ?

— Le comte Gondrecourt a été forcé de tirer sa révérence. Rodolphe a désormais un précepteur choisi par sa mère, un libéral. Au grand mécontentement de Marie-Sophie et de la camarilla.

Ah, c'était donc cela, le fin mot de l'histoire ! Tron conclut :

— En d'autres termes, quand Sissi veut quelque chose, rien ne l'arrête. La question reste de savoir si elle est prête à se battre pour notre verre pressé avec la même énergie que pour l'éducation de son fils.

— Cela vaut la peine d'essayer, Alvise.

La voix et la mine de la princesse laissaient deviner qu'elle attendait de lui en réalité bien plus qu'une simple tentative.

— Que sait-on de précis sur le protocole prévu pour cette visite officielle ?

— Rien. C'est bien cela qui rend Spaur furieux : nous sommes dans le flou complet. Tout ce que je peux dire, c'est qu'on ne nous communiquera les détails du programme qu'au tout dernier moment.

— Pourquoi cela ?

Le commissaire haussa les épaules.

— Sans doute veut-on compliquer autant que possible la tâche à d'éventuels conspirateurs.

Maria afficha une grimace sceptique.

— Des conspirateurs ? À Venise ? Alors que le retrait des Autrichiens n'est plus qu'une question de temps ?

— L'empereur voit sans doute les choses d'un autre œil, répliqua Tron. Je doute que François-Joseph soit disposé à lâcher la Vénétie. Et les conspirateurs, de leur côté, ne partagent sans doute pas non plus ton avis.

— Tu parles toujours de conspirateurs. Tu veux dire qu'il existe ici des gens qui projettent pour de bon un attentat contre Sa Majesté ?

Il secoua la tête.

— Non, pas à ma connaissance. Un tel crime nuirait plus à la cause italienne qu'il ne la servirait. Mais je suppose que la police militaire observe de près certains cercles. Nous, au commissariat, nous ne sommes pas au courant. Nous ne traitons pas les questions politiques, juste les vols et les crimes ordinaires.

Maria garda le silence pendant un instant. Puis elle demanda :

— Au fait, cet homme repêché sur la fondamenta Nuove, il a été assassiné ou pas ?

— Oui, assassiné, répondit le commissaire, heureux qu'elle change enfin de sujet. Le rapport d'autopsie donne raison à Bossi. On lui a brisé la nuque.

— Et maintenant, quelle théorie défend ton inspecteur ?

— Toujours la même. Selon lui, il s'agit d'un *tueur professionnel.*

Elle éclata de rire.

— Du Bossi tout craché ! dit-elle. Et toi, qu'en penses-tu ?

— Qu'il a trop d'imagination. Et qu'il est encore trop tôt pour échafauder des théories.

— Qu'avez-vous l'intention de faire maintenant ?

— Découvrir si la victime a bien pris le train. Ce billet pourrait n'être qu'un leurre. Pour lancer la police sur une mauvaise piste.

— En clair, tu as envoyé Bossi à Vérone avec ses photographies pour savoir si quelqu'un reconnaît la victime, j'ai raison ?

Il hocha la tête.

— Exact. Il me le dira demain matin.

— Et s'il ressort que l'homme a bien été assassiné dans le train ?

— Nous aurons le premier crime ferroviaire dans l'histoire de Venise, dit Tron avec un soupir. Jusqu'à présent, ça ne s'est vu qu'à Londres ou à Paris. Bossi sera ravi.

13

L'ancien sergent Bossi, passé inspecteur un an plus tôt et devenu entre-temps chef du laboratoire de la police de Venise, s'approcha du miroir et inclina le buste pour vérifier les pattes d'épaule indiquant son rang – une étoile en laiton à droite, une autre à gauche – qui brillaient maintenant de tout leurs feux. Il les avait astiquées pas plus tard qu'un quart d'heure auparavant. Pour cela, il devait certes ôter sa veste d'uniforme, mais il avait constaté qu'on voyait pratiquement *tout* sur ces étoiles en laiton – la moindre tache, le moindre grain de poussière. Il n'avait donc pas le choix, il fallait les frotter à intervalles réguliers.

Bossi trouvait que ces étoiles, quoiqu'un peu plus grandes qu'il ne l'eût souhaité, lui donnaient un air plus sage et plus intelligent. D'ailleurs, quand il se plaçait dans une certaine position en face du miroir, le buste incliné dans le bon angle, il se sentait en effet plus sage et plus intelligent.

Le rapport sur lequel il venait de passer deux heures dans sa soupente du commissariat central ne donnerait pas satisfaction au commissaire. Non que son enquête de la veille à Vérone se fût conclue par un échec (il avait au contraire découvert une foule de choses, beaucoup plus en fait qu'il ne s'y était attendu), mais elle ouvrait toute une série de questions auxquelles il ne serait pas facile de répondre, à son avis. Ce qu'il avait appris une fois de retour à Venise, en particulier, renforçait le mystère romanesque de cette affaire. Il sourit de plaisir. Lui, pour sa part, adorait les histoires de ce genre, et il regrettait que le commissaire ne partageât pas ce penchant.

Il s'assit de nouveau à sa table minuscule, ajouta quelques virgules à son rapport et, pour finir, consulta la pendule. Il était presque onze heures. L'inspection du café *Florian* à laquelle le commissaire procédait tous les matins s'étirait parfois en longueur, mais en général il débarquait au bureau vers onze heures. Bossi rassembla les deux feuilles de papier, les glissa dans une chemise et se leva. Puis il jeta un dernier coup d'œil dans le miroir pour vérifier les étoiles de ses épaulettes et sortit.

— La victime est bien montée dans le train à Vérone, annonça-t-il cinq minutes plus tard.

Il avait pris place en face de Tron, sur la chaise Thonet qui craquait à chaque mouvement, et avait posé son rapport sur le bureau.

— Le contrôleur se souvenait très bien de lui à cause de ses bagages inhabituels. Ou, pour être plus exact, de la caisse qu'il transportait avec lui.

L'inspecteur marqua une petite pause avant d'ajouter :

— Il voyageait avec un cercueil.

— Comment ?

Bossi observa avec ravissement les yeux écarquillés du commissaire.

— Un cercueil en zinc soudé et scellé. D'après les documents administratifs, le défunt serait mort du choléra. Le bon de transport était au nom d'un certain M. Montinari.

— Donc, nous connaissons maintenant le nom de la victime, remarqua Tron.

L'inspecteur l'approuva.

— Qui a établi les documents ?

— Le certificat concernant le cercueil a été signé par un médecin de Peschiera. Quant au bon de transport, ce sont les chemins de fer.

— Si M. Montinari a été assassiné pendant le trajet, enchaîna le commissaire, le cercueil n'a pas pu être réceptionné à l'arrivée. Par conséquent, il devrait toujours se trouver à la gare.

— Ce serait le cas si personne n'était venu le chercher.

— Qui l'a récupéré ?

Préférant le laisser deviner par lui-même, Bossi se contenta de dire :

— Un homme muni du bon de transport établi à Vérone.

— Il ne peut s'agir que de l'assassin, conclut son supérieur. À qui a-t-il parlé à la gare ?

— À l'employé responsable du fret, qui lui a remis le cercueil en main propre.

— Vous avez une description ?

— Taille moyenne, fort, rasé de près. Ni jeune ni vieux. Sans signe distinctif.

— Où se trouve le cercueil à présent ?

— À San Michele.

— Comment le savez-vous ?

— Un porteur a vu qu'on le chargeait sur une gondole une demi-heure après l'arrivée du train. Les deux hommes qui s'en occupaient sont fossoyeurs sur l'île des morts. Le hasard veut qu'il les connaisse.

— Est-ce que le meurtrier est monté à bord ?

— Ça, hélas, je l'ignore.

Tron prit une mine songeuse.

— Quelqu'un vient à Venise avec un cercueil. On le tue et on lui dérobe son cercueil. C'est étrange comme histoire…

— Vous croyez qu'il s'agit d'un vol ? demanda Bossi.

— L'œuvre d'un *tueur professionnel* à la solde d'obscures puissances ? se moqua le commissaire avec un sourire que son subalterne trouva quelque peu condescendant. Chargé de détourner le cadavre d'une personne morte du choléra ? Non, Bossi, je ne crois pas. Bien entendu, on ne peut pas exclure qu'il s'agisse d'un crime crapuleux, ni même d'un meurtre sur commande. Cependant, en règle générale, les histoires de la vraie vie sont beaucoup plus banales et n'offrent guère matière à un roman.

— Qu'est-ce que vous proposez, alors ?

Tron jeta un coup d'œil sur l'horloge accrochée près du portrait de l'empereur et lâcha :

— Nous allons faire ce qui paraît s'imposer.

— Nous rendre à San Michele ?

— Exact. Même si j'ai du mal à croire que le cercueil y soit jamais arrivé. Tuer un homme et voler un cercueil pour aller l'enterrer soi-même à San Michele n'aurait vraiment aucun sens.

— Et si jamais vous vous trompiez ?

Tron ne put s'empêcher de rire.

— Dans ce cas, Bossi, vous me prêterez un de vos romans.

14

Vue du ciel, l'île San Michele, le cimetière de Venise, possédait une forme étonnamment géométrique, mélange de rectangles, de carrés et d'arcs de cercle. Sur ce bloc de pierre, il ne poussait pas un seul vrai arbre, rien que des cyprès droits et sombres, et on ne voyait nulle part de terre marron et fertile.

Le père Silvestro, qui n'avait jamais souffert de l'absence de vrai arbre et de terre fertile, s'enferma dans son cabinet de travail et baissa la poignée pour vérifier que la porte était bien fermée. Puis il monta sur une chaise et recouvrit le crucifix en bois d'un bout de tissu. Il tira les rideaux, s'assit à son bureau et sortit un couteau du tiroir. Alors il prit la grande enveloppe marron posée devant lui et l'ouvrit d'une main tremblante.

Il était allé la chercher le matin même au bureau du Rialto, où elle l'attendait en *poste restante**[1]. Chaque fois qu'il revenait avec une nouvelle commande, son cœur battait à tout rompre. Il se sentait observé. Bien entendu, il savait que c'était absurde. Sa silhouette grêle et ses sympathiques yeux marron traduisant la piété et l'ascèse faisaient de lui l'idéal du prêtre

1. Toutes les expressions en italique suivies d'un astérisque sont en français dans le texte. (*N.d.T.*)

digne de confiance. Personne ne pouvait soupçonner la véritable nature du courrier.

Le père Silvestro rangea le couteau dans le tiroir et se retourna par précaution pour jeter un dernier coup d'œil à la porte et à la fenêtre. Puis il plongea sa main toujours tremblante dans l'enveloppe. La première fois qu'il avait passé commande, il vivait encore au séminaire. Il était tombé sur une annonce dans un journal français et avait été très satisfait de la livraison. Il aurait beaucoup aimé s'accorder ce petit plaisir de manière plus régulière, mais il craignait que cela ne se voie s'il détournait trop souvent de l'argent de la quête.

Comme d'habitude, l'enveloppe comprenait deux douzaines de clichés au format pratique d'une *carte de visite**, emballés un par un dans du papier de soie parfumé. Trois d'entre eux, constata-t-il ravi, étaient colorés avec bon goût. Chacune des jeunes femmes photographiées tenait à la main un objet : un tambourin, un éventail, un verre de vin, une cigarette. Et en dehors d'un haut-de-forme, d'un turban ou de bottines, elle était nue.

Lorsqu'il entreprit de disposer les photographies sur son bureau, à la manière d'un jeu de patience, il sentit le sang lui monter à la tête et son pouls s'accélérer. Il rouvrit le tiroir, en sortit cette fois une loupe et se pencha au-dessus des clichés en haletant. Quand il tenait la loupe tout contre son œil droit et qu'il fermait le gauche, il avait l'impression qu'il lui suffisait de tendre pour le bras pour…

Il s'attendait si peu à ce qu'on frappe à la porte qu'il lâcha la loupe sous le coup de l'émotion. La panique le tint dans son étau pendant plusieurs secondes. Enfin, une voix qu'il ne connaissait pas retentit de l'autre côté, pareille à celle de la mort.

— Vous êtes là, père Silvestro ? Nous aimerions vous parler.

Le prêtre ouvrit le tiroir en hâte, y glissa les photos à deux mains, le referma d'un geste brusque et se leva en vacillant.

Tron et Bossi pénétrèrent dans une petite pièce à deux fenêtres, dont l'ameublement se limitait à une armoire, une étagère presque vide, deux chaises et un bureau sur lequel étaient posées une bible grande ouverte et une loupe au manche en écaille. Pour quelque mystérieuse raison, le crucifix accroché au mur était recouvert d'un tissu, si bien qu'on ne voyait que les pieds du Christ. Le père Silvestro, dont la soutane avait remonté et laissait aussi voir les orteils, était un homme maigre au front haut et à l'allure ascétique. La vue d'un uniforme semblait le terroriser.

— Je suis le commissaire Tron, du secteur de Saint-Marc, se présenta Tron d'un air affable. Et voici l'inspecteur Bossi. Nous sommes désolés de vous déranger en plein travail, mon père.

— De quoi s'agit-il ?

Les traits du prêtre s'étaient apaisés. Cependant, sa voix restait fluette et apeurée. Il s'était posté devant son bureau et ne faisait pas mine de leur offrir un siège. Sans doute, pensa Tron, parce qu'il ne disposait que de deux chaises et voulait ainsi éviter de commettre un impair.

— Il s'agit d'un cercueil, répondit-il.

— D'un cercueil ?

Il était difficile de savoir si le curé était vraiment surpris ou s'il faisait semblant.

— Dimanche soir, expliqua le commissaire, deux fossoyeurs sont venus chercher un cercueil à la gare avant de le ramener ici. Nous recherchons l'homme qui l'a transporté jusqu'à Venise.

Le père Silvestro leva les sourcils.

— Vous recherchez M. Montinari ?

— Vous le connaissez ?

À présent, c'était au tour de Tron d'être surpris. Son interlocuteur hocha la tête.

— Il est venu réserver un emplacement il y a une bonne semaine. L'enterrement a eu lieu lundi.

— Qui a pris part à la cérémonie ?

— Personne en dehors de M. Montinari et de moi-même, répondit le prêtre. Il n'a pas de famille à Venise.

— Et qui a envoyé les deux fossoyeurs l'accueillir à la gare dimanche soir ?

— M. Montinari m'a expédié un télégramme de Vérone dimanche matin pour me communiquer l'heure d'arrivée. Je les ai donc chargés de récupérer le cercueil.

Le père Silvestro semblait avoir recouvré son calme. Sa voix n'était plus aussi fluette et inquiète.

— Vous connaissez son adresse à Venise ? intervint Bossi.

— Il habite sur le campo San Giobbe. En face de l'église.

Puis se tournant à nouveau vers le commissaire, le prêtre ajouta :

— Pourquoi me posez-vous toutes ces questions ?

— Parce qu'on a commis un crime dimanche soir dans le train de Vérone et que nous recherchons des témoins.

— Vous pensez que M. Montinari pourrait avoir vu quelque chose ?

— C'est bien possible. Voilà pourquoi nous aimerions lui parler.

Le père Silvestro fronça les sourcils.

— Cette affaire a-t-elle un rapport quelconque avec le cadavre repêché devant le ponte dei Mendicanti ?

Le commissaire lui adressa un sourire poli.

— Nous n'en savons rien. L'enquête ne fait que commencer.

À ce moment-là, Bossi se manifesta de nouveau.

— Où se trouve la tombe ?

Le prêtre répondit par une autre question.

— Où avez-vous laissé votre gondole ?

— Devant le ponton face à la fondamenta Nuove, expliqua l'inspecteur.

— Dans ce cas, vous êtes passés devant. C'est la tombe toute fraîche juste à gauche en arrivant.

Tron avait en effet remarqué quelque chose de semblable.

— Vous voulez parler des planches recouvertes d'une couronne de fleurs ?

— Oui, dit le père Silvestro. La pierre tombale n'arrive que dans trois semaines. M. Montinari a tenu à s'en occuper en personne.

Au moment de prendre congé, le curé avait retrouvé sa tranquillité sacerdotale : il leur donna la main – quoique du bout des doigts, comme s'il venait de discuter avec deux hérétiques.

— Félicitations, Bossi ! lâcha le commissaire un quart d'heure plus tard, alors qu'ils étaient de nouveau assis dans la gondole. Votre hypothèse était la bonne. Le cercueil est bel et bien arrivé à San Michele.

Sur le chemin du retour, ils n'avaient certes pas vu le cercueil, mais ils s'étaient arrêtés devant la tombe en question – un trou caché par des planches où une couronne de fleurs se fanait.

— Je me demande à quelles déductions vous allez maintenant arriver, poursuivit-il. Pourquoi le *tueur professionnel* n'a-t-il pas détourné le cercueil, mais l'a-t-il expédié sur l'île des morts ?

Bossi, la mine renfrognée, garda le silence pendant un moment. Puis il demanda :

— Et vous, commissaire, quelles conclusions en tirez-vous ?

— Strictement aucune, répondit Tron en allongeant les jambes et en se calant dans les coussins. Je n'y comprends rien du tout.

La gondole s'écarta sur la droite pour éviter un bateau à vapeur grec qui était sorti de la sacca della Misericordia et passait justement sous le ponte dei Mendicanti. Il faisait un calme plat de sorte que la fumée qui s'échappait de la cheminée formait une colonne sale dans l'air humide.

— M. Montinari, reprit le commissaire, achète une concession à perpétuité il y a une bonne semaine. Ensuite il se rend à Peschiera où son père décède. Il revient à Venise avec le cercueil, mais se fait assassiner en chemin. Or, bizarrement, le meurtrier ne trouve rien de mieux que d'envoyer le cercueil à San Michele, comme c'était prévu à l'origine, et l'enterrement a lieu le lendemain en présence de Montinari lui-même, lequel devrait en principe être mort.

Tron secoua la tête et poussa un soupir.

— Une seule chose est sûre : ce n'est pas M. Montinari qui a été assassiné dans le train, puisqu'il assistait à l'enterrement lundi dernier.

— Qui était-ce, alors ?

— Quelqu'un qui se faisait passer pour lui, dit le commissaire. Dieu seul sait pour quelle raison.

— Et pourquoi l'a-t-on assassiné ?

— Je n'en sais rien. Cette histoire n'a aucun sens.

Tron se tourna vers la gauche et observa son subalterne.

— Quelle impression vous a faite le père Silvestro ?

— Quand il a ouvert la porte, il était paniqué. Vous avez remarqué le tissu sur le crucifix ?

— Oui, bien sûr.

— Les curés utilisent ce stratagème pour éviter que l'œil du Seigneur ne s'attarde sur eux, expliqua Bossi avec un air d'intense réflexion, c'est-à-dire le plus souvent quand ils se livrent à une activité pas très catholique.

— À quelle activité pas très catholique pensez-vous ?

— Mentir, suggéra l'inspecteur. Le père Silvestro avait quelque chose à cacher. Cela crevait les yeux.

— Et quoi ?

— Je n'en sais rien, concéda Bossi. Mais ne trouvez-vous pas louche qu'il ait aussitôt évoqué le cadavre du ponte dei Mendicanti ?

Le commissaire fit non de la tête.

— Pas du tout. Il en a sans doute entendu parler. Dans ces conditions, la question s'impose.

— Qu'allons-nous faire maintenant ? demanda Bossi.

— Vous avez une suggestion ? lui rétorqua son chef.

L'inspecteur prit une mine songeuse. Puis il proposa sur un ton hésitant d'aller au campo San Giobbe – même s'il se doutait qu'il irait rendre visite à M. Montinari tout seul. Tron se retint de sourire.

— Vous avez besoin de moi pour cela, inspecteur ?

Bossi reprit un air songeur, s'éclaircit la gorge et répondit :

— Pas nécessairement, commissaire.

— Dans ce cas, je vous suggère de me déposer au commissariat en chemin.

15

Boldù avait les moyens de se payer une gondole sur le môle ou à la Douane de mer, mais il choisit de prendre le bac sur la fondamenta Nuove. Le trajet en gondole aurait duré au moins une demi-heure. Après, le gondolier se serait sans doute souvenu de son visage. Il n'avait pas l'intention de commettre un délit. Néanmoins, il jugeait préférable de laisser aussi peu de traces que possible.

C'était la première fois qu'il se rendait à San Michele. Il n'avait encore jamais eu de raison de le faire – ni d'ordre professionnel ni d'ordre privé. Il descendit de bateau et gravit les cinq marches en travertin tout usées, une gerbe de fleurs achetée sur le rio dei Mendicanti à la main. Il affichait la mine d'un homme venu remplir son devoir pour une date anniversaire. Il portait la même redingote que dans le train quelques jours auparavant. S'il rencontrait un des hommes auxquels il avait remis le cercueil à son arrivée, celui-ci risquait de le reconnaître. Mais cette éventualité lui paraissait peu probable.

Il traversa le cimetière dans le sens de la longueur et s'arrêta quelques minutes sur la rive nord. Devant lui s'étendait le canal dei Marani avec l'île de

Murano à l'arrière-plan. Sur le pont d'un voilier dalmate chargé à ras bord de bois à brûler, il distinguait les marins transis de froid. Au bout d'un moment, il rebroussa chemin et revint sur ses pas sans se presser. Il ne savait toujours pas comment s'y prendre. Il avait besoin de l'information, mais ignorait par quel moyen se la procurer. Soudain, il aperçut un jardinier dans l'aire orthodoxe. Son humeur s'éclaircit tout à coup.

Lorsqu'il remonta dans le bac pour rentrer sur la fondamenta Nuove, une demi-heure plus tard, tous ses problèmes étaient résolus. Il avait déposé sa gerbe sur la tombe d'un certain Angelo Crispi et – comme par hasard – il avait noué conversation avec le jardinier en train de tailler une petite haie de buis, deux tombes plus loin. Il n'eut même pas besoin de l'interroger pour apprendre que deux policiers étaient venus le matin même et avaient eu un entretien assez long avec le père Silvestro.

À la fin de leur bavardage, le jardinier lui avait appris un autre détail très intéressant. Il avait raconté que le lundi précédent, on avait repêché un cadavre sur la fondamenta Nuove, en face de San Michele pour ainsi dire, et que trois gondoles de police avaient interdit l'accès au quai pendant une demi-journée. Par réflexe, Boldù avait failli sortir son porte-monnaie pour lui donner un généreux pourboire. Après réflexion, il avait toutefois préféré s'en abstenir. L'information avait pour lui une grande valeur, mais le jardinier n'était pas obligé de le savoir.

16

Quand il ouvrit les yeux, Eberhard von Königsegg se demanda pendant quelques instants dans quelle ville et dans quel lit il se trouvait. À Vienne ? À Graz ? À Innsbruck ? Puis il reconnut le plafond jaunâtre parsemé de taches d'humidité, distingua le cordon de la sonnette au-dessus de sa tête et sut qu'il était à Venise. Cette découverte l'assomma tel un coup de massue.

Que s'était-il passé la veille au soir, après son arrestation ? Il se rappelait que les deux policiers s'étaient lancés aux trousses du *professeur* et que lui-même avait couru dans l'obscurité jusqu'au moment où il s'était retrouvé sur le campo Santo Stefano. Mais qu'était-il arrivé ensuite ? Compte tenu des circonstances, il paraissait plus que probable qu'il s'était accordé un petit remontant. Seulement, dans ce cas, où avait-il bien pu boire tant et tant qu'il ne s'en souvenait plus ? Et était-il rentré au palais royal seul ? Ou une patrouille militaire l'avait-elle ramassé dans une ruelle sombre ? S'il était revenu par ses propres moyens, il se demandait comment il avait pu passer la sentinelle et monter les escaliers dans son état.

D'ores et déjà, il savait que, quelle qu'elle fût, la réponse à ces questions obsédantes et impitoyables l'humilierait. Pourtant, le pire restait à venir : que se passerait-il quand l'empereur ouvrirait le coffre fort et constaterait la disparition du collier ? L'intendant en chef ferma les yeux et soupira. Non vraiment, avec une telle gueule de bois, il ne pouvait pas réfléchir à ces questions sans encourir le risque de voir son crâne exploser.

Ah, comme il aimerait être mort – mort et enterré à Venise ! S'être éteint en douceur, comme le crépuscule, peut-être après un dernier mot viril et militaire. Il redressa la tête avec précaution et constata, surpris, qu'il en était capable sans que son estomac se révulse et qu'une horde de ménades lui traverse le cerveau. Il rouvrit les paupières et se força cette fois à les garder ouvertes plus longtemps.

Il était allongé sur son couvre-lit, vêtu de la redingote dans laquelle il avait quitté le palais royal la veille. Les rideaux entrebâillés laissaient filtrer une pâle et froide lumière hivernale. Toute sa chambre semblait recouverte d'une pellicule grasse et grise. Un coup d'œil sur sa montre de gousset – qui n'avait pas disparu – lui révéla qu'il était presque deux heures. Avaient-ils déjà lancé des recherches pour le retrouver ? Et avaient-ils déjà compris quel trésor était tombé entre leurs mains ?

Les deux sergents avaient sans aucun doute prévenu le commissaire responsable du secteur dès le matin. Et bien entendu, le commissaire – Tron, comme il se le rappela tout à coup – en parlerait au commandant de police. Mais pas tout de suite. Ce Tron commencerait par enquêter, ce qui pouvait prendre un ou deux jours. Le général de division parvint à s'asseoir sur son lit, puis à poser les pieds par terre. Tout à coup, il savait ce qui lui restait à faire.

Tron, qui consacrait ses heures de loisir à la publication d'une revue portant le nom d'*Emporio della*

Poesia, se pencha sur les épreuves du numéro de décembre, ferma les paupières et inspira l'odeur incomparable du papier neuf et de l'encre fraîche. Un coursier lui avait livré la plaquette au commissariat. Il se réjouissait donc d'avoir laissé Bossi enquêter seul sur la piazza San Giobbe. Une tâche plus sérieuse l'attendait. Il avait décidé de publier le poème intitulé *Dame élégante* en première page, accompagné d'un essai critique qu'il avait rédigé pendant ses heures de service au café *Florian*. Comme d'habitude, le dernier tiers de l'*Emporio* était réservé à la littérature allemande ou, plutôt, aux serviteurs autrichiens de Sa Majesté. Spaur ainsi que le commandant de place Toggenburg y occupaient depuis longtemps un espace important, mais désormais quelques beaux esprits de l'état-major et du quartier général de Vérone s'étaient joints à eux pour garantir à la revue des ventes confortables.

Tron, qui ne s'attendait pas à être dérangé, leva les yeux avec agacement quand il entendit frapper. La porte s'ouvrit en grinçant et le sergent Vazzoni apparut avec sa face de lune.

— Qu'y a-t-il, sergent ?

Avant de répondre, le policier salua de façon réglementaire.

— Un certain comte Königsegg attend en bas, commissaire. Il demande à vous parler.

Tron écarquilla les yeux.

— L'intendant en chef de Sa Majesté ? En uniforme ?

Vazzoni secoua la tête.

— Non, en civil. Il ne ressemble d'ailleurs pas vraiment à un comte.

— Vous a-t-il expliqué l'objet de sa venue ?

— Il a juste dit qu'il s'agissait d'un sujet important.

Le policier fit un pas en arrière.

— Dois-je lui répondre que vous êtes occupé, commissaire ?

Tron leva la main d'un geste horrifié.

— Surtout pas, sergent !

Il rangea les épreuves de l'*Emporio* dans le tiroir, se leva en hâte et lissa sa redingote du plat de la main. Pour que l'intendant en chef de Sa Majesté lui rende visite au commissariat, il devait avoir un problème. Peut-être même était-ce l'impératrice qui avait un problème. Dans ce cas…

Tron n'arrivait pas à croire à son bonheur. Il prit une profonde inspiration et se frotta les mains.

— Allez me chercher le comte ! ordonna-t-il à Vazzoni. Et traitez-le avec la plus extrême obligeance.

Cinq minutes plus tard, la porte se rouvrit et Eberhard von Königsegg pénétra dans le bureau. Il portait une redingote gris souris, des bottes à guêtres blanches et une canne censée de toute évidence contrecarrer une dérive à bâbord. Tron devina aussitôt les effets d'une nuit bien arrosée car dès l'arrivée du général de division, une intense odeur de cognac et d'eau de Cologne se répandit dans la pièce. Il lui avança la chaise branlante destinée à ses visiteurs et regagna sa place.

— Je suppose que vous disposez déjà du rapport, déclara Königsegg sans ambages.

Même de l'autre côté du bureau, son haleine était à peine supportable ; c'est dire que sous le vent, on avait de fortes chances de s'intoxiquer ! Pourtant, il parlait de manière tout à fait distincte.

Tron afficha le sourire d'un directeur d'hôtel confronté à un client difficile, mais fortuné. Devait-il faire semblant de savoir de quel rapport le comte lui parlait ? Parce que le client est roi ? Non, trop risqué.

Pas la peine de compliquer l'affaire. Il avait survolé la main courante : en dehors d'une petite altercation au *Quadri*, il ne s'était rien passé de notable la nuit précédente. Il se pencha poliment au-dessus du bureau, bravant avec courage les exhalaisons éthyliques de son vis-à-vis.

— De quel rapport voulez-vous parler, mon général ?

Königsegg lui adressa un regard perplexe.

— Le rapport sur l'arrestation de Santo Stefano et le collier réquisitionné, murmura-t-il sur le ton d'un conspirateur. Je peux vous être utile, commissaire. Et en échange, vous pouvez peut-être me rendre service.

Ces propos semblaient traduire un extrême égarement. Le général souffrait-il de visions ? Tron résolut d'avancer avec prudence. Il renouvela son sourire d'hôtelier.

— Quand l'arrestation a-t-elle eu lieu ?

Königsegg le fixa un instant, bouche bée.

— Hier soir, à Santo Stefano.

— Et qui a procédé à cette interpellation ?

— Deux sergents en uniforme.

L'Autrichien s'efforçait visiblement de garder bonne contenance.

— Cela signifie-t-il que vous n'êtes pas informé ? voulut-il savoir.

— Il n'y a aucune trace de cette arrestation dans la main courante, répondit le commissaire. Le seul incident au cours de la nuit dernière est une dispute au *Quadri*.

Deux officiers croates ivres morts avaient tiré leurs couteaux. Tron estima plus élégant de passer ce détail sous silence.

— Toutefois, cette affaire ne relevait pas de notre compétence puisqu'il s'agissait de deux officiers de Sa Majesté. S'il s'est produit quoi que ce soit la nuit dernière, nous n'avons rien dans nos dossiers.

— Se peut-il que des policiers d'un autre secteur procèdent à des arrestations dans le vôtre ?

Tron fit la moue.

— En principe, oui, à l'issue d'une poursuite. Néanmoins, même dans ce cas, nous devrions avoir reçu un rapport.

— Pourtant, je les ai vus de mes propres yeux ! s'entêta le général.

— Où cela ?

Cette fois, le comte dut réfléchir un instant. Il finit par répondre :

— Dans un petit restaurant sur le campo Santo Stefano.

Il leva la main droite pour se gratter la tempe. On aurait dit qu'il était pris tout à coup d'une terrible migraine.

— J'avais rendez-vous avec un homme qui voulait me vendre un collier en or, reprit-il.

— Un bijoutier ?

Königsegg toussota avec nervosité.

— Je suis incapable de vous le dire. J'ai fait sa connaissance par hasard. Nous nous étions donné rendez-vous dans ce restaurant pour qu'il me montre le collier en question.

— Vous ne le connaissiez donc pas ?

Le général de division secoua la tête.

— Non.

— Et comment s'est déroulée cette arrestation ?

— J'étais au comptoir pour modifier la commande quand j'ai vu deux policiers s'approcher de notre table et emmener mon interlocuteur avec eux.

— Vous êtes sûr qu'il s'agissait de policiers ?

Tron remarqua que cette question lui fit l'effet d'un coup de poing.

— Que voulez-vous dire par là, commissaire ? balbutia le comte.

— Qu'on peut acheter de vieux uniformes à tous les coins de rue, expliqua-t-il. Mais admettons qu'il s'agît bien de policiers. En quoi pourrais-je vous être utile, mon général ?

— Eh bien, je pensais que… En fait…

Königsegg laissa la phrase en suspens et fixa son interlocuteur. Tron connaissait bien cette expression. C'était celle d'un homme prêt à parler, car se sentant perdu et en danger.

Toutefois, l'intendant en chef se ressaisit très vite. Il se leva. S'il avait failli lui faire une confidence, c'était terminé. Le commissaire se leva à son tour. Il sourit d'un air compréhensif.

— Si jamais vous avez besoin de mon aide, mon général, vous pouvez me joindre à tout moment au palais Tron.

— Ce ne sera pas nécessaire, répliqua Königsegg d'un ton sec.

Il s'inclina de manière cérémonieuse, tourna les talons et sortit d'un pas chancelant.

C'est seulement lorsqu'il eut fermé la porte derrière lui que Tron prit conscience d'une légère incohérence dans son récit déjà bizarre en soi. Il n'existait pas de restaurant sur le campo Santo Stefano. Depuis que le petit café en face de l'église avait fermé, il n'y avait plus une seule boutique. Donc, ou bien Königsegg s'était trompé d'endroit, ou bien il avait menti. Mais pourquoi ?

Tron haussa les épaules. Il se rassit, ouvrit le tiroir de son bureau et en sortit les épreuves de l'*Emporio*. Il avait vraiment plus important à régler. Si l'intendant en chef avait un problème, il ne manquerait pas de se manifester à nouveau. Et on lui prêterait assistance avec le plus grand plaisir.

17

Le colonel Hölzl arriva sur le campo Santa Margherita par le sud. C'était un homme de taille moyenne, aux habits discrets, qui portait un haut-de-forme noir et tenait une canne bienveillante dans la main droite. Il s'agissait en réalité d'une canne-épée sans laquelle il ne sortait jamais de chez lui. Il aimait cette arme à son image, car il se voyait lui-même comme un homme d'acier dont la vraie nature se cachait derrière le masque de l'inoffensif bourgeois. Le colonel Hölzl résolut de la montrer à Boldù dès la première occasion : il en tirerait ses conclusions.

La bruine qui avait arrosé la ville pendant tout l'après-midi avait cessé à la tombée de la nuit. Cependant, le ciel restait couvert. Comme la lumière des rares lampes à huile fixées sur le mur des maisons n'excédait pas quelques enjambées, la plus grande partie de la place était plongée dans l'obscurité. On distinguait à peine la Scuola dei Varoteri, le bâtiment en briques au centre du campo où ils s'étaient donné rendez-vous. C'était vraiment un lieu idéal pour une rencontre secrète. Il doutait que Boldù soit surveillé, mais mieux valait ne courir aucun risque. Quand il eut fait le tour de l'édifice central, il constata que son agent n'était pas encore arrivé. Il faut dire qu'il avait dix minutes d'avance.

L'avant-veille, il avait reçu à Vienne un télégramme de Turin dont les dix phrases insignifiantes, une fois déchiffrées, prenaient un sens si grave qu'il avait aussitôt demandé un entretien à Crenneville. Et comme le colonel lui avait conseillé de se rendre à Venise, par précaution, il avait pris le train de Trieste dès le lendemain, puis l'*Archiduc Sigmund*, un bateau à aubes du Lloyd autrichien.

Le colonel Hölzl, pour qui la Sérénissime ne possédait pas plus de charme que Klagenfurt, avait déjeuné au *Quadri* et bu un café au *Florian*, prenant toujours soin de vérifier qu'on lui donnait bien une facture correcte, avec la date, pour le remboursement de ses frais de séjour. Par deux fois, il avait passé un long moment sur la Piazzetta à examiner les lucarnes de la bibliothèque Marciana, le bâtiment d'où les coups de feu devaient partir, très en biais. Il ordonnerait à Boldù de se tenir bien droit dans la lucarne au moment où il tirerait ses coups de feu d'opérette. Il fallait à tout prix qu'on voie l'homme cherchant à tuer Son Altesse. Le colonel s'arrêta et ferma les yeux. Il entendait les détonations, le cri de panique s'élevant de la foule, et dans un remarquable contraste, il voyait le sang-froid du souverain ainsi que son regard reconnaissant posé sur lui.

Il ne faisait aucun doute qu'après cela il serait invité au bal donné le soir au palais royal et que l'empereur ne manquerait pas de le féliciter. Peut-être aurait-il même droit à une poignée de main, d'homme à homme. Et qui sait ? N'était-il pas en droit d'espérer une promotion à son retour à Vienne ? Peut-être même une décoration ? La croix de Léopold avec son ruban ? La médaille du prince Eugène avec sa feuille de chêne et ses épées ? Ou même l'ordre de

Marie-Thérèse avec sa barrette de diamants ? Le colonel Hölzl en eut le souffle coupé. Il dut se retenir au pommeau de sa canne, sa canne-épée, de telles perspectives lui donnant le vertige.

Quand un toussotement s'éleva derrière lui, il fit volte-face et ne put s'empêcher de pousser un petit cri. L'espace d'un instant, il s'imagina avec angoisse victime d'un vol. Si on lui dérobait sa bourse et sa canne-épée, il ne pourrait même pas porter plainte. Il aurait l'air trop stupide. Mais ce n'était que Boldù, plus grand que dans son souvenir. À cause de l'obscurité, il ne distinguait pas son visage. Malgré tout, il avait l'impression d'y apercevoir un sourire.

— Lieutenant Boldù ?

— Évitez de m'appeler lieutenant tant que nous sommes à Venise, répondit celui-ci sans se démonter. Je pensais que vous n'arriviez qu'après-demain.

— Jc sais, concéda le colonel. Mais il y a une petite complication. L'homme que vous avez assassiné dans le train aurait dû signaler son arrivée à Venise. Il était convenu qu'il envoie un télégramme à Turin.

— Il n'en a jamais été question, lâcha le lieutenant.

Aucun signe d'agacement ni de colère dans sa voix.

— Parce que nous l'ignorions, répondit le colonel.

— Et maintenant ?

— Une certaine excitation règne là-bas, expliqua Hölzl. J'ai cru devoir venir vous l'apprendre en personne. D'autant qu'il y a une autre petite complication.

Le colonel se racla la gorge avec nervosité.

— Comme ils restaient sans nouvelle, ils ont envoyé un télégramme à un certain Ziani.

— Ziani ? Qui est-ce ?

— Un membre du groupe de Venise. Il traîne un peu la jambe.

— Dans ce cas, il s'appelle Rossi, le corrigea Boldù. C'est l'homme qui est venu me chercher à la gare.

Il se tut un instant. Quand il reprit la parole, son interlocuteur nota un certain mécontentement.

— Vous m'aviez assuré que le contact entre les différents groupes se limitait au strict minimum. Connaissez-vous le contenu du télégramme ?

— Pour commencer, Ziani doit garder ces informations pour lui, révéla le colonel.

— Ils ne font pas confiance à tous les membres du groupe ?

Hölzl hocha la tête.

— C'est ce qu'on dirait. Combien sont-ils ?

— Quatre, répondit Boldù. Ziani, qui s'appelle maintenant Rossi, et trois autres.

— Que projettent-ils ?

— Ils fabriquent des bombes. Ils veulent les jeter sur la tribune et s'enfuir dans la foule.

Le colonel ne put que branler du chef devant tant de naïveté.

— La plupart des civils sur la place Saint-Marc seront en réalité des soldats venus incognito de Vérone et de Peschiera pour acclamer l'empereur. Vos amis n'auraient de toute façon aucune chance.

Il essaya de distinguer les traits de son interlocuteur dans l'obscurité.

— Vous savez si la police a retrouvé le corps de l'homme que vous avez éliminé ?

— Oui, lundi, répondit Boldù. Ils l'ont repêché au nord de Venise. J'avais laissé le ticket de train dans sa poche. C'était le premier indice. La police est déjà sur la voie. Ce midi, ils sont venus enquêter à San Michele.

Le colonel ne put taire sa surprise.

— Comment êtes-vous au courant ?

— Je m'y suis rendu, dit le lieutenant non sans une légère fierté dans la voix. Ils sont sans doute allés à Vérone montrer une photographie de la victime. Là, ils auront appris qu'il transportait un cercueil. De ce fait, ils sont venus au cimetière où ils ont sûrement demandé qui avait acheté l'emplacement et qui avait assisté à la cérémonie. Je suppose qu'un seul homme a rencontré le curé et qu'il lui a raconté des sornettes.

— Ce Ziani, vous croyez ?

— Lui ou un des trois autres, peu importe. En tout cas, la piste suivie par la police finit dans un cul-de-sac.

— Comment vont-ils réagir à votre avis ?

Boldù réfléchit quelques secondes.

— Ils vont se montrer très méfiants. Et poursuivre sur cette voie.

— C'est-à-dire ?

— Peut-être seront-ils si méfiants qu'ils examineront le cercueil, supposa le lieutenant. Cela me faciliterait la tâche.

— L'empereur arrive mardi, rappela le colonel. La police doit avoir mis ces individus hors d'état de nuire au plus tard la veille.

Boldù partit d'un rire méchant.

— Si nécessaire, je déposerai un autre appât. Un appât impossible à rater. Quand aurai-je le programme détaillé de la visite officielle ?

— Lundi, promit le colonel, heureux d'entrevoir la fin de la conversation. La grand-messe à la basilique Saint-Marc aura lieu jeudi après-midi. Pour des raisons de sécurité, les autorités locales n'apprendront le déroulement exact de la cérémonie qu'au matin. Je vous laisserai mes instructions en *poste restante**.

Vous n'avez qu'à passer deux fois par jour vider la boîte à lettres.

Le colonel Hölzl ressentit du plaisir à lui donner une espèce d'ordre.

— Et comment vous joindre en cas de problème ?

— De la même façon. Vous déposez un courrier au nom de M. Mödling.

Ils se quittèrent après une brève courbette. Boldù disparut de manière aussi discrète qu'il avait surgi. Sans le vouloir, Hölzl serra le pommeau de sa canne-épée avant de s'enfoncer lui aussi dans la nuit.

18

Tron qui, contre toute habitude, était arrivé au commissariat de très bonne heure ce matin-là posa le dernier dossier sur la pile des rapports de police qu'il venait d'étudier avec soin. « Quelle ville tranquille, tout de même ! » pensa-t-il en refermant la chemise. Aucun événement sérieux n'avait été signalé deux nuits plus tôt, ni dans le secteur de Saint-Marc, ni même dans les cinq autres. Pas un crime, pas un vol, pas un cambriolage – et pas non plus l'arrestation d'un homme en possession d'un collier de valeur.

L'histoire étrange que l'intendant en chef de l'impératrice lui avait racontée, une interpellation dans un restaurant qui n'existait pas, ne l'avait plus lâché depuis la veille. Königsegg avait menti, cela ne faisait aucun doute. Seulement pourquoi ? Et qu'attendait-il d'une visite au commissariat central ? Tout laissait à penser qu'il connaissait des difficultés. Ce n'était pas pour déplaire à Tron, car cela signifiait qu'il reviendrait sans doute le voir.

Quand Bossi arriva au bureau, peu avant dix heures, Tron – plongé dans la relecture de l'*Emporio della Poesia* – hésita à lui parler de la visite de l'intendant en chef. Pour finir, il y renonça, d'autant que son assistant semblait avoir d'autres soucis.

— Aucun M. Montinari n'habite piazza San Giobbe, annonça-t-il en s'asseyant avec prudence sur la fragile chaise Thonet en face du commissaire.

Les étoiles sur ses pattes d'épaule scintillaient comme s'il venait de les lustrer, ce qui était d'ailleurs sans doute le cas. Tron se pencha au-dessus de son bureau.

— Vous avez demandé à l'église ?

— Naturellement, répondit l'inspecteur avec froideur.

— Et dans les boutiques environnantes ?

— Il n'en existe plus qu'une, un magasin de légumes, où personne n'a jamais entendu parler d'un quelconque M. Montinari.

— Donc, le père Silvestro a menti, en déduisit Tron. Ou alors, il s'est lui-même laissé berner et nous a rapporté ce qu'il croit être la vérité.

Par souci d'exhaustivité, il ajouta une troisième hypothèse :

— À moins qu'on ne lui ait menti et qu'il ne nous ait menti à son tour.

Bossi tira sur la manche de son uniforme pour la défroisser et poussa un soupir.

— Toute cette histoire n'a strictement aucun sens.

— Dans ce cas, reprenons depuis le début ! proposa Tron avec un sourire. M. Montinari (quelle que soit la personne qui se cache derrière ce nom) va réserver un emplacement au cimetière. Ensuite il part à Peschiera et revient avec le cercueil de son père. Dans le train, il se fait assassiner, puis un autre individu, à savoir le meurtrier, récupère le cercueil à sa place et l'expédie à San Michele. Le lendemain, jour de l'enterrement, M. Montinari est ressuscité. Hypothèse impossible. Donc, ce n'est pas M. Montinari qui voyageait avec le cercueil. Ou bien ce n'est pas lui qui a commandé la tombe et assisté à l'enterrement.

Bossi secoua la tête.

— Cette histoire ne mène nulle part, commissaire.

Tron approuva.

— Vous avez raison. Nous tournons en rond. Cela dit, une chose est sûre.

— Laquelle ?

— D'un point de vue purement formel, il s'agit d'un crime crapuleux. Sauf qu'ici le butin, à savoir un cercueil, n'a pas disparu sans laisser de trace. Au contraire, il a été enterré comme il se doit.

— Je vous le disais, s'exclama l'inspecteur en levant les yeux au ciel, cela n'a strictement aucun sens !

— Sauf à envisager une autre conjecture.

— Laquelle ?

— Que nous n'avons pas affaire à un cercueil normal.

Bossi plissa le front.

— Je ne vois pas où vous voulez en venir, commissaire.

— Pourtant, en tant que Vénitien, vous devriez, répliqua Tron. Pourquoi la communauté chrétienne d'Alexandrie n'a-t-elle pas protesté quand nos marchands leur ont dérobé les reliques de saint Marc ?

Bossi fixait les boutons dorés de sa veste d'uniforme comme s'il pouvait y lire l'histoire de leur cité. Au bout d'un moment, il releva la tête et dit :

— Parce que les deux marchands avaient remplacé les restes de l'évangéliste par ceux d'un autre saint. C'est du moins ce que prétend la chronique du doge Andrea Dandolo. Vous pensez que le cercueil contenait un autre corps ? demanda-t-il d'un air surpris.

Tron secoua la tête.

— Je dis juste qu'il renfermait peut-être quelque chose que nous ne soupçonnons pas. Bien entendu, je ne sais pas quoi. Mais cela pourrait expliquer le comportement étrange du père Silvestro. Il ne nous a pas tout dit.

— Peut-être a-t-on forcé le cercueil pour récupérer ce qu'on avait ainsi introduit à Venise ?

Le commissaire haussa les épaules.

— Ce n'est pas exclu. En tout cas, c'est une jolie méthode de contrebande : faire passer la marchandise pour un homme mort du choléra et la transporter sous scellés…

— Vous croyez que nous devrions interroger le père Silvestro une nouvelle fois ?

— Non, dit Tron. Nous devrions déposer une demande d'exhumation.

— Parce que vous supposez que le défunt a été victime d'un crime ? Vous n'avez aucun indice.

— Non, mais un doute plane sur ce cercueil. Cela devrait suffire. Je vais envoyer une requête au ministère de l'Intérieur à Vienne. Ils s'adresseront à leur tour au patriarche de Venise. Si je le lui demande, Spaur acceptera.

— Et ensuite ?

— Ensuite, la requête sera examinée. Le ministère de l'Intérieur nous transmettra les éventuelles questions du patriarche.

— Cela va prendre du temps.

— L'Église se montre très pointilleuse sur ses attributions. Et c'est une précieuse alliée de l'Autriche. Vienne se gardera de la froisser.

— Donc, pas la peine de compter sur une autorisation avant des semaines.

— Si j'en juge par mon expérience, non.

Bossi prit un air anodin et frotta la manche de son uniforme pour en chasser un invisible grain de poussière.

— Qui habite sur l'île San Michele, en fait ? Je veux dire en dehors du père Silvestro.

— Je l'ignore, répondit Tron. Peut-être sa bonne, un sacristain et un ou deux jardiniers.

— Dans les bâtiments autour de l'église, je suppose.

Le commissaire l'approuva.

— Oui, je suppose.

— Donc, assez loin de la tombe, continua l'inspecteur d'un air pensif. Elle se trouve juste en face de la fondamenta Nuove. De l'autre côté du cimetière.

Il ne fallut pas longtemps à Tron pour comprendre ce que son assistant avait en tête.

— Vous ne voulez quand même pas…

Bossi hocha le chef en silence.

— Vous avez conscience des risques si nous sommes pris sur le fait ?

— On ne nous prendra pas, répliqua l'inspecteur avec calme. Du moins si nous y allons la nuit. Je peux me procurer un *sandalo*[1].

— Vous êtes fou, Bossi ! S'il s'agit vraiment d'une victime du choléra, nous pouvons être contaminés et déclencher une épidémie. Du reste, un cercueil en zinc ne s'ouvre pas comme ça.

— Dans ce cas, nous n'avons qu'à l'emporter.

Tron fut obligé de rire.

— L'emporter sur un *sandalo* ? Une barque déjà presque trop petite pour deux personnes ?

— Le cercueil flotte sûrement, répliqua Bossi d'un air imperturbable. Nous pourrions le tirer derrière nous. Comme une balise longiligne.

— Et après ? Où voulez-vous le déposer ? Au commissariat ? Au palais Tron ? Au palais Balbi-Valier ? Ou carrément chez vous ?

Tron secoua la tête d'un geste énergique.

— Non, Bossi, ce n'est pas possible.

Son subalterne réfléchit encore un instant.

— Peut-être n'est-il pas nécessaire d'emporter le cercueil.

1. Barque à fond plat. (*N.d.T.*)

— Pourquoi ?

— Si vous avez raison et qu'il contenait autre chose qu'un cadavre, on se sera hâté de le vider. Or je doute qu'on l'ait ressoudé après coup. Il n'y avait aucune raison – et pas assez de temps.

Tron dut reconnaître que cette hypothèse se défendait.

— Vous voulez dire qu'il suffirait de voir le cercueil pour savoir s'il était louche ?

— C'est à peu près cela, dit l'inspecteur. Il nous faut juste une pioche et une lanterne sourde. Nous pourrions nous retrouver ce soir à onze heures et demie devant le ponte dei Mendicanti. Ou, si vous préférez, je viens vous chercher, commissaire.

Ils étaient donc partis pour faire une promenade nocturne dans un cimetière et ouvrir une tombe sur le coup de minuit, l'heure des fantômes ! À croire que Bossi lisait maintenant des romans noirs. D'un autre côté, son raisonnement n'était pas dénué d'une certaine logique.

— Venez me chercher sur le ponton du palais Tron à onze heures et demie, dit le commissaire d'un air décontracté.

Bossi ouvrit des yeux grands comme des soucoupes.

— Vous êtes sérieux, commissaire ?

— Et comment ! Je m'occupe de la lampe sourde. N'oubliez pas de mettre des vêtements sombres !

— D'accord. Moi, j'apporte le reste, promit l'inspecteur qui ne s'était toujours pas remis de sa surprise.

— Premier coup de pioche à minuit ! plaisanta Tron avec un sourire. Et fermez la bouche, Bossi. On dirait un poisson dans un aquarium.

19

Le palais Soranzo possédait une des façades les moins impressionnantes de la calle lunga San Barnaba. Avec son crépi écaillé et ses fenêtres obstruées par des planches, il ne méritait plus vraiment le nom de palais. Plusieurs générations l'avaient divisé, éventré, maltraité. Seules les fenêtres ornées de tiercefeuilles et les vestiges d'un balcon en pierre au premier étage rappelaient que le bâtiment avait connu des jours meilleurs. Sur un panneau en bois défraîchi, à l'entrée du passage menant à l'arrière-cour, on pouvait lire *COLORI E PENNELLI*, peintures et pinceaux, mais la petite boutique donnait le sentiment de ne pas avoir vu de client depuis longtemps.

Eberhard von Königsegg, qui visitait cette partie de Dorsoduro pour la première fois de sa vie, tâta la poche de son manteau pour vérifier qu'elle contenait toujours son arme de service. Puis il emprunta le passage, déboucha dans l'arrière-cour et constata l'exactitude de la description faite par un voisin du *professeur*. La porte en bois massive, de l'autre côté, ne pouvait mener qu'à l'*androne*, c'est-à-dire le vestibule. Là, il trouverait, paraît-il, M. Andreotti, l'homme qui encaissait les loyers de l'immeuble dans lequel le *professeur* habitait – ou, plutôt, *avait* habité car personne ne l'avait vu depuis l'avant-veille. Cette disparition ne pouvait signifier qu'une chose : il se cachait quelque part dans le labyrinthe de la cité sur la lagune.

À l'issue de l'accablante conversation avec le commissaire Tron, le général de division en était arrivé à la conclusion que le prétendu professeur était de mèche avec les deux faux policiers. Il avait passé le reste de l'après-midi et la majeure partie de la nuit à élaborer un plan de bataille tout en buvant du cognac : il allait se lancer à la recherche du professeur – et le trouver. Bien sûr, chercher le professeur revenait à chercher une aiguille dans une botte de foin. Mais le Seigneur ne lui avait-il pas déjà envoyé un ange une première fois ? Le rédempteur de l'humanité ne réalisait-il pas tous les jours des miracles ? Et la *coagulation* du mercure dont il avait été témoin ne frisait-elle pas le miracle, justement ?

Ce jour-là, Königsegg s'était réveillé vers midi, l'esprit étonnamment clair et convaincu de pouvoir mettre la main sur le scélérat. Qui sait ? pensa-t-il en s'avançant vers l'entrée. Peut-être parviendrait-il même à lui arracher le mystère de la *multiplication directe*.

La porte massive grinça, puis se referma dans un battement sourd qui fit trembler le sol. La partie droite du vestibule était bouchée par un mur en briques nues, percé d'une porte en bois brut derrière laquelle on entendait des coups réguliers et de petits cris aigus, comme si le maître des lieux entretenait une volière. Königsegg ôta son haut-de-forme et frappa à la porte avec le pommeau de sa canne.

— M. Andreotti ?

Les coups s'interrompirent brutalement tandis qu'un terrible piaillement se fit entendre. On aurait dit que les oiseaux – « nos petits messagers du printemps », comme les appelait son épouse – s'affolaient. Enfin, la porte s'ouvrit. Un homme maigre et sans âge, qui portait un tablier plein de taches et tenait un hachoir à la main, apparut dans l'encadrement. Il dévisagea son visiteur d'un air bourru.

— Êtes-vous *Signor* Andreotti ? l'interrogea l'Autrichien. C'est vous qui percevez les loyers sur le campo Santo Stefano ?

L'homme, qui s'appelait de toute évidence Andreotti, esquissa un mouvement de la tête.

— J'aurais besoin d'un renseignement au sujet d'un de vos locataires, reprit le général de division. Celui qui loge au premier. Ses voisins n'ont rien pu me dire. Il faut à tout prix que je le retrouve.

Cette phrase parut éveiller l'intérêt de son interlocuteur.

— Il vous doit de l'argent ? demanda-t-il.

« Oui, pensa Königsegg, on peut voir les choses de cette manière. » Il hocha la tête.

— Et même une assez belle somme.

— Ce salaud a disparu sans me payer son loyer, déclara le gérant de mauvaise humeur.

Puis, contre toute attente, il s'écarta.

— Entrez !

L'intendant en chef fit un pas en avant. Le spectacle qui s'offrit alors à sa vue lui coupa le souffle. Au lieu de « petits messagers du printemps », les cages empilées contre le mur du fond contenaient des rats. Des centaines et des centaines de rats. Königsegg comprit que le doux gazouillis qu'il avait cru percevoir était en réalité un sifflement strident. Malgré la fraîcheur des lieux, une odeur lourde et âcre dominait l'atmosphère. Au-dessous d'une lampe à pétrole suspendue au plafond, un billot était couvert de petits morceaux de viande, parfois encore rattachés à la peau. À côté, un tonneau en bois débordait de rats morts.

— Je récupère les dépouilles, expliqua Andreotti avec un sourire qui découvrait des incisives pointues.

Königsegg faillit rebrousser chemin.

— Vous faites le commerce de rats ?

Son hôte acquiesça.

— La demande est forte.

Le général le regarda d'un air troublé. Cette viande atterrissait-elle peut-être dans des saucisses ? Car il était difficile de savoir de quoi il s'agissait. Ou même certains restaurants la servaient-ils ? Sous le nom de volaille par exemple ? Ou, bien épicée, sous le nom de goulasch hongrois ? Il aperçut alors les découpes sur le plan de travail.

— Vous nourrissez ces bêtes avec la viande de leurs… ?

Il n'acheva pas sa phrase ; cependant, le sens en était clair.

— De toute façon, quand ils meurent de faim, ils se bouffent entre eux, confirma Andreotti. En même temps, beaucoup se font juste mordre. Moi, les rats blessés, je ne peux rien en faire. Il me faut des animaux frais et en bonne santé.

Il essuya la lame de son hachoir dans un torchon sale.

— Mais vous êtes venu pour mon locataire, je crois.

— Que savez-vous à son sujet ?

— Pas grand-chose, dit le Vénitien. Il a emménagé il y a un mois, et hier, il aurait dû payer son loyer. Seulement, on dirait qu'il est parti. J'ai un double des clés, l'appartement est vide.

— Pour combien de temps avait-il loué ce logement ?

— Je suis incapable de vous le dire.

Andreotti se pencha, prit un rat mort dans le tonneau et le posa sur le billot.

— C'est M. Montalban, le propriétaire de l'immeuble, qui a conclu le contrat. Moi, j'encaisse juste les loyers.

Le hachoir s'abattit sur le rat – paf ! – et lui trancha la tête. Königsegg avait du mal à se concentrer sur leur conversation.

— Où puis-je trouver M. Montalban ?

— Il n'habite pas à Venise.

Un deuxième coup – bing ! – lui coupa la queue. Le général déglutit.

— Comment lui remettez-vous l'argent ?

— Je vais le lui apporter.

Un troisième coup – tac ! – le divisa en deux dans le sens de la longueur. L'intendant en chef ferma les yeux.

— Où pourrais-je le rencontrer ?

Au moment où il les rouvrit, Andreotti se mettait quelque chose dans la bouche. Il répondit en mâchant :

— Ce soir, il vient à son casino.

— Il possède un casino ?

Andreotti, toujours mâchonnant, hocha la tête.

— Oui, à Castello.

Königsegg n'avait encore jamais entendu parler d'un casino dans ce secteur – Castello était le quartier des pauvres.

— Vous voulez parler d'une salle de jeu ?

Le Vénitien prit le temps de réfléchir. Puis il conclut de manière hésitante :

— Oui, on pourrait le dire ainsi.

— À quoi joue-t-on dans ce casino ?

— On parie. C'est une sorte de course de chiens pour laquelle il faut beaucoup de place. Cela étant, les courses ne sont pas publiques. Les parieurs préfèrent rester entre eux. D'autant que les autorités n'aiment pas trop ce genre de compétition.

Il examina son visiteur d'un air indécis.

— Sur le campo della Bragora, il y a une *trattoria*. Demandez au patron où vous pouvez voir Jacko. C'est le mot de passe. On vous y conduira.

— Qui est-ce, Jacko ?

— Un bull-terrier noir et blanc.

Andreotti se pencha pour prendre un rat dans le tonneau.

— C'était le chien le plus rapide du monde. Allez-y vers dix heures et parlez au patron.

Le hachoir fendit l'air et – paf ! – trancha la tête du rat.

20

Les adresses à Venise étaient presque toujours une plaisanterie, cela faisait un moment que Boldù s'en était rendu compte. En règle générale, c'était du genre : « campiello San Anselmo, à côté de la pharmacie » ou bien « salizzada San Cristoforo, troisième porte derrière la statuette de Marie ». Seulement une fois sur place, on découvrait qu'il n'y avait pas une seule pharmacie sur le campiello San Anselmo et pas une seule statuette de Marie dans la salizzada San Cristoforo.

Cette fois pourtant, l'adresse fournie la veille au soir par le colonel Hölzl – « campo San Maurizio, au-dessus de la boucherie » – s'était révélée d'une exactitude remarquable. Pour s'en assurer, il avait acheté deux saucisses extrêmement bon marché, mais à l'odeur douteuse, et en avait profité pour demander si quelqu'un connaissait un certain M. Ziani. Non, ce nom ne disait rien à personne. En revanche, un monsieur qui boitait un peu avait emménagé dans l'appartement du premier, deux mois plus tôt. Ce n'était pas lui par hasard ?

Boldù s'était posté à l'entrée de l'immeuble d'en face. Il y avait peu de chances que Ziani l'aperçoive par la fenêtre. D'abord, il faisait noir. Ensuite, il possédait la qualité primordiale des chasseurs : savoir attendre avec patience pendant des heures, si nécessaire sans bouger, jusqu'à se fondre dans l'environnement. Naturellement, il aurait pu faire plus chaud. Mais il ne pleuvait pas, et le vent d'est vif qui avait soufflé sur la ville pendant toute la journée semblait s'être endormi.

Juste avant neuf heures, la lumière s'éteignit. Quelques minutes plus tard, Ziani sortit du bâtiment. Par prudence, Boldù se recula dans l'entrée d'où il le surveillait. Lorsque l'infirme eut disparu dans la calle Zaguri, le lieutenant traversa le campo, pénétra dans l'immeuble et monta l'escalier d'un pas tranquille. Il supposait qu'il disposait d'au moins deux heures jusqu'au retour du conspirateur qui dînait tous les soirs au *Quadri*. Or il ne lui faudrait pas plus d'une trentaine de minutes.

Ils avaient passé l'après-midi à fabriquer des fusées dans l'ancien restaurant de bord du *Patna*. À présent, il devait bien y en avoir dans les trois cents. Cette explosion de vert, de blanc et de rouge au-dessus de la place Saint-Marc aurait sans nul doute donné lieu à un spectacle magnifique. Boldù regrettait presque de devoir livrer les artificiers à la police. Mais les ordres du colonel Hölzl étaient formels : la garde civile devait les arrêter au plus tard le lundi.

Ce n'était pas qu'il eût noué des relations amicales avec ses complices. Ils travaillaient pour l'essentiel en silence. Même entre eux, la conversation se limitait au strict minimum. Juste une fois, quelqu'un avait fait une allusion mystérieuse à un faux uniforme de police et les trois autres avaient éclaté de rire, y compris Ziani, qui n'avait pourtant aucun humour. Ah ! Ziani – Boldù avait vraiment du mal à le cerner. Le chef du groupe avait dû recevoir le télégramme de Turin, et pourtant, il avait beau l'observer, rien dans son comportement ne trahissait la moindre défiance. Sans doute avait-il décidé d'attendre encore quelques jours. Hélas, dans quelques jours, la police les aurait sûrement déjà mis sous les verrous.

Que venait-il donc faire dans cet appartement ? Qu'espérait-il y trouver ? Pourquoi courir le risque d'une effraction ? Cette idée lui avait traversé l'esprit au moment où Ziani lui avait raconté, pendant l'une de leurs brèves conversations, qu'il dînait tous les soirs au *Quadri.* Aussitôt, il avait résolu d'en profiter pour inspecter les lieux, sans raison particulière. Il était rare qu'il ne puisse pas expliquer une de ses décisions. Pourtant, même son entendement disait qu'il était parfois bon de suivre son instinct.

Forcer la serrure de Ziani était à peu près aussi difficile qu'ouvrir une bouteille de cognac. Cela lui prit quelques secondes. Boldù y serait même arrivé à main nue. Il ouvrit avec précaution et tendit l'oreille. Comme rien ne bougeait, il referma la porte derrière lui en s'efforçant de ne faire aucun bruit et alluma sa lanterne sourde.

Il se trouvait dans un étroit couloir d'environ cinq pas de long, avec une porte à droite et une autre à gauche, sans rien d'autre qu'un portemanteau et un porte-parapluies. Il faisait un froid de canard et une odeur de poisson pourri se mêlait à celle du tabac.

La pièce de droite, qui donnait sur le campo San Maurizio, comprenait une table, une armoire, un lit et une table de chevet sur laquelle traînaient deux livres. En s'approchant, il constata qu'il s'agissait d'une vieille bible munie de ferrures et des *Mystères de Paris* d'Eugène Sue, deux ouvrages qu'il avait toujours trouvés d'un ennui mortel. Dans un coin de la chambre, des bûches étaient empilées avec un soin maniaque ; pourtant, le poêle en fonte ne brûlait pas. « Rien d'étonnant qu'il préfère le *Quadri* », songea Boldù.

La seule chose remarquable dans cette pièce était un drôle d'appareil, posé à même le sol, de l'autre côté du lit. Dieu seul savait à quoi il pouvait servir. Il se composait de deux cylindres en cuivre, du diamètre d'une casserole, reliés par une série de tuyaux. Cette machine rappelait un alambic grossier, mais ce ne pouvait pas être le cas puisqu'elle comprenait à l'avant deux trappes manifestement non étanches.

Boldù s'avança vers la penderie et l'ouvrit avec prudence. Il y découvrit une redingote, plusieurs pantalons et un manteau marron. Des chaussettes et des chemises étaient rangées sur les planches. Là encore, rien d'intéressant : pas de documents, pas de lettres, pas de télégramme provenant de Turin.

Dans la cuisine, qui donnait sur la petite arrière-cour, rien non plus ne lui permit de tirer la moindre conclusion sur la personnalité de Ziani. Elle ne comprenait qu'un fourneau, deux chaises, une table sale et une étagère presque vide. Pas une seule bouteille, ni vide ni pleine, et hormis un bout de fromage et un quignon de pain moisi, aucune provision. On aurait presque dit que Ziani s'attendait qu'on fouille son appartement en son absence. Comme cela paraissait plus qu'improbable, Boldù en conclut que quelque chose avait dû lui échapper. Mais quoi ?

Il traversa le couloir et revint dans la chambre. Là, il s'approcha de la drôle de machine et s'agenouilla devant les cylindres pour réparer une négligence. Il ouvrit le cylindre de droite, y glissa la main et en sortit un objet qui ressemblait au premier abord à une énorme bobine de fil, mais qui se révéla être une mèche enroulée. Le second cylindre contenait une bourse en velours rouge d'un certain poids. Il la ramassa, la posa sur la table, ouvrit le tissu avec précaution et ne put retenir un sifflement de surprise.

Le collier qui brillait dans la lueur de sa lanterne sourde était en or massif. Il se composait de médaillons semblables à des pièces de monnaie, reliés entre eux par de petites charnières. Il ne pouvait pas juger de la valeur artistique du bijou, mais rien que le métal représentait à coup sûr une fortune. Comment Ziani était-il entré en possession d'un tel trésor ? Et pourquoi le cachait-il dans un appartement aussi minable ? Boldù se demanda s'il ferait mieux de l'emporter ou, au contraire, de ne toucher à rien.

Il fixait le collier d'un air indécis quand il entendit un bruit soudain venant du couloir. C'était sans aucun doute possible la rotation d'une clé dans la serrure. Il éteignit aussitôt sa lanterne et se cacha derrière la porte entrouverte. Des pas se rapprochèrent, puis Ziani pénétra dans la chambre. Il posa sa lampe à pétrole sur la table. Dès qu'il vit le collier en or, il fit volte-face – et resta pétrifié de terreur.

Le lieutenant s'avança dans sa direction, sans se presser, et lui propulsa le genou droit dans l'entrejambe. Ziani plié en deux – une position idéale pour un deuxième coup de genou – poussa un cri étouffé. Cette fois, il lui brisa le nez. L'Italien s'écroula. Il s'efforça de ramper, mais un coup de pied catapulta son crâne contre la table. Boldù fondit sur lui, saisit sa tête à deux mains et la tourna de toutes ses forces vers la gauche. La nuque se rompit avec un puissant craquement. Alors, il le tira de l'autre côté de la chambre et le bourra dans la penderie. Pour pouvoir fermer la porte, il dut l'asseoir et lui plier les genoux sous le menton. Une position sans doute assez inconfortable, mais compte tenu de son état, il était peu probable que Ziani portât plainte.

Boldù enfouit la bourse et le collier dans la poche de sa redingote, éteignit la lampe à pétrole, ramassa sa lanterne sourde et tira la porte derrière lui. Deux minutes plus tard, il traversait le campo San Maurizio et s'évanouissait dans la calle Zaguni. Un homme d'âge moyen, bien habillé, en chemin vers la place Saint-Marc où il irait dîner, malgré l'heure tardive, pourquoi pas au *Quadri* ?

21

Un garçon d'auberge du campo della Bragora avait conduit Eberhard von Königsegg jusqu'à un grand dépôt situé en marge de l'Arsenal. Debout dans l'entrée, le général de division se demandait maintenant pourquoi il n'avait toujours pas eu le courage de poser le canon de son revolver sur sa tempe et de tirer. Boum ! Fini ! Réglé ! Son regard tomba sur deux chiens musculeux, tenus en laisse par un homme trapu et mal habillé. Allaient-ils participer à la course ? Ils ne donnaient pourtant pas l'impression d'être très rapides, ils faisaient plutôt l'effet de deux clébards hargneux. En tout cas, ce lieu semblait fort fréquenté. Un brouhaha et des rires s'échappaient par la porte entrouverte, de même qu'une appétissante odeur de viande rôtie.

Soudain, le général se retourna. Quelqu'un lui avait tapé sur l'épaule. Ce n'était qu'Andreotti, vêtu d'un tablier blanc au-dessus d'une redingote marron, ce qui le faisait ressembler à un gérant d'épicerie fine – bon appétit ! Königsegg frissonna malgré lui. Pendant un instant, il s'imagina que le Vénitien tenait un stand à l'intérieur du casino, un stand de saucisses, et il fut pris d'un haut-le-cœur, peut-être dû aussi aux quelques cognacs qu'il avait avalés au palais royal pour se préparer à cette course suspecte.

— Le patron n'est pas encore arrivé, déclara Andreotti sans perdre de temps à le saluer. Vous allez devoir attendre. Mais vous n'allez pas vous ennuyer !

L'Autrichien montra les deux chiens à présent couchés aux pieds de leur maître.

— Ils vont prendre le départ, eux aussi ?

Le vendeur de rats hocha la tête.

— Probable.

— Ils ne doivent pas avoir de grandes chances.

— Détrompez-vous !

— Mais de quel genre de course s'agit-il ? demanda Königsegg.

Son interlocuteur le dévisagea d'un air incrédule.

— Vous ne savez toujours pas ?

Le général secoua la tête.

— Ce ne sont pas des chiens de course ! s'exclama l'autre.

— Ah non ?

— Ce sont des chiens de combat.

De toute évidence, il était mort de rire. Le général, lui, ne comprit pas tout de suite. Pourtant, cela crevait les yeux. Il suffisait de bien regarder : ces deux chiens n'avaient pas un seul point commun avec des lévriers.

Andreotti le tira par la manche.

— Vous venez ?

Königsegg le suivit et débarqua dans une grande salle rectangulaire, sans doute un ancien entrepôt. Le toit était supporté par des poutres noircies, reposant sur des murs en briques nues. Il y avait là au moins une centaine de personnes, des gens du peuple pour la plupart, mais aussi des messieurs en redingote et en smoking ainsi que beaucoup d'Anglais vêtus de costumes en tweed. L'intendant en chef distingua même quelques officiers autrichiens, deux soldats des chasseurs d'Innsbruck et trois sous-lieutenants des chasseurs croates, debout au comptoir de l'autre côté de la salle. Par chance, ils ne se connaissaient pas.

Le sol était jonché de sciure sale tandis qu'une épaisse fumée flottait au-dessus de l'assemblée. Presque tous les spectateurs tenaient une cigarette et un verre de bière à la main. Des aboiements continus sortaient d'une porte grande ouverte à côté du comptoir. À ce moment-là, Königsegg aperçut au milieu de la foule une cloison en bois arrivant au niveau des hanches. De plus près, il constata qu'elle formait un ovale au sol couvert de sciure. Derrière, on avait installé deux chaises sur une estrade. Une grosse cloche était posée sur l'une d'entre elles. Königsegg se tourna vers Andreotti, qui l'avait suivi comme son ombre.

— Pour qui sont ces sièges ?

— Pour l'arbitre et le dresseur. L'arbitre contrôle le temps et le dresseur veille aux règles. Il peut aussi interrompre un combat si une bête est trop grièvement blessée.

— Des rats peuvent blesser un chien ?

Andreotti acquiesça.

— Cela arrive souvent. Cela étant, il est rare qu'on interrompe un combat pour ça.

Deux hommes, l'un barbu, l'autre rasé, avec une allure d'Anglais, se frayèrent un chemin dans la foule et montèrent sur l'estrade. Le rasé écrivit quelque chose sur un bloc qu'il tenait à la main, le barbu agita la cloche. D'un coup, le silence se fit.

Les groupes se séparèrent et les spectateurs se répartirent autour de l'arène. Plus personne ne parlait. Tous les yeux étaient rivés sur la porte à côté du comptoir.

— D'abord, on lâche les rats, murmura Andreotti, ensuite les chiens.

Le public de l'autre côté de la palissade se recula pour laisser passer un homme portant une caisse en bois sur l'épaule droite. Il la posa lourdement sur la clôture et ouvrit une trappe de sorte que les rats tombèrent sur le sol comme un chargement de pommes de terre. Puis il fit une révérence. Les spectateurs applaudirent à grands cris.

Au début, Königsegg ne vit qu'un tas de fourrure brune qui frémissait et émettait un sifflement strident. Peu à peu néanmoins, la masse se désagrégea et il distingua les bêtes. Certaines se dressaient sur leurs pattes arrière pour flairer l'air de leurs museaux pointus et piailler, d'autres s'enfuyaient en courant et longeaient comme des forcenés la face intérieure de l'arène tandis que d'autres encore tentaient de remonter la paroi lisse de la palissade. Il était sûr qu'elles sentaient leur fin prochaine.

— Combien y en a-t-il ?

— Vingt très exactement, lui apprit son guide sans détourner le regard de la piste. De belles bêtes en plus !

— Et maintenant, que va-t-il se passer ?

Königsegg constata que ce spectacle le fascinait : l'odeur de tabac, de bière et de chien, la tension particulière qui régnait dans la salle, c'était presque comme au casino. Non, en fait, c'était mieux, c'était plus intense.

— L'arbitre observe les rats pendant plusieurs minutes, expliqua Andreotti. Une fois qu'il est convaincu de leur bonne santé, le dresseur fait entrer le premier chien dans l'arène.

— Et alors ?

— Au premier tour, c'est le temps qui compte. Cinq concurrents de même poids s'affrontent ; celui qui tue les vingt rats le plus vite a gagné.

— Combien de temps faut-il par rat ?

Le Vénitien balança la tête.

— Entre cinq et six secondes. Jacko était le plus rapide. Il lui fallait en moyenne trois secondes. Mais plus il y a de bestioles dans l'arène, plus il faut de temps pour chacune.

— Vous voulez dire que les chiens sont plus rapides face à vingt rats ? Et plus lents devant cinquante ?

— Oh, répliqua Andreotti, ça va jusqu'à cent vingt ! Dans ce cas, le combat peut durer une dizaine de minutes.

— À combien se montent les mises ?

— Tout dépend du bookmaker, déclara le cicérone en désignant deux hommes assis près de l'estrade, que le général n'avait pas encore remarqués. Parfois, on joue pour de belles sommes.

— On parie sur le vainqueur ?

— Ou sur le rang. C'est comme vous voulez.

Andreotti se hissa soudain sur la pointe des pieds tandis qu'un murmure parcourait l'assemblée. Königsegg nota que les trois sous-lieutenants des chasseurs croates interrompaient leur conversation pour grimper sur des chaises.

— Voilà le premier chien ! s'écria Andreotti.

À nouveau, les spectateurs de l'autre côté de la piste se reculèrent pour libérer le passage. Un homme vêtu d'une redingote à carreaux et d'un haut-de-forme noir, une courte pipe entre les lèvres, tenait en laisse un chien pas très grand, mais massif. Il s'arrêta pour échanger quelques paroles avec l'arbitre et le dresseur. Puis ce dernier s'écria :

— Topolino !

Une petite trappe qui avait jusque-là échappé au général s'ouvrit dans la palissade. Aussitôt, le chien noir répondant au nom de Topolino se retrouva sur la piste, face à face avec les rats qui s'étaient enfuis à l'autre extrémité de l'arène et émettaient des sifflements stridents.

Königsegg n'avait encore jamais vu un chien pareil. C'était une machine de guerre à poils, en chair et en os, avec une tête énorme, disproportionnée, et de petits yeux fendus. Son poitrail puissant et les muscles de ses pattes avant regorgeaient de force. Quoiqu'il atteignît à peine la hauteur d'un genou, il avait l'air féroce et dangereux. Le général s'était attendu à ce qu'il se rue sur ses adversaires. Or il n'en fit rien. Au contraire, il s'avança à pas lents. Une fois au centre de la piste, il jeta un regard à la ronde et poussa un aboiement bref et sourd. Puis il s'assit sur son arrière-train et entreprit de se lécher les pattes postérieures en toute tranquillité.

— Qu'est-ce que c'est comme chien ? demanda l'intendant en chef.

— Un manchester-terrier, répondit son guide. Il pèse trente livres et en est à son douzième combat. Il met environ quatre secondes.

Puis, après une courte pause, il ajouta :

— Le temps ne court qu'à partir du moment où il s'élance.

— Que fait-il là ?

— Il se nettoie pour se mettre dans l'ambiance. Mais attention, ça va bientôt commencer !

Königsegg remarqua que le chien se baissait petit à petit vers l'arrière. On aurait dit qu'il tendait ses muscles à la manière d'un ressort. Tout à coup, il fit un bond élégant et atterrit devant un rat marron foncé. Il avança la tête à la vitesse de l'éclair, referma sa mâchoire, secoua la bestiole de gauche à droite, puis la laissa tomber par terre.

La sciure jaillissait comme des jets d'eau, la cloche tintait, les spectateurs applaudissaient et scandaient son nom : « To-po-li-no ! To-po-li-no ! » tandis que le chien effectuait son travail avec un savoir-faire quasi professionnel. Il mordait, secouait, lâchait, mordait, secouait, lâchait. En même temps, pensa le général, il possédait une élégance de danseuse et ne faisait aucun bruit, contrairement aux spectateurs criant à tue-tête et aux rats qui piaillaient de panique.

Au bout d'une minute et demie environ, le combat était terminé. Topolino reprit sa position initiale et se lécha les pattes de derrière avec l'innocence d'une petite souris, comme s'il ne s'était rien passé. Un homme s'avança dans l'arène avec une planche et deux tréteaux. Après avoir installé une sorte de table, il se mit à ramasser les cadavres et à les aligner sur la planche comme un tableau de chasse, sauf qu'ici il ne s'agissait pas de lièvres ou de faisans.

Quand il eut fini, le barbu descendit de l'estrade et donna un petit coup à chacun des rats, comme le voulait le règlement. Aucun ne tressaillit, aucun n'essaya de s'enfuir avec l'énergie du désespoir. Tous étaient morts. Alors la cloche retentit et les yeux se tournèrent vers l'arbitre. Ce dernier leva la main et attendit de jouir de l'attention générale pour annoncer :

— Une minute et quarante secondes !

Le public hurla de nouveau à pleins poumons et scanda le nom du chien : « To-po-li-no ! To-po-li-no ! ». Königsegg eut du mal à se retenir de les imiter.

— Il a mis en moyenne cinq secondes par rat, expliqua Andreotti.

— C'est bien ?

Le général s'essuya le front, non à l'aide d'un ridicule mouchoir parfumé à l'eau de Cologne, mais avec le revers de la manche, tel un vrai dur. Il était toujours hors d'haleine, comme si c'était lui qui avait chassé les rats et les avait secoués à mort. Son pouls s'était emballé, son cœur battait à tout rompre. Cependant, il s'agissait d'une excitation fort agréable.

— Plutôt moyen, commenta le Vénitien en le dévisageant avec attention. Ça vous a plu ?

Königsegg, dont la respiration se calmait peu à peu, dut réfléchir un moment. Ce spectacle lui avait-il *plu* ? Non, plaire n'était pas le mot juste. Plaire s'appliquait à des bouquets de fleurs, des romans, des robes du soir, c'était un mot de femme. Le combat auquel il venait d'assister était au contraire une affaire d'hommes. Il l'avait… *captivé*. Oui, voilà le mot juste, *captivé*. Le général releva la tête et demanda avec un sourire viril :

— Quand est-ce qu'on amène les prochains rats ?

Trois heures plus tard, Königsegg et Andreotti remontaient la riva degli Schiavoni bras dessus bras dessous. Il ne pleuvait pas, mais de minuscules gouttelettes formaient un voile diaphane dans l'air marin. Les lumières de la Piazzetta brillaient faiblement à l'autre bout du quai. Sur leur gauche, les vagues de la lagune clapotaient.

Cela faisait longtemps que le général de division ne s'était pas senti aussi bien. Par deux fois, il avait entonné *Oh, mon cher Augustin !* à tue-tête. Malheureusement, il ne se rappelait plus les paroles – ce qu'il regrettait beaucoup car son comparse l'avait complimenté sur sa voix. À ce propos, du reste, comment avait-il pu se montrer aussi injuste envers Andreotti lors de leur première rencontre ? Se tromper à ce point ? À cause du hachoir ? De ses dents pointues et de sa mauvaise haleine ? Ou tout simplement à cause de vieux préjugés de classe qu'en homme à la pensée moderne il croyait pourtant avoir abandonnés depuis longtemps ?

Le Vénitien s'était révélé être un camarade sympathique et très intéressant. Un vrai dictionnaire ambulant avec ça ! Il savait tout ! Sur les manchester-terriers.

Sur les pitbulls. Sur les jack-russells. Il savait même quand et où quel chien avait tué combien de rats. Impressionnant !

Ils étaient restés au casino jusqu'à la fermeture. Au dernier tour, un pitbull exceptionnel avait affronté une centaine de rats et les avait éliminés en l'espace incroyable de sept minutes et dix-sept secondes. Un nouveau record ! Le public était déchaîné. Même lui avait suivi le spectacle avec fièvre. À présent, il éprouvait une véritable admiration pour ces gladiateurs à quatre pattes. Coûtaient-ils cher ? Et que dirait la comtesse Königsegg s'il se livrait désormais à un genre de sport qui n'était peut-être pas du goût de tout le monde ? Il avait le vague sentiment qu'elle accueillerait ce projet avec réserve. Peut-être pourrait-il lui proposer en échange de renoncer à la roulette ?

L'intendant en chef avait poliment décliné l'invitation qu'Andreotti lui avait faite de goûter *gratis* les odorantes brochettes de sa fabrication. Il avait aussi évité avec tact de poser la moindre question sur l'origine de cette viande *délicieuse*. À la place, il avait fait honneur à la grappa exquise que son nouvel ami servait à son stand. Qu'est-ce qu'elle était bonne ! Et quelle quantité on pouvait en boire sans être malade ! Son estomac se portait à merveille et, en fin de compte, il avait toujours la tête claire – même si elle tombait par moments sur le côté ou sur sa poitrine.

Seules ses jambes montraient des signes de faiblesse et menaçaient de le lâcher. Pas étonnant qu'il titube ! C'est pourquoi il se réjouissait encore plus de la présence d'Andreotti à ses côtés – d'*Ercole* Andreotti. Un joli nom, pensa-t-il. Hercule ! Un nom dont il n'aurait jamais entendu parler si, au cours de cette excitante soirée, ils n'avaient pas trinqué à l'amitié. Hercule et Eberhard !

Il n'avait eu aucun mal à apprendre l'adresse du professeur. Le *patrone*, un homme massif, habillé avec soin, avait en effet fini par arriver et l'avait renseigné sans lui poser de question. Le professeur habitait à Padoue et louait de temps en temps un ou même deux appartements, sans doute pour des opérations commerciales dont il ignorait néanmoins la nature. Pour le moment, il habitait un petit deux-pièces au-dessus d'une boucherie sur le campo San Maurizio.

Arrivé sur la place Saint-Marc, Königsegg prit congé d'Andreotti peu avant minuit. Il songea un court instant à lui demander s'il ne voulait pas l'accompagner le lendemain matin sur le campo San Maurizio en apportant son hachoir par prudence. Cependant, il résolut d'y aller seul. Ils en viendraient inévitablement à parler de la *coagulation* du collier et il préférait malgré tout ne pas trop initier Ercole aux secrets de ses affaires.

22

— Ah, pauvre Yorick ! s'exclama Tron.

Bossi, le fossoyeur, posa son outil sur le bord de la tombe et s'essuya le front. Puis il pencha la tête en arrière et regarda son supérieur.

— Je croyais qu'il s'appelait Montinari.

Le commissaire sourit.

— Vous avez raison. Seulement, vos coups de bêche me rappelaient *Hamlet*. Vous en avez encore pour longtemps ?

— Cinq minutes tout au plus.

Ils avaient retrouvé la sépulture sans peine car la couche de nuages s'était déchirée peu avant minuit, découvrant un pâle quartier de lune à l'est de la lagune. S'il avait fait nuit noire, pensait Tron, ils auraient eu beaucoup plus de mal à s'orienter sur l'île des morts. À l'inverse, avec une pleine lune, on aurait pu les voir. Mais là, les conditions atmosphériques étaient parfaites, d'autant qu'une nappe de brouillard qui leur arrivait à la poitrine flottait au-dessus des tombes et amortissait les bruits. Quoique détrempée par la pluie des jours précédents, la terre semblait meuble. Bossi ne donnait pas l'impression de beaucoup se fatiguer. Jusqu'ici, leur plan fonctionnait à merveille. La seule chose qui gênait Tron était le bruit de la bêche chaque fois qu'elle raclait le couvercle du cercueil. L'inspecteur releva la tête vers le commissaire qui tenait la lanterne, debout au bord du trou.

— Vous pensez qu'on peut nous entendre ?

Tron secoua la tête.

— On ne s'attarde pas sur de mystérieux bruits sortant de tombes à minuit, Bossi.

— Et si jamais quelqu'un voit la lanterne ?

— Il la prendra pour une flammerole.

— Une flammerole ?

Il n'avait pas l'air de connaître le mot.

— Pour un feu follet, précisa le commissaire. Ce sont les esprits des morts qui se retirent à nouveau sur le coup d'une heure du matin.

Il ne distinguait pas le visage du jeune homme, mais il eut l'impression que cette explication le rassurait. Leur promenade dans le cimetière nocturne semblait lui avoir mis les nerfs à vif. Tron s'accroupit et abaissa la lanterne au niveau du couvercle. Son assistant avait presque fini d'enlever la terre. La surface métallique brillait dans la lumière.

— Vous arrivez à voir s'il est soudé ?

— Je crois… commença Bossi avant de toussoter.

Il se pencha. Le commissaire l'entendit gratter avec son ongle.

— Qu'est-ce que vous croyez ?

— Je crois qu'il n'est pas soudé, répondit l'inspecteur.

— Et l'a-t-il été ?

— Ça, je ne peux pas vous le dire, avec si peu de lumière ! En tout cas, on peut faire glisser le couvercle.

— Alors, faites, mais attention ! Juste quelques centimètres.

Tron ne pouvait pas voir ce que son subalterne bricolait. En revanche, il entendait sa respiration de plus en plus rapide ainsi qu'un frottement métallique.

Bossi reprit son souffle et redressa la tête. Apparemment, il avait réussi.

— Commencez par sentir, inspecteur.

— Sentir ?

— Oui, sentir. Avec le nez.

— C'est très contagieux, le choléra ?

— Le choléra ne se propage pas par les miasmes. Vous pouvez mettre votre nez dans le cercueil sans crainte.

— Des miasmes ?

— Oui, des émanations pestilentielles, expliqua Tron. Beaucoup de gens croient encore que les épidémies se répandent dans l'air. En règle générale pourtant, c'est par l'eau.

Bossi lui adressa un regard méfiant.

— Vous êtes sûr, commissaire ?

— Sûr et certain. Allez, respirez !

Tron frappa dans ses mains. Dans le silence du cimetière, ce bruit fit l'effet d'un coup de pistolet. Bossi sursauta.

— C'est un ordre !

L'inspecteur hésita encore un instant, puis se pencha au-dessus du cercueil et baissa la tête.

— Alors ?

— Rien, dit Bossi en se redressant.

— Quoi, rien ?

— Je ne sens rien du tout.

— Dans ce cas, ouvrez-le un peu plus et glissez votre bêche à l'intérieur.

— Moi ?

— Oui, vous. Je vous rappelle que c'est votre bêche.

Bossi poussa le couvercle du talon et introduisit la bêche avec une extrême prudence – comme s'il craignait de réveiller un dragon. Puis il la retira d'un geste brusque en poussant un petit cri.

— Que se passe-t-il, inspecteur ?

— Il y a quelque chose à l'intérieur ! dit le jeune homme d'une voix apeurée. Quelque chose de grand et de mou.

Sans le vouloir, Tron, toujours accroupi au bord de la tombe, recula le buste.

— Et vous êtes sûr que ça ne sent rien ?

Son assistant hocha la tête.

— Dans ce cas, soulevez le couvercle !

— Pourquoi toujours *moi*, commissaire ?

— Parce que c'est *votre* idée, Bossi. En plus, je dois tenir la lanterne. Allez, pressez-vous !

La mince couche de zinc n'était pas lourde. L'inspecteur n'eut aucun mal à la retirer et à la poser à côté.

En se penchant pour examiner l'intérieur du cercueil, Tron faillit lâcher la lanterne de peur. Un tronc humain, sans tête, ni jambes, ni bras, était enveloppé dans un tissu clair et tendu à l'extrême.

— Qu'est-ce que c'est ? demanda Bossi en haletant comme un chien essoufflé.

— Quelque chose qui ne sera pas facile à identifier, déclara le commissaire avec calme.

Il s'agenouilla, prit appui de la main gauche sur le bord de la tombe et descendit la lanterne aussi bas que possible. Le buste était parfaitement lisse, sans le moindre pli ni le moindre creux permettant de reconnaître la forme originelle du corps. Cela lui parut bizarre. Il lui parut non moins bizarre que le tissu ne présentât aucune tache de sang séché, un peu comme si on avait vidé le buste avant de l'emballer. Tout à coup, il comprit. Il faillit éclater de rire.

— C'est un sac de sable !

— Un sac de sable ?

Bossi partit d'un rire chevrotant.

— Vous avez un canif ? demanda Tron.

L'inspecteur hocha la tête. Derrière lui, une petite bestiole gravit à toute vitesse le tas de terre fraîche.

Compte tenu de sa nervosité présente, le commissaire jugea plus prudent de ne pas le lui signaler. Il dit :

— Ouvrez le sac, Bossi ! Il ne va pas vous mordre.

L'inspecteur lui jeta un regard furieux et resta quelques secondes sans réagir. Enfin, il prit son canif dans la poche intérieure de son manteau, s'agenouilla près du cercueil et planta la lame dans le tissu. Un crissement se fit entendre. Bossi souffla avec soulagement.

— Qu'est-ce que je vous disais ? dit Tron en souriant. Et comme il n'y a aucune raison d'introduire du sable à Venise *en douce*, le cercueil devait contenir autre chose. Quelque chose qu'on ne pouvait pas transporter par la voie normale en raison des nombreux contrôles.

— Il y a de grosses taches noires dans le fond, signala Bossi sur un ton songeur.

— Elles sentent ?

— Non, commissaire.

— Essayez donc d'en gratter une ou deux. Cela nous éviterait d'avoir à transporter le cercueil. Vous avez un mouchoir ?

— Oui, bien sûr.

— Dans ce cas, déposez-y ce que vous arrivez à prélever, ordonna Tron. Nous le ferons analyser.

— Qu'est-ce que ça peut bien être ?

Le commissaire haussa les épaules.

— Peut-être un reste de la marchandise introduite en fraude, qui sait ?

— Une marchandise assez précieuse pour justifier un meurtre, ajouta l'inspecteur, pensif.

Il tourna la tête vers son supérieur.

— Qu'allons-nous faire maintenant ?

— Il faut d'abord établir de quoi il s'agit, répondit le commissaire. Vous apporterez le prélèvement à M. Pescemorte dès demain matin. Ensuite, nous verrons bien.

23

Le petit déjeuner qu'Eberhard von Königsegg avait commandé au café *Quadri* s'appelait *Petit déjeuner de dragons hongrois*. Il coûtait un demi-florin et se composait de deux sandwichs au jambon, de deux petits pains au poisson, de trois œufs à la coque, d'une grande tasse de café noir comme la nuit et d'un double verre de schnaps. Le général ne savait pas ce que les dragons hongrois mangeaient chez eux, mais, de toute évidence, ils n'aimaient pas beaucoup le café au lait et la confiture.

Quoi qu'il en soit, ce petit déjeuner semblait jouir d'un grand succès auprès des officiers de Sa Majesté. Königsegg partageait sa table avec deux d'entre eux, deux maigres lieutenants des chasseurs croates stationnés à Venise, qui avaient posé sans gêne leurs sabres contre le mur et discutaient à voix haute. L'un d'eux trempait même son petit pain au poisson dans le café ! Le général de division se demanda si seulement ils savaient l'allemand et s'ils ne passeraient pas du côté de l'ennemi à la première occasion. S'il avait été en uniforme, ces deux malotrus n'auraient jamais osé s'asseoir à sa table. Mais là, il était obligé de supporter leur présence car ils le prenaient pour un civil.

Ce jour-là, le *Quadri*, café favori des officiers autrichiens, semblait encore plus recherché que d'habitude. La moitié des tables étaient occupées par des militaires, toutes les armes étaient représentées. Sans doute cette affluence avait-elle un rapport avec la visite prochaine de l'empereur. Chaque fois que François-Joseph venait à Venise, des régiments complets d'officiers arrivaient de Vérone et des forteresses du quadrilatère[1] pour s'offrir quelques jours de bon temps aux frais de la Couronne. Et d'ordinaire, leur première préoccupation consistait à se rendre au *Quadri*.

Depuis l'avant-veille, le palais royal où le souverain s'installerait quatre jours plus tard s'était d'ailleurs déjà bien rempli lui aussi. Pour ce voyage, l'*entourage** immédiat de l'empereur comprenait dans les deux cents personnes. Chaque matin, les paquebots du Lloyd autrichien en provenance de Trieste débarquaient des douzaines de secrétaires, de spécialistes des renseignements, d'adjudants, de conseillers secrets et d'officiers de la sécurité. Toute visite officielle de Son Altesse royale mettait en branle un énorme appareil.

Pour tout dire, Königsegg avait même le sentiment que les officiers de la sécurité faisaient désormais la pluie et le beau temps. À présent, il fallait un laissez-passer spécial pour entrer dans le palais royal. La situation en Vénétie s'était dégradée de manière considérable, à ce qu'on prétendait. Cependant, des rumeurs de ce genre précédaient tous les séjours de François-Joseph à Venise. L'intendant en chef était loin de les prendre au sérieux.

Trois messieurs venaient de s'installer à la table voisine : un civil dans une redingote dernier cri et deux lieutenants portant l'élégant uniforme des chasseurs

1. Système défensif autrichien centré sur les places fortes de Peschiera, Mantoue, Legnago et Vérone. (*N.d.T.*)

d'Innsbruck, représentants typiques du *bon ton** viennois, à qui une bouteille de champagne de grand matin ne faisait pas peur. Le général de division ne put s'empêcher de penser à Andreotti – *Ercole* Andreotti.

Avait-il eu tort de ne pas le prier de l'accompagner chez le professeur ? Non, il avait bien fait car il y avait très peu de chances qu'il eût besoin de son appui énergique. Il ne savait certes presque rien sur le prétendu professeur – sinon que c'était un inventeur génial et en même temps une fripouille –, mais ses complices et lui n'étaient pas violents. Ils jouaient juste la comédie et usaient d'expédients. En général, des gens de cette espèce devenaient nerveux à la seule vue d'un revolver, surtout quand on les menaçait avec l'autorité naturelle propre à un officier de Sa Majesté.

Königsegg, qui s'était accordé deux schnaps supplémentaires, à la fois pour conclure en beauté le *Petit déjeuner de dragons hongrois* et pour renforcer son autorité naturelle, fit signe au serveur de lui apporter l'addition.

Vingt minutes plus tard, il se trouvait dans une cage d'escalier où planait une odeur de chou et de poisson. Arrivé au premier étage, il s'arrêta devant une porte en bois décrépite. Malgré l'absence de nom, il ne doutait pas qu'il s'agît de l'appartement dont le *patrone* lui avait parlé la veille car il se situait juste au-dessus d'une boucherie sur le campo San Maurizio. Il frappa. À sa grande surprise, la porte s'entrouvrit. Elle n'était sûrement pas bien fermée, pensa-t-il. Il passa la tête dans l'entrebâillement et s'efforça d'adopter un ton énergique.

— Professeur ?

Comme il n'entendit rien – ni voix ni bruit de pas –, il répéta un peu plus fort :

— Professeur ?

À nouveau, rien. Ou bien le professeur était absent, ou bien il l'avait aperçu par la fenêtre et l'attendait à l'intérieur. Königsegg sentit un flot de panique l'envahir. Il s'efforça de recouvrer son calme, sortit son arme de service de sa poche, ôta la sécurité et entra. De chaque côté d'un étroit couloir au sol en *terrazzo* poussiéreux, une porte grande ouverte laissait passer la lumière du jour qui éclairait un portemanteau fixé au mur d'en face. Pas un bruit ne provenait ni de la droite ni de la gauche. Königsegg retint son souffle pour mieux entendre, s'avança à pas de loup et jeta un œil dans la cuisine.

Une table, deux chaises et un placard complétaient un fourneau maçonné dans un coin. Une discrète odeur de poisson pourri empestait l'atmosphère, mais elle ne semblait pas provenir du fourneau. À travers les vitres sales, il aperçut une corde à linge tendue au-dessus de l'arrière-cour.

Il se retourna, l'arme toujours au poing, traversa le couloir et pénétra dans la chambre en apparence tout aussi négligée que la cuisine. Ici, l'aménagement se limitait à une table, un lit, une table de chevet, une armoire et un poêle en fonte éteint. Lorsqu'il s'avança au centre de la pièce, il faillit lâcher son revolver en apercevant, entre le mur et le lit, les deux cylindres en cuivre dans lequel le miracle de la *coagulation* avait eu lieu. Pendant un court instant, il nourrit l'espoir fou de trouver le collier dans l'un des deux. Mais celui de gauche était vide et celui de droite ne contenait qu'une bobine de fil épais et noirâtre.

Naturellement, pensa-t-il, il était fort improbable que le professeur conservât un collier de cette valeur et une quantité équivalente d'or dans un appartement aussi mal protégé, un appartement qu'il n'avait sans doute loué que pour recommencer son numéro. Cela étant, on n'était jamais sûr. Rien ne lui interdisait de poursuivre son inspection.

Il s'agenouilla en gémissant pour jeter un coup d'œil sous le lit. Rien. Ensuite, il souleva le matelas et le palpa avec soin, sans plus de résultat. Il regarda dans le tiroir de la table de chevet, mais n'y découvrit qu'un tire-bouchon et des couverts. Il contrôla les deux livres posés sur la table de nuit pour s'assurer qu'il ne s'agissait pas d'attrapes – il ne fallait pas le prendre pour un imbécile, tout de même –, mais non, c'était une vraie bible et un vrai roman français. Pour finir, il prit une fourchette pour forcer le tiroir de la table, ouvrit le poêle et remua les cendres froides à l'aide du tison. Rien. Il ne restait plus que la penderie.

L'intendant en chef s'approcha de l'armoire, tourna la clé vers la droite d'un geste prudent, entendit le déclic de la serrure et constata que la porte s'ouvrait d'elle-même, comme si le sol était en pente. De toute évidence, le meuble devait être plein à craquer. Il donna un coup d'épaule pour repousser dans le fond ce qui menaçait de tomber, mais en vain. La pression parut au contraire s'amplifier. Il fit donc un pas en arrière et lâcha la clé.

À ce moment-là, il vit une tête, puis des épaules et, enfin, un corps recroquevillé qui s'abattit sur le *terrazzo* dans un bruit sourd. C'était la première fois qu'il trouvait un cadavre dans un placard. Il lui fallut par conséquent un certain temps avant de comprendre que celui qui gisait à ses pieds n'était autre que le professeur.

Celui-ci avait basculé sur le flanc, mais sa tête était tournée vers le plafond, manifestement sous l'effet d'une grande violence. La bouche et les yeux grands ouverts lui donnaient une expression de surprise. Königsegg pensa sans le vouloir à un homme qui suit la trajectoire d'une fusée pendant un feu d'artifice. Comme on pouvait supposer que le professeur n'était pas entré de plein gré dans l'armoire où il se serait brisé la nuque en essayant de fermer la porte, le général en conclut cependant qu'il avait été assassiné.

La première pensée qui lui traversa l'esprit fut de quitter l'appartement aussi vite que possible. La deuxième fut de fouiller malgré tout les poches du mort. Il n'eut pas le temps d'en concevoir une troisième car il entendit soudain des pas dans le couloir, des pas lourds et traînants. Königsegg se retourna, sortit à nouveau le revolver de sa poche et ôta la sécurité. Quand la silhouette apparut dans l'embrasure, il baissa le chien.

La femme qui s'était arrêtée de marcher tout à coup et le fixait à présent de ses yeux écarquillés pouvait avoir une cinquantaine d'années. Elle tenait à la main un panier contenant du pain et une bouteille de vin. Et il ne fallait pas beaucoup d'imagination pour deviner ce qui lui traversait l'esprit. Elle avait devant elle un homme qui la menaçait avec un revolver et, par terre, le professeur immobile, la bouche béante et la tête tournée dans une position ridicule. Pour elle, il s'agissait forcément de l'assassin et de sa victime.

Königsegg, le présumé meurtrier, esquissa un sourire apaisant. Il dit :

— *Signora*, pourriez-vous… ?

Hélas, la *signora* n'avait aucune envie d'être apaisée. Elle poussa un cri perçant, laissa tomber le panier et tourna les talons. Puis elle s'enfuit en hurlant ; le général entendit la porte claquer. Il s'apprêtait à dire : « *Signora*, pourriez-vous prévenir le commissariat de police, s'il vous plaît ? » Ce n'était plus la peine. Il baissa le bras, enclencha la sécurité et posa son revolver sur la table. Ensuite, il s'assit sur le bord du lit pour attendre la police. Et, préférant ne pas voir le corps du professeur, il ferma les yeux.

24

M. Pescemorte, propriétaire de la *Pharmacie Saint-Marc*, un homme à la tenue soignée, dont le crâne chauve faisait ressortir les oreilles décollées, avait poliment refusé le café et les *baicoli*[1] que Tron lui avait proposés. Il avait même fallu le forcer à s'asseoir. Sans doute, songeait le commissaire, aurait-il préféré tenir son discours debout. De fait, il parlait sans interruption depuis un quart d'heure. Seulement, comme il établissait ses rapports de police occasionnels à titre gratuit, il eût été maladroit de lui demander de se presser et d'en venir (enfin !) à la conclusion.

— Il n'est donc pas difficile de prouver la présence de salpêtre et de soufre, déclara-t-il sur un ton qui laissait espérer l'amorce de la péroraison. La nature de ces substances ne fait aucun doute. Quant au carbone, je me suis déjà exprimé à ce sujet tout à l'heure.

M. Pescemorte était connu pour ses postillons. Instinctivement, Tron s'était reculé sur sa chaise pour tenter d'échapper aux fines gouttelettes de salive qui

1. Biscuits vénitiens. (*N.d.T.*)

jaillissaient de sa bouche. Mais le plus troublant restait que le pharmacien ne l'avait pas regardé une seule fois pendant toute la durée de son exposé. Ou bien il tenait les yeux rivés sur ses notes ou bien il fixait le portrait de l'empereur accroché derrière le bureau du commissaire.

— Il s'agit donc d'un mélange de soufre, de salpêtre et de carbone, annonça-il d'un ton solennel.

Cette information faisait toujours fichtrement penser à un cours de chimie, se dit Tron qui n'avait jamais brillé dans cette matière. Il garda le silence pour laisser au pharmacien l'occasion de poursuivre son raisonnement. Mais celui-ci se tut et jeta un coup d'œil à la lithographie, comme s'il attendait un commentaire du souverain en personne. Ce fut Bossi qui finit par rompre le silence.

— Bref, de la poudre, dit-il.

M. Pescemorte inclina le chef.

— C'est exact, inspecteur.

Hein ? Quoi ? Tron reposa soudain dans la soucoupe la tasse de café qu'il tenait à la main. Son assistant avait-il prononcé le terme de « poudre » ? Oui, en effet. Il suffisait donc de mélanger un peu de soufre et de salpêtre à la cendre d'une chaufferette pour obtenir une dangereuse bombe ? « Quelle idée angoissante ! » songea-t-il. Le plus angoissant restait pourtant que quelqu'un avait importé à Venise tout un cercueil rempli de poudre. Il toussota.

— Vous êtes sûr, monsieur Pescemorte ?

Un court instant, il craignit une réaction indignée de la part du pharmacien, mais celui-ci parut au contraire se réjouir de la question. Il sourit au portrait de l'empereur.

— Si vous le souhaitez, proposa-t-il à François-Joseph, je peux vous le démontrer.

Il sortit un petit sachet en papier de la poche de sa redingote et se pencha au-dessus du bureau. Puis, sans demander la permission, il s'empara de la soucoupe, y versa un peu de poudre noire et l'alluma. Une flamme vive s'éleva aussitôt tandis qu'une fumée gris clair à l'odeur irrespirable ondulait au-dessus de la petite assiette. M. Pescemorte sourit, fier comme un prestidigitateur à la fin d'un tour de passe-passe.

— Le rapport entre les composants varie en fonction de la finalité, expliqua-t-il. On distingue la poudre de chasse, la poudre de revolver, la poudre à canon et la poudre explosive. Ici, il s'agit d'une poudre contenant une quantité moyenne de salpêtre. C'est ce qu'on appelle de la poudre explosive.

Tron trouvait l'expression de poudre *explosive* encore plus angoissante que le terme de poudre tout court. Alors, un cercueil complet de poudre explosive !

— Cette poudre, se risqua-t-il à demander, est-ce que c'est juste un nom ? Ou est-ce qu'elle explose vraiment ?

Le pharmacien esquissa une rapide grimace.

— Elle explose vraiment, commissaire.

— Le soufre et le salpêtre sont-ils en vente libre ? intervint alors Bossi.

M. Pescemorte secoua la tête.

— Les produits chimiques à usage militaire ne sont pas en vente libre à Venise.

— Mais vous, par exemple, comment vous les procurez-vous ?

— Nous n'utilisons pas de salpêtre. Le soufre, en revanche, nous le faisons venir de Padoue en petites quantités afin de préparer diverses pommades ou des médicaments antibronchitiques.

— Serait-il difficile, à votre avis, d'obtenir d'assez grandes quantités de soufre ou de salpêtre ?

Le pharmacien acquiesça.

— Même pour les quelques malheureux grammes que nous commandons tous les trois ou quatre mois, il nous faut une autorisation.

— Une autorisation de qui ? voulut savoir Tron.

— Du commandant de place, répondit M. Pescemorte avec un imperceptible sourire.

Après le départ du pharmacien, Bossi s'assit à sa place, en face du commissaire, et dit :

— Donc, c'était de la poudre. Voilà qui explique tout.

Tron fronça les sourcils.

— Ça explique quoi ?

— Le meurtre !

— Je ne comprends pas, Bossi.

— Je pense, expliqua son subalterne d'une voix lente, que nous avons affaire à l'exécution d'un traître.

— Sommes-nous d'accord, l'interrompit le commissaire, sur le fait que cette poudre a un rapport avec la venue de l'empereur ?

— Tout laisse bel et bien à penser que quelqu'un projette un attentat contre François-Joseph.

— Et qui a trahi qui, selon vous ?

— Je suppose que l'homme tué dans le train n'avait pas l'intention de transférer le cercueil au cimetière. Peut-être était-il opposé à l'attentat et s'apprêtait-il à prévenir les autorités dès son arrivée.

— Ce que le groupe de Venise aurait appris et aurait voulu empêcher en se débarrassant de lui. C'est bien ce que vous voulez dire ?

— Oui, en l'éliminant de manière professionnelle ! Voilà ce qui m'inquiète le plus, commissaire. Ces gens représentent un réel danger.

Tron secoua la tête.

— Venise n'abrite aucun groupe de dissidents sérieux, Bossi ! Nous avons bien quelques rebelles inoffensifs qui distribuent des tracts et agitent des drapeaux tricolores, mais pas de *tueurs professionnels*.

— À moins que Turin ne se cache derrière ce complot.

— Personne à Turin n'a intérêt à ce que le chaos se répande en Vénétie. Si les Piémontais entendaient parler d'un attentat contre la personne de François-Joseph, ils nous feraient signe. À la limite, ils se chargeraient eux-mêmes de retirer les conspirateurs du circuit.

— Vous avez donc une meilleure explication ?

— Non, concéda Tron. Mais je m'en moque. Pour moi, il suffit que la poudre ait été introduite à Venise en vue d'un attentat.

— Parce que, dans ces conditions, l'affaire relève de la police militaire ?

— Exact. Surtout qu'on nous a signifié que nous n'étions pas fiables. Spaur va s'empresser de leur confier l'affaire.

Bossi s'adossa à la chaise.

— Spaur n'a pas une très haute opinion de la police militaire.

— Moi non plus, dit le commissaire. Mais nous n'avons pas le choix. Nous devons informer la Kommandantur. Sinon, on nous reprochera d'être de mèche avec les conspirateurs.

— La police militaire n'arrivera jamais à les arrêter.

Tron déposa la tasse à café avec délicatesse à côté de la soucoupe contenant les restes de poudre, de poudre *explosive*. Puis il dit :

— On peut toujours repousser la venue de l'empereur.

— Ils n'accepteront jamais, décréta Bossi. Ce serait un aveu d'incompétence. En même temps, vous imaginez les conséquences d'un attentat contre François-Joseph ? Une bombe peut faire des dizaines de victimes.

Il marqua une pause lourde de sens.

— Même l'impératrice est en danger.

— La décision revient à Spaur, maintint le commissaire. Et il leur confiera l'affaire.

L'inspecteur se tut pendant quelques instants. Quand il se remit à parler, il avait cette expression particulière que Tron connaissait bien désormais.

— Nous pourrions peut-être…

Il s'interrompit et adressa à son chef un regard interrogateur.

— Poursuivre l'enquête dans leur dos ? demanda Tron dans un éclat de rire avant de secouer la tête avec énergie.

— Rien que quelques jours ! insista le jeune homme. Si nous n'avons pas fait de progrès décisif d'ici dimanche, nous…

Bossi n'eut pas le loisir de terminer sa phrase car on frappa à la porte. C'était le sergent Vazzoni qui s'arrêta sur le seuil, salua et fit une grimace gênée.

— Qu'y a-t-il, Vazzoni ?

— Un meurtre au-dessus de la boucherie du campo San Maurizio. Un voisin a alerté le poste de police place Saint-Marc. Son épouse est entrée dans l'appartement pour apporter des vivres au locataire, mais il gisait aux pieds d'un homme tenant un revolver dans la main.

— L'assassin ?

— Je ne sais pas.

— Cette femme a-t-elle entendu un coup de feu ?

— Le mari ne l'a pas précisé.

— Et l'intrus l'a-t-il menacée de son arme ?

— Ça oui ! Par chance, elle a réussi à s'enfuir.

— Où est le voisin à présent ? l'interrogea Bossi.

— Il est retourné sur le campo San Maurizio en compagnie de Valli et de Malpiero. Sa femme est ébranlée. Il voulait la retrouver au plus vite.

— Envoyez quelqu'un à Ognissanti ! ordonna le commissaire en se levant de sa chaise. Nous avons besoin du docteur Lionardo sur-le-champ. Et veillez à ce que la gondole soit prête dans dix minutes !

Il se tourna vers Bossi.

— Combien de temps vous faut-il pour aller chercher votre matériel ?

L'inspecteur, qui s'était levé lui aussi, se frotta les mains avec impatience.

— Trois minutes, dit-il. Tout est prêt : l'appareil, les plaques sèches, tout.

Il s'arrêta et regarda son chef d'un air timide.

— Peut-être pourriez-vous…

Tron soupira.

— Porter le pied ?

L'inspecteur hocha la tête.

— Merci, commissaire. Mais que raconter à Spaur ?

Le commissaire haussa les épaules.

— J'irai le voir à notre retour.

25

Bien entendu, la nouvelle d'un meurtre commis au-dessus de la boucherie s'était répandue dans le voisinage comme une traînée de poudre. Quand la petite troupe suréquipée du commissaire Tron traversa le campo San Maurizio à la queue leu leu, une cohorte de bavards s'était déjà rassemblée devant l'immeuble.

Tron, vêtu de sa redingote et coiffé de son haut-de-forme, marchait en tête de la formation et s'efforçait de manier le support en bois comme une canne. Derrière lui, Bossi portait un sac de toile contenant le carré de tissu et une caisse en acajou renfermant la chambre noire. Venait ensuite le sergent Vazzoni qui tenait dans chaque main une valise remplie des mystérieuses *plaques sèches à la gélatine*. Enfin, l'arrière-garde se composait du gondolier de la police, lui aussi muni de deux valises, mais cette fois avec les lampes à miroirs réfléchissants. En tout cas, se dit Tron, ils offraient là une impressionnante démonstration de *technique d'investigation moderne*, pour reprendre une locution chère à Bossi. Et il se demanda tout ce qu'il ne faudrait pas bientôt transporter sur le lieu d'un crime si la technique continuait de faire des progrès aussi fulgurants. Se promèneraient-ils d'ici quelques années avec des microscopes ? Des laboratoires chimiques mobiles ? Des appareils à électricité galvanique ? Il ne savait pas trop ce que signifiait *galvanique*, mais il trouvait que c'était un joli mot.

En montant l'escalier, il aperçut le sergent Valli qui le salua.

— Le cadavre est dans la pièce de droite, dit-il. Nous avons enfermé le suspect dans la cuisine. Vous voulez lui parler tout de suite ?

Tron secoua la tête.

— Non, je vais commencer par jeter un coup d'œil sur la victime, dit-il en posant le pied de l'appareil photographique contre le mur du palier. Vous connaissez son nom ?

— Alessandro Ziani.

— Et c'est son appartement ?

— Oui, confirma le policier.

Alessandro Ziani gisait devant la penderie, recroquevillé sur lui-même. C'était un homme d'âge moyen, au visage glabre, sans blessure apparente – si, du moins, on faisait abstraction de la torsion anormale de son cou. Rien ne laissait supposer qu'il y eût lutte : pas de chaise renversée, pas de vaisselle cassée, rien.

Le seul détail remarquable se bornait à un mystérieux appareil que Tron et Bossi n'avaient pas vu immédiatement car il se trouvait entre le mur et le lit : deux cylindres en cuivre du diamètre d'une grande casserole, montés sur un socle en fer et reliés par des tuyaux en cuivre. Ces deux cylindres étaient munis d'une trappe. Le commissaire s'agenouilla devant et en sortit une bobine de fil. Quand il la déroula, une espèce de poudre noire resta collée à ses doigts. Il ne put s'empêcher de penser aux mèches des fusées que les Vénitiens tiraient tous les ans pour la fête du Rédempteur. Il en coupa un bout à l'aide de son canif et se releva.

— Vous avez des allumettes, Bossi ?

Son assistant hocha la tête.

— Alors allumez-moi ce bout de fil.

Bossi frotta une allumette et l'approcha d'une extrémité de l'échantillon. Il se forma une petite flamme qui s'éteignit aussitôt tandis qu'un rougeoiement sombre consumait le fil avec un léger sifflement. Le jeune inspecteur haussa les sourcils.

— Des mèches ?

— Cela m'en a tout l'air.

— Vous pensez la même chose que moi, commissaire ?

— Si vous voulez dire qu'entre de la poudre explosive et des mèches il existe un rapport, et que deux fractures de cervicales en si peu de temps ne relèvent pas du hasard, oui. Mais que pensez-vous de cet appareil ? Vous qui êtes spécialiste en technique moderne ?

Bossi jeta un regard d'expert sur les deux cylindres en cuivre.

— Il se peut qu'on chauffe une substance dans le tube de gauche, déclara-t-il. Une substance dégageant un gaz qui passerait dans le tube de droite par l'intermédiaire des tuyaux. Cela ressemble un peu à un alambic. En même temps, il ne peut pas y avoir de pression puisque les trappes à l'avant n'ont pas de joint.

Il esquissa une grimace pensive.

— En fait, cette construction est complètement absurde. On dirait un accessoire de théâtre. Peut-être que l'homme dans la cuisine pourra nous en dire plus.

Tron l'approuva.

— Je m'en occupe. Vous n'avez qu'à prendre vos photos avant d'interroger la voisine.

Quand le commissaire ouvrit la porte, l'homme en redingote assis dans la cuisine leva vers lui un regard morne. On aurait dit qu'il attendait le bourreau. Son haut-de-forme, posé à l'envers sur la table, faisait penser à une soupière dans laquelle on lui aurait servi son dernier repas. En outre, cet homme ressemblait étrangement à Königsegg.

Tron ne fit aucun effort pour cacher sa surprise.

— Général ?

L'intendant en chef de Sa Majesté baissa le chef et resta plusieurs secondes dans cette position. Puis il leva de nouveau les yeux, hocha la tête de manière imperceptible et fixa le commissaire avec une mine qui semblait vouloir dire : Tout est *perdu**.

Tron toussota.

— Vous auriez dû dire qui vous êtes, mon général !

Königsegg haussa les épaules avec résignation. Puis il inspira bruyamment et se cala contre le dossier de sa chaise.

— À quoi bon, commissaire ? Je ne suis pas pressé.

— Que s'est-il passé ?

Après quelques secondes de réflexion, Königsegg expliqua d'une voix lasse :

— Je devais parler affaire avec le monsieur qui habite ici. Comme la porte était entrouverte et que personne ne répondait à mes appels, je suis entré dans l'appartement. Là, j'ai constaté qu'il était absent.

— Tombé devant l'armoire, rectifia Tron.

Le général de division secoua la tête.

— Non, il en est sorti quand j'ai ouvert la porte.

— Il était dans la penderie ?

— Oui, mort. Ne me demandez pas comment il y est entré !

— Et pourquoi avez-vous ouvert l'armoire ?

Königsegg se pencha au-dessus de la table et tripota la soupière – son chapeau – en évitant de regarder Tron.

— Je cherchais quelque chose.

Le commissaire fronça les sourcils.

— Votre visite a-t-elle un rapport quelconque avec l'interpellation de l'homme qui voulait vous vendre un collier ?

— Les choses ne se sont pas passées tout à fait comme je l'ai raconté, concéda l'Autrichien.

Il jeta un coup d'œil à la porte pour s'assurer qu'elle était close.

— Puis-je compter sur votre discrétion ?

— Cela va de soi, mon général.

— Eh bien, de temps à autre, je vais jouer une petite partie au casino Molin.

Königsegg regarda le commissaire d'un air candide.

— Même si je ne suis pas… euh…

Tron se doutait de la suite : « Je ne suis pas un joueur. »

— Je ne suis pas un joueur, reprit le général.

« Tiens, qu'est-ce que je disais ? Mot pour mot. »

— Or il y a quelques jours, je n'ai vraiment pas eu de chance.

Il poussa un profond soupir et leva de nouveau les yeux vers son interlocuteur.

— Cinq mille cinq cents florins, lâcha-t-il. D'un coup, pouf !

Il poussa un soupir encore plus profond.

— J'ai donc été obligé de signer au directeur une reconnaissance de dette. Vous imaginez ma joie quand j'ai fait la connaissance de M. …

— Il s'appelait Ziani.

— De M. Ziani, enchaîna le général. Il m'avait en effet assuré que contre une certaine commission, il pouvait doubler n'importe quelle quantité d'or.

— Doubler n'importe quelle quantité d'or ?

Königsegg hocha la tête.

— Parfaitement. À l'aide d'un appareil de son invention. Vous l'avez peut-être vu, il se trouve dans la chambre.

Le malheureux fixait le bord de son chapeau. Il dit avec un haussement d'épaules :

— Je sais bien que ce genre de multiplication n'est pas légal.

— Quel genre de multiplication, mon général ?

Königsegg haussa les sourcils avec étonnement.

— Vous n'en avez jamais entendu parler ?

— Non, avoua le commissaire.

— Il suffit de verser quelques gouttes de mercure dans l'appareil pour reproduire un objet en or. M. Ziani m'a d'abord fait une démonstration avec mon alliance. Sinon, je ne lui aurais jamais confié le collier !

Il émit un petit rire.

— Je ne suis pas un âne tout de même !

— Et alors ?

— Nous étions en pleine duplication instantanée quand deux policiers ont surgi dans l'appartement.

— Ici ?

— Non, dans celui du campo Santo Stefano.

— Et après ?

— Ils ont confisqué le collier et nous ont emmenés. Par chance, M. Ziani et moi avons réussi à nous enfuir.

— Sauf que, le lendemain, vous avez appris qu'il n'y avait jamais eu d'arrestation cette nuit-là.

Königsegg hocha la tête.

— D'où il ressortait, comme vous l'avez suggéré, que ce n'étaient pas de vrais policiers.

— Mais pourquoi avoir refusé mon aide ?

— Je voulais résoudre ce problème seul.

Le général se remit à tripoter son haut-de-forme. Puis, après un long moment de silence, il ajouta :

— C'est qu'il s'agit d'un collier très particulier.

— Dans quelle mesure ?

— Il provient du palais royal, dit-il d'une voix terne.

— Il ne vous appartient pas ?

Le malheureux secoua la tête, retroussa les lèvres et entreprit de mastiquer, comme s'il dégustait son repas de condamné.

— Je l'ai juste… emprunté, précisa-t-il enfin.

— Emprunté à qui ?

— Je l'ai pris dans le coffre-fort de Sa Majesté.

— Pardon ?

Königsegg fixa Tron, mais son regard le traversait comme s'il voyait derrière lui un échafaud imaginaire.

— Le collier en or appartient à l'impératrice, conclut-il d'une voix monocorde.

Bossi se redressa de manière si brusque qu'une embarcation plus petite que la gondole de police se serait mise à rouler.

— Cette histoire est proprement incroyable, commissaire !

Il grimaça, comme s'il ne savait pas s'il devait rire ou garder son sérieux.

— Le général s'introduit de nuit dans les appartements de l'empereur, détourne le collier et se fait gruger de la manière la plus grossière. Pour comble d'ironie, quand il retrouve la trace de Ziani, il découvre son cadavre dans une armoire !

L'inspecteur roula des yeux.

— Vous a-t-il révélé comment il s'y est pris pour ouvrir le coffre dans le cabinet de l'empereur ?

— Le code n'est autre que la date de naissance de François-Joseph. Il n'a eu aucun mal.

— Et que va-t-il se passer quand on découvrira la disparition du collier ?

— On ordonnera d'abord une enquête interne, dit Tron. Ensuite la police militaire finira bien par se tourner vers nous.

— La question est de savoir comment nous, nous allons traiter cette affaire.

— Nous allons enquêter.

— Contre un général de division ?

Tron secoua la tête.

— Non, je lui ai promis une absolue discrétion. Mais ce n'est pas notre principale préoccupation pour le moment.

Il plia les jambes pour ne pas se cogner sans cesse aux valises contenant les *plaques sèches à la gélatine*, que Bossi avait posées devant eux juste à côté de l'appareil photographique. Dès que ses pieds effleuraient les caisses en bois, l'inspecteur tressaillait.

— Qu'est-ce que Lionardo vous a dit ? demanda Tron.

— Selon lui, on ne saurait exclure qu'il s'agisse du même meurtrier que dans le train de dimanche dernier, répondit son assistant avant d'ajouter – après un moment d'intense réflexion : Et vous, commissaire, qu'est-ce que vous en pensez ?

— Vous aimeriez sans doute trouver un rapport entre la poudre explosive et les mèches, supposa son supérieur. Seulement, lequel ?

Il se pencha sur la droite pour amortir les oscillations provoquées par le passage d'un bateau à vapeur à proximité de la gondole.

— Qu'est-ce que la voisine vous a raconté ? Vous savez quelque chose sur Ziani maintenant ?

— Il a emménagé il y a deux mois. Il sortait souvent, ne recevait jamais personne et travaillait parfois la nuit au casino Molin, chez votre vieil ami Zorzi. La voisine l'a appris par hasard.

Bossi se tut à nouveau un moment. Il pinça les lèvres d'un air absorbé, puis finit par demander :

— Ce Zorzi ne pourrait-il pas être mêlé à l'attentat projeté contre l'empereur ?

Tron prit un air sceptique.

— Il a vécu un moment en exil à Turin et n'est revenu à Venise qu'après son amnistie. Ses relations avec l'empereur ne sont donc pas très bonnes. De là à préparer un attentat…

— Vous comptez lui rendre visite aujourd'hui ?

— Je vais d'abord vous déposer au commissariat. Combien de temps vous faut-il pour développer les photographies de Ziani ?

— Trois heures.

Tron sourit.

— Vous pensez la même chose que moi, inspecteur ?

L'inspecteur sourit à son tour.

— Vous voulez sans doute dire que nous pourrions montrer ces clichés au père Silvestro, dit-il. Peut-être Ziani et ce mystérieux Montinari ne sont-ils qu'une seule et même personne. Dans ce cas, le *tueur professionnel* aurait…

Tron ferma les paupières et leva la main pour l'arrêter.

— Nous verrons, Bossi. Demain, c'est samedi. Rendez-vous à dix heures au *Florian*.

26

La dernière fois que Tron avait rendu visite à Zorzi, la gondole de police l'avait déposé sur le ponton devant le casino. Cette fois au contraire, il était venu à pied. Il devait donc passer par l'arrière. Dès qu'il s'engagea dans la calle della Rachetta, une étroite ruelle où les étrangers venaient sans doute rarement se perdre, il constata avec stupéfaction qu'il n'était pas le seul à vouloir être admis. Un Anglais à l'allure martiale était en train de distribuer des masques de carnaval et des petits chapeaux en papier à une douzaine de personnes qu'il identifia aussitôt comme un groupe de voyageurs. Les dames portaient des bottines et des manteaux en laine bordés de fourrure, les messieurs étaient vêtus de capes à carreaux. Au lieu des habituels hauts-de-forme, ils avaient des casquettes en tweed. Au-dessus de l'entrée falote, une grande pancarte jaune annonçait en lettres rouges : CASINO MOLIN.

Tron murmura *permesso*[1] pour se frayer un chemin dans l'attroupement qui le laissa passer de bon cœur, sans doute parce qu'on le prenait pour un possible voleur à la tire. Dans le vestibule, situé au premier étage,

1. Pardon. (*N.d.T.*)

il butta contre un groupe d'Anglais qui s'étaient déjà débarrassés de leurs manteaux. Les dames portaient des masques, les hommes de petits chapeaux multicolores. Tous semblaient attendre le signal pour entrer dans la salle de bal.

La porte à deux battants était gardée par deux domestiques équipés de souliers, de hauts-de-chausses et de longues perruques blondes. Dans la salle, des voix se mêlaient à la musique. L'orchestre jouait *O mia bella Napoli*. Cette mise en scène ne manquait pas de ridicule, mais convenait aux modifications de l'aménagement. L'entrée, une pièce autrefois éclairée par des bougies, à l'élégance discrète, avait été entièrement rénovée. À présent, tout brillait dans la lumière des lampes à pétrole fixées au mur : les vues de Venise aux couleurs criardes – la place Saint-Marc, le Rialto, une gondole devant la Salute au clair de lune –, le sol en *terrazzo* flambant neuf et le vernis sur les battants de porte. L'ensemble, de très mauvais goût, donnait en même temps l'impression de pouvoir prendre feu à la moindre étincelle.

Tron enleva sa redingote et s'avança vers le vestiaire, un comptoir en bois clair derrière lequel une douzaine de manteaux pendaient sur des cintres numérotés. La préposée, une jeune femme, portait un loup et un costume dans le genre XVIIIe siècle. Après un coup d'œil sur son manteau, elle dévisagea le commissaire d'un air dédaigneux.

— *Do you belong to the Cook-Party, Sir ?*

Hein, quoi ? Qu'est-ce que c'était que cette histoire de *Cook-Party* ? Il secoua la tête.

— *Do you have a reservation, Sir ?* poursuivit-elle avec un sourire pour le moins forcé.

Tron s'éclaircit la voix.

— Je suis le commissaire Tron, de la police vénitienne. Le comte Zorzi m'attend, prétendit-il.

Cette fois, ce fut au tour de la préposée d'être interloquée. Pendant un instant, elle l'observa comme le représentant d'une espèce inconnue. Elle semblait avoir de la peine à le croire. Enfin, elle dit dans le plus pur vénitien :

— Souhaitez-vous me confier votre manteau, commissaire ?

Une question tout à fait dénuée de sens puisqu'il avait déjà déposé sa redingote sur le comptoir. Une fois muni d'un ticket rose numéroté, il se fraya un chemin dans la foule à coup de *permesso*.

Dans la salle de bal, le progrès ne passait pas inaperçu non plus. On avait poncé et ciré le parquet, l'ancien mobilier avait cédé la place à des meubles de style *Second Empire**, le principal changement concernait cependant l'éclairage. Tron constata avec une certaine amertume que les innombrables candélabres aux lueurs douces et tremblantes avaient été remplacés par des lampes à pétrole.

Les croupiers avaient, quant à eux, abandonné le frac pour des souliers, des hauts-de-chausses et des perruques. La plupart des dames étaient masquées, certaines portaient des crinolines et avaient des mouches collées sur le visage. De nombreux messieurs avaient, en plus des petits chapeaux en papier sur la tête, des serpentins autour du cou. Bien que la salle fût pleine à craquer, le commissaire n'y apercevait ni costumes noirs ni uniformes autrichiens. La dernière fois, il régnait encore une atmosphère de décadente illégalité. À présent – même si les mises aux différentes tables semblaient assez élevées –, un esprit petit-bourgeois dominait.

Après avoir cherché en vain dans la grande salle le propriétaire des lieux, il le découvrit, debout à côté d'une table, dans un des petits salons où l'on jouait au baccarat. Tron nota aussitôt qu'il avait pris de l'embonpoint. Le monocle qu'il portait désormais lui donnait un air d'officier d'état-major. Il fit le tour de la table qui les séparait.

Dès qu'il le reconnut, son ancien camarade de classe lui tendit la main d'un air ravi.

— Tu veux jouer ?

Tron éclata de rire.

— Tu m'as posé la même question la dernière fois que je suis venu.

Zorzi réfléchit un instant.

— Exact ! L'affaire sur le paquebot du Lloyd. Je me souviens.

Puis, manifestement convaincu qu'aucun de ses clients ne comprenait l'italien, pour ne rien dire du vénitien, il ajouta avec un sourire résigné :

— À l'époque, nous pouvions encore nous permettre un certain raffinement.

— On m'a demandé si j'appartenais à la *Cook-Party*, lâcha Tron.

Son camarade soupira.

— C'est un jour à forfait.

— Un jour à forfait ?

— Nous travaillons avec des agences de voyages anglaises. Les clients ne réservent pas seulement le circuit et les hôtels, on leur concocte aussi un programme sur place.

— Quelle sorte de programme ?

— Un spectacle à La Fenice, un tour en gondole avec chanteur, une messe à la basilique et – on aurait dit qu'il récitait un prospectus – « la visite d'un casino typiquement vénitien, où l'atmosphère du XVIIIe siècle est préservée ».

Puis il se recula avec une petite courbette pour céder la place à un homme vêtu d'une redingote à carreaux et coiffé d'un petit chapeau multicolore.

Tron ne put s'empêcher de rire.

— Ah ! Voilà pourquoi tu donnes maintenant dans le *settecento*[1].

— Ces messieurs de Thomas Cook étaient enthousiastes. Désormais, nous travaillons même l'après-midi. Avant, c'était mort.

— Combien de jours à forfait avez-vous ?

— Deux par semaine en général. Cinq pendant le carnaval.

— Et les autres clients ? Les officiers de l'armée autrichienne ? Ils ne viennent plus ?

— Si, mais beaucoup plus tard. À ce moment-là, nous rallumons les bougies et les croupiers reprennent leurs fracs.

Zorzi observa le commissaire d'un regard perçant.

— Tu es ici à cause d'un officier ?

— Connais-tu un certain Königsegg ? demanda Tron en guise de réponse.

— L'intendant en chef de Sa Majesté ?

Il hocha la tête.

— J'ai eu un entretien avec lui tout à l'heure. Il se fait du souci à cause de ses dettes et s'est laissé entraîner dans une affaire malheureuse.

Zorzi garda le silence pendant quelques secondes. Puis il dit :

— Passons dans mon bureau.

Quelques minutes plus tard, Tron constata que la vague de modernisation qui s'était abattue sur le casino Molin avait par bonheur épargné le bureau. Son camarade de classe possédait toujours son antique table de réfectoire. Rien n'avait changé non plus au niveau des tapisseries défraîchies et du magnifique plafond en bois. Après lui avoir offert un verre de madère et posé sur la table une coupelle en argent remplie de biscuits, Zorzi alla droit au fait.

1. XVIIIe siècle. (*N.d.T.*)

— C'est Königsegg qui t'envoie ?

— Non, il n'est pas au courant de ma visite. Je viens pour l'homme avec lequel il a conclu cette affaire. Il paraît qu'il travaille chez toi. Son nom est Alessandro Ziani.

Le propriétaire du casino releva la tête avec surprise.

— Ziani travaille ici comme croupier le week-end. Qu'a-t-il fait ?

Fidèle au principe qui consistait à ne pas tourner longtemps autour du pot dans ce genre de situation, Tron répondit :

— On l'a assassiné dans son appartement.

Pendant une fraction de seconde, Zorzi fixa son interlocuteur comme s'il s'agissait d'un spectre.

— Quand ?

— Cette nuit.

— Qui l'a tué ?

— Nous l'ignorons.

— Un cambriolage ?

— Je ne crois pas. Mais nous n'avons encore aucune certitude sur ce point. Pour l'heure, nous ne disposons pas de la plus légère piste.

— En quoi puis-je t'aider ?

Zorzi trempa un biscuit dans son madère et le porta à sa bouche. Le commissaire remarqua que sa main tremblait.

— Peux-tu me donner quelques renseignements sur ce Ziani ? Quel genre de vie menait-il ? Avait-il des ennemis ?

Zorzi ferma les yeux pendant quelques secondes. Quand il les rouvrit, il dit d'une voix presque normale :

— C'était un bon croupier. Il parlait anglais et s'entendait bien avec les gens de Thomas Cook.

— Que sais-tu d'autre ?

— Pas grand-chose. Il était originaire de Padoue. Et il paraît qu'il aurait fait de la prison. Je ne peux pas te dire pourquoi.

Zorzi but une gorgée de madère, son visage reprenait des couleurs.

— Pour des raisons politiques peut-être ? suggéra Tron.

— Nous n'en avons jamais parlé.

— De quel bord était-il ?

— Ziani n'était pas un chaud partisan de l'empereur.

— Sais-tu s'il militait ? S'il entretenait des relations avec le Comitato Veneto ?

— Même si c'était le cas, il ne s'en serait pas vanté, rétorqua Zorzi d'un ton sec. Mais qu'est-ce qui te fait penser ça ? Tu prétendais à l'instant ne pas avoir la moindre piste.

Exact, c'est ce qu'il avait prétendu. La question de son camarade était plus que justifiée. Néanmoins, Tron estima préférable de ne pas lui raconter l'histoire du cercueil et de la poudre explosive.

— Nous avons trouvé une bobine de mèche dans l'appartement. Or certaines rumeurs parlent d'un attentat contre la vie de l'empereur.

Zorzi roula des yeux.

— C'est ridicule, Tron !

— Qu'est-ce qui est ridicule ? L'idée qu'on projette un attentat ou que Ziani ait pu être impliqué ?

— Les deux, répliqua son camarade. Tout le monde sait bien que le départ des Autrichiens n'est plus qu'une question de temps. D'où sort cette rumeur ?

— L'un de mes hommes l'a entendue dans la bouche de son coiffeur.

— Et c'est pour cela que tu enquêtes ?

— Le coiffeur la tient d'un client, qui la tient lui-même de son boulanger, lequel la tient à son tour d'un autre client, etc. La Kommandantur ne s'intéressera jamais à une simple rumeur, répondit Tron. Hélas, nous ne sommes pas chargés de la sécurité de l'empereur. On nous considère comme trop peu fiables du point de vue politique. La police militaire s'occupe de protéger François-Joseph toute seule.

Le propriétaire du casino Molin souffla avec mépris.

— Si jamais il devait y avoir un complot, la police militaire serait bien incapable de le démasquer.

— Un attentat contre la vie de l'empereur serait une catastrophe, poursuivit Tron. Pour Venise autant que pour l'Autriche.

« Et pour les affaires de la princesse », pensa-t-il en son for intérieur.

Son camarade l'approuva.

— Cela étant, dit-il, je suis prêt à parier que les cercles réactionnaires se réjouiraient d'une tentative d'attentat. Toggenburg et compagnie disposeraient enfin d'un prétexte pour sévir.

Il but encore une goutte de madère.

— À ce propos, quel genre d'affaire ton Königsegg a-t-il conclu avec Ziani ?

— Ziani lui a dérobé un bijou, dit Tron.

— Et vous soupçonnez l'intendant en chef d'avoir commis le meurtre ?

Le commissaire secoua la tête.

— Non, il a un alibi à toute épreuve.

— Où est le bijou à présent ?

— Disparu sans laisser de trace.

— Qu'est-ce que vous avez l'intention de faire ?

— Je n'en sais rien. Les mèches nous tracassent.

— C'est peut-être juste un reste de la dernière fête du Rédempteur.

— Ziani était artificier ?

Son camarade fit une moue perplexe.

— Pas que je sache. Mais ce serait l'explication la plus bête.

Il sourit.

— Et en règle générale, les explications les plus bêtes sont les meilleures.

27

— Merveilleux ! s'exclama la princesse. Tu récupères le collier, tu saisis la poudre, tu interpelles les conspirateurs et tu arrêtes les deux assassins. Ensuite, Königsegg, l'impératrice et l'empereur te seront reconnaissants à vie. Il n'y a vraiment aucun problème.

D'un geste de la main, elle autorisa Moussada, qui venait de servir le dessert, à se retirer. Tron fut obligé de rire.

— Je dois les arrêter tout de suite ou je peux prendre le temps de terminer mon repas ?

Ce soir-là, le dessert se composait – ça tombait bien – d'un *riz façon impératrice aux six trésors*, c'est-à-dire un gâteau de riz parfumé au gingembre et couvert de sauce à la vanille, entouré d'une couronne de coupelles dont chacune contenait une sorte de fruits confits différente : des prunes, des ananas, des poires, des dattes, des cerises et des fraises.

— Je suis sérieuse, Alvise !

— Le problème demeure que nous avançons dans le noir. Nous ne savons absolument pas qui a tué Ziani et encore moins où le collier est passé.

Il se servit une grosse cuillerée de gâteau de riz et la décora de quelques cerises confites.

— Jusqu'à présent, tu es toujours parvenu à résoudre tes affaires, remarqua-t-elle.

— Oui, mais celle-ci est plus compliquée, et les enjeux beaucoup plus importants.

— C'est une chance unique !

Comme d'habitude, la princesse avait renoncé au dessert et s'était allumé une cigarette à la place.

— Quelle est la probabilité que des gens préparent pour de bon un attentat selon toi ?

— Toute la question est là, dit le commissaire. Un attentat, qu'il réussisse ou non, desservira notre image à l'étranger et entraînera une dure répression de la part des Autrichiens. Cela produirait l'inverse de l'effet escompté.

— Bref, tu veux dire qu'il s'agit de fous ? résuma-t-elle.

— Juste de nationalistes, rectifia-t-il, ce qui lui valut aussitôt un regard lourd de reproches.

— Les nationalistes ne sont pas des fous ! s'emporta-t-elle. Pourquoi t'es-tu battu, toi, en 1848 ?

— Notre devise était *Vive Saint-Marc !* Pas *Vive l'Italie !*

Combien de fois s'étaient-ils déjà disputés à ce sujet ? Cent ? Mille ?

— Nous voulions le rétablissement de la République, pas la soumission à Turin. Je ne suis absolument pas convaincu que la laisse à laquelle vous voulez tous nous attacher soit beaucoup plus lâche que celle des Autrichiens. Les Piémontais ne parlent même pas un italien correct.

— C'est bien à toi de critiquer !

— Mon toscan n'a rien à envier au tien quand je m'en donne la peine !

Le commissaire inspira à pleins poumons et déclama :

— *Nel mezzo del cammin di nostra vita, mi ritrovai per una selva oscura*[1]...

La princesse au supplice ferma les paupières.

— Pauvre Dante ! Ton accent est affreux.

Elle rouvrit les yeux et but une gorgée de café.

— Au départ, je te rappelle, nous voulions discuter de ton enquête.

— La première hypothèse, reprit-il, ce serait donc une bande de nationalistes exaltés.

Il se resservit une copieuse portion de gâteau de riz.

— La deuxième, ce seraient les cercles ultras qui salueraient un attentat parce qu'ils pourraient ainsi prendre des mesures énergiques, non seulement envers l'étranger, mais aussi à l'intérieur.

— À l'intérieur ?

— Certains cercles n'ont toujours pas pardonné à l'empereur d'avoir signé la patente de février[2] en 1861, expliqua Tron. Depuis, c'est le Parlement qui vote le budget de l'armée.

— Après la défaite en Lombardie, dit Maria, François-Joseph s'est retrouvé dans une situation précaire.

— Il aurait tout de même pu risquer le coup, objecta le commissaire. Comme le roi de Prusse. Lui a tout bonnement piétiné la Constitution !

— Parce que l'ancien ambassadeur à Paris, ce... euh...

— Bismarck.

— C'est cela. Parce que ce Bismarck l'y a poussé, remarqua-t-elle.

1. « Au milieu du chemin de notre vie, je me retrouvai dans une forêt obscure. » Ce sont les deux premiers vers de *La Divine Comédie* de Dante. (*N.d.T.*)

2. Ensemble de lois fondamentales réorganisant l'Empire austro-hongrois. (*N.d.T.*)

— Quoi qu'il en soit, le roi de Prusse a obtenu ce que l'empereur d'Autriche n'a même pas essayé.

— L'armée le lui reproche ?

Tron hocha la tête.

— Les militaires le prennent pour une mauviette et aimeraient s'en débarrasser. En tout état de cause, un attentat leur laisserait le champ libre.

La princesse mit un soupçon de sucre dans son café et tourna sa petite cuillère.

— Es-tu en train d'affirmer qu'il existe un complot au sein de l'armée ? Que des officiers préparent un attentat contre François-Joseph ?

Le commissaire haussa les épaules.

— Je constate juste que certains cercles auraient un motif pour attenter à sa vie.

Un froncement de sourcils indiqua que la princesse ne faisait pas grand cas de cette théorie.

— Pourquoi se seraient-ils autant compliqué la tâche pour introduire la poudre ? Ils auraient pu la transporter par bateau militaire.

— Non, la contredit son fiancé. Après l'attentat, réussi ou non, on ordonnera une enquête. Les instigateurs doivent donc demeurer au-dessus de tout soupçon. D'où cette mise en scène recherchée avec le cercueil.

— Qu'avez-vous l'intention de faire maintenant ?

— Bossi va aller montrer la photographie de Ziani à la gare et au cimetière. Ensuite, nous verrons.

— Et s'il s'avère que quelqu'un projette bel et bien un attentat contre la personne de l'empereur ?

— Alors, Spaur devra décider s'il confie cette affaire à la police militaire ou non.

— Que va-t-il décider, à ton avis ?

— Il leur refilera les deux affaires – et le meurtre à bord du train, et celui du campo San Maurizio.

— Mais le collier ?

— Je n'en parle à personne. Ni à Spaur, ni à Toggenburg. Je l'ai promis à Königsegg.

— Que va-t-il se passer quand on découvrira que le coffre-fort est vide ? Ne risque-t-on pas de suspecter l'intendant en chef ?

— Pas forcément, répondit le commissaire. Il pourrait très bien s'agir d'un cambriolage. En même temps, ce n'est pas certain. Voilà pourquoi le général est aussi nerveux, outre ses dettes chez Zorzi.

— À combien se montent-elles ?

— Cinq mille cinq cents florins.

La princesse tira sur sa cigarette et réfléchit. Puis elle dit :

— Nous pourrions les lui avancer. Contre une lettre de change. Tu n'as qu'à lui expliquer que tu te sens obligé de l'aider par sympathie.

— Il ne pourra jamais rembourser une telle somme.

— J'espère bien !

Tron regarda sa fiancée d'un air troublé.

— Qu'est-ce que tu espères bien ?

— Königsegg, commença-t-elle sur son ton de femme d'affaires, se trouve dans une situation telle que nous pouvons l'acheter. Si Zorzi s'adresse à la Kommandantur, sa carrière est fichue. Si tu voles à son secours, au contraire, il te devra son poste d'intendant en chef – et se montrera à coup sûr reconnaissant.

Maria sourit d'un air satisfait.

— Ces cinq mille cinq cents florins constituent un excellent placement.

— À moins qu'il n'arrive malheur à François-Joseph pendant son séjour à Venise.

— Tu crois que c'est possible ?

— Nous en saurons plus demain matin.

Un ange passa. Puis la princesse dit :

— Quelle décision prendrais-tu à la place de Spaur ? Tu lâcherais l'affaire ?

— Si nous ne la confions pas à la police militaire et qu'il arrive quoi ce que soit à l'empereur, répondit Tron, on nous soupçonnera d'être impliqués dans cette histoire.

Il versa un peu de sauce à la vanille sur le tas de cerises confites posées dans son assiette.

— En revanche, si nous mettons la main sur les conjurés – je dis bien *si* ! –, alors les médailles pleuvront et nous devrions pouvoir résoudre ton problème de taxes douanières sans difficulté.

28

Lorsque Tron entra au *Florian* le lendemain matin, l'odeur caractéristique de bougie, de parfum et de café l'obligea à s'arrêter sur le seuil pour respirer à pleins poumons, les yeux clos. « Existe-t-il un autre endroit au monde où l'odeur égale celle du *Florian* ? Non, pensa-t-il, impossible. »

Comme c'était samedi, il se serait attendu à des salles bondées. En fait, l'affluence était plutôt modeste. Cela tenait sans doute au soleil surprenant qui attirait les clients vers les tables en terrasse. En outre, la fanfare de l'armée autrichienne donnait son concert hebdomadaire sur la place Saint-Marc et, ce jour-là, elle enchaînait les valses – bien peu militaires – de sorte que la foule suivait malgré elle la mesure à trois temps. « Encore une particularité unique au monde », pensa-t-il.

Bossi était attablé dans la salle du fond. Il se leva dès qu'il aperçut son chef et entra dans le vif du sujet dès que ce dernier fut assis.

— Ziani, annonça-t-il d'un air triomphal, comme s'il le savait depuis le début, est la même personne que ce mystérieux M. Montinari, venu réserver la tombe et présent à l'enterrement. Le père Silvestro l'a aussitôt reconnu.

— Ce qui veut dire…

— Que les deux crimes sont liés ! le coupa-t-il.

Il marqua une brève pause avant d'ajouter :

— Mais ce n'est pas tout !

Le commissaire soupira. Pourquoi fallait-il toujours que Bossi serve ses informations à petites doses ?

— Un des fossoyeurs chargés de récupérer le cercueil dimanche à la gare travaillait justement dans le cimetière et m'a abordé en voyant l'uniforme.

— Que voulait-il ?

— Me signaler que l'homme qui leur a remis le cercueil est venu sur la tombe hier midi et l'a questionné. Il voulait savoir s'il n'avait rien remarqué.

— Que lui a-t-il répondu ?

— Qu'à son avis quelqu'un avait en effet retourné la terre la nuit précédente.

— Notre petite visite n'est donc pas passée inaperçue, constata le commissaire. Et après ?

— Notre bonhomme a donné un pourboire au fossoyeur et est reparti vers le quai.

— Donc, qui qu'il soit, il sait maintenant qu'on a violé la tombe, lâcha Tron en observant son subalterne. Vous restez convaincu qu'il s'agit d'un – comment disiez-vous ? – *tueur professionnel* ?

— Plus que jamais ! D'ailleurs, le docteur Lionardo partage mon avis.

— Et vous pensez qu'il fait partie du groupe s'apprêtant à commettre un attentat contre l'empereur ?

— Oui, en effet.

— Deux points m'étonnent dans votre raisonnement, objecta le commissaire. D'une part, c'est le fait qu'il n'ait pas vu le billet de train dans la poche de sa première victime. D'autre part, c'est que nous ayons retrouvé cette bobine de mèche dans l'appartement de Ziani. Le billet nous a conduits à la gare et, ainsi, au cercueil contenant la poudre. Les mèches, elles, ont fini de balayer nos derniers doutes quant à l'imminence d'un attentat.

— Oui, en effet, notre meurtrier a commis deux erreurs coup sur coup.

— Voilà bien le problème, Bossi. A-t-il commis deux erreurs ou souhaitait-il que nous trouvions ces indices ?

— Vous voulez dire qu'il aurait fait exprès de laisser des traces ?

— Oui, c'est cela.

— Quand les criminels laissent des traces, c'est qu'ils veulent orienter l'enquête dans une fausse direction – ce qui n'est de toute évidence pas le cas. Ou bien pensez-vous qu'il s'agit d'une manœuvre de diversion ? Vous croyez que nous élaborons ici un canevas sans rapport avec le motif réel du double assassinat ?

Tron secoua la tête.

— Non, je n'ai jamais prétendu cela.

— Alors, je ne comprends pas, commissaire.

— C'est très simple. Il *veut* que nous flairions l'attentat. Je ne vois pas d'autre explication possible à ces erreurs grossières. D'où sa visite au cimetière hier midi. Il voulait savoir si nous avions avancé dans notre enquête.

Bossi fit une grimace sceptique.

— Donc vous supposez qu'un des membres du groupe préparant un attentat contre l'empereur souhaite son échec ? Et que, pour cette raison, il aurait tué deux personnes ?

Tron acquiesça.

— Oui, en gros.

— Dans ce cas, je me demande pourquoi il n'écrit pas tout simplement une lettre anonyme pour nous apprendre où se trouve la poudre et qui participe à ce projet.

— Votre question va de soi. Même si je suis incapable d'y répondre.

— Qu'allons-nous faire maintenant ?

— Je ne crois pas que ce soit à nous de nous creuser la tête.

— À qui d'autre ?

— À la Kommandantur ! Nous aurions dû leur confier cette affaire aussitôt après avoir appris par M. Pescemorte que le cercueil contenait de la poudre explosive.

— Vous comptez en parler à Spaur ?

— Dès que possible. De votre côté, allez au commissariat rédiger un rapport. Si Spaur confie l'enquête à Toggenburg, il lui faudra un document écrit. Joignez-y le rapport d'autopsie.

— Dois-je signaler que, selon vous, le meurtrier fait exprès de commettre des erreurs ?

Tron secoua la tête.

— Non, aucune déduction. Rien que des faits.

— Ces faits n'ont aucun sens.

— Raison de plus pour nous débarrasser de cette affaire !

— Et le collier de l'impératrice ? insista Bossi.

— Il n'y a que Königsegg, vous et moi qui sommes au courant. Or ce vol n'a rien à voir avec l'attentat. Il suffit de prétendre que l'intendant en chef avait un rendez-vous avec Ziani sur lequel il ne nous a donné aucune précision. Le rapport d'autopsie prouve qu'on ne peut pas le tenir pour coupable.

— Savez-vous où se trouve le commandant aujourd'hui ?

— Au *Danieli*. J'y vais de ce pas.

L'inspecteur fit une grimace déçue.

— Dommage, quand même.

— Qu'est-ce qui est dommage ?

— Que nous ne puissions pas poursuivre l'enquête. Sauver la vie de l'empereur est sans doute bon pour l'avancement.

Il réfléchit une fraction de seconde.

— Comment s'appelle ce sous-lieutenant anobli pour avoir protégé François-Joseph à la bataille de Solferino ?

— Il portait un nom slovaque. Maintenant, il se nomme baron von Trotta.

— Est-ce que Turin reconnaît les particules autrichiennes ?

— Bien entendu !

— Donc, après un changement politique, on garderait son titre de noblesse ?

Tron éclata de rire.

— Vous venez à peine de passer inspecteur, Bossi ! On ne peut pas vous anoblir aussi vite. Après un *changement* politique – comme vous dites si joliment –, vous pourrez toujours obtenir un titre des Piémontais. Eux aussi ont un monarque. Un titre accordé par Turin ne fait pas moins d'effet qu'un titre provenant de la Hofburg.

— Je me demande ce que Turin dirait d'un attentat contre la personne de l'empereur.

— On serait horrifié, assura le commissaire.

— Donc, là aussi, on regarderait d'un bon œil celui qui a sauvé la vie de François-Joseph.

Tron approuva.

— Sans aucun doute. Mais je ne vois pas en quoi cela vous concerne. Nous n'avons plus rien à voir avec cette affaire.

29

Jean-Baptiste von Spaur se tenait à la fenêtre de sa suite au *Danieli* et observait la riva degli Schiavoni d'un air renfrogné. Le soleil inespéré avait attiré sur le quai des cohortes de promeneurs qui discutaient en petits groupes, achetaient de la friture de poissons et des marrons chauds à des marchands ambulants ou admiraient la longue file de voiliers qui s'étirait jusqu'au ponte dei Greci. Le ciel était bleu et sans nuages. De l'autre côté de l'eau, l'île de San Giorgio se dessinait avec une netteté militaire. Comment s'appelait l'architecte qui avait construit cette église déjà ? Palli… Pallo… Palludino ? Quelque chose dans le genre. Le détail n'avait pas franchement d'importance, mais cela faisait toujours bien de laisser tomber un de ces noms italiens au milieu d'une conversation.

En temps normal, la vue l'aurait rempli de joie. Ce jour-là au contraire, elle lui rappelait que, bientôt, la frégate à vapeur de François-Joseph, le *Jupiter*, traverserait le bassin de Saint-Marc, saluée par deux douzaines de salves. Et que lui, le baron Jean-Baptiste von Spaur, serait contraint de faire contre mauvaise fortune bon cœur.

La lettre du souverain en réponse à sa requête était arrivée au commissariat l'après-midi précédent. Un lieutenant du bureau de Toggenburg était venu lui remettre l'enveloppe en personne. Il lui avait fait signer deux formulaires différents pour attester la réception du courrier et s'était retiré avec un salut un peu trop appuyé. Peut-être se moquait-il de lui ? Après avoir lu la lettre, le commandant de la police vénitienne s'était demandé si le lieutenant ne connaissait pas le contenu du document et n'avait pas éclaté de rire dès qu'il s'était retrouvé à l'air libre.

Maintenant, il savait le message par cœur. Un besoin irrépressible l'obligeait néanmoins à l'extraire de l'enveloppe toutes les dix minutes afin de le relire. Pendant quelques heures, il avait même envisagé qu'il pouvait s'agir d'un faux, qu'un officier de la Kommandantur (où sa situation personnelle était hélas connue) lui avait joué un mauvais tour. Bien entendu, ces hypothèses étaient ridicules. Elles prouvaient juste qu'il avait les nerfs à fleur de peau.

Une question tout aussi importante était de savoir si l'empereur avait signé cette missive en personne. Combien de documents devait-il signer par jour ? Cent ? Deux cents ? Trois cents ? Prenait-il chaque fois la plume en main propre ? Et le cas échéant, lisait-il chaque fois ce qu'il signait ? Ne se pouvait-il pas que Son Altesse Royale ait certes signé ce fâcheux courrier, mais sans l'avoir lu ? Que le contenu de la lettre fût l'œuvre de subalternes ? Peut-être. Néanmoins, on ne pouvait pas exclure non plus, songea Spaur, que Son Altesse ait bel et bien décidé elle-même de la réponse à donner à sa requête et l'ait précipité dans le malheur sans aucun scrupule.

Si c'était le cas, poursuivit-il avec rage, il lui restait juste à espérer qu'une tempête coulerait le *Jupiter* par le fond et que l'empereur ainsi que son *entou-*

*rage** finiraient en nourriture pour poissons. Alors, l'archiduc Maximilien rentrerait du Mexique et accéderait au trône vacant. Voilà un homme libéral et chaleureux qui n'oserait jamais briser la vie d'un fidèle serviteur sans la moindre pitié !

Spaur se détourna de la fenêtre avec un soupir et revint à son bureau pour soumettre la missive impériale à un nouvel examen. Au moment où il saisissait l'enveloppe, on frappa à la porte. Un court instant, il s'imagina qu'il pouvait s'agir de Mlle Violetta. Il se redressa et rajusta son foulard.

— Oui, entrez !

C'était juste le garçon d'étage croate qui passa la tête à la porte.

— Le commissaire Tron voudrait vous parler, Excellence.

Quand Tron entra dans la suite du commandant de police, celui-ci reposait une enveloppe sur son bureau avec l'air d'un coupable pris en flagrant délit. Il portait une veste d'intérieur surpiquée, un foulard à pois et de confortables pantoufles. Un plateau contenant une tasse vide, des miettes de brioche et une coupelle de friandises de chez Demel était abandonné sur une petite table devant la fenêtre grande ouverte. Le commandant dévisagea son subalterne d'un œil méfiant. On l'aurait dit accablé de terribles soucis.

— Vous venez en dehors de mes heures de service, commissaire.

Quoi ? Depuis quand Spaur avait-il des heures de service ? Tron esquissa une révérence.

— Il s'agit d'une affaire de la plus haute importance, baron.

L'espace d'un instant, Tron craignit que le commandant de police ne le fasse patienter jusqu'au lundi. Peut-être attendait-il Mlle Violetta. Dans la seconde suivante cependant, son chef haussa les épaules et désigna une causeuse en peluche ainsi qu'un fauteuil placés au fond du salon, sous un portrait du couple impérial.

— Asseyez-vous, commissaire.

Il fallut à Tron un quart d'heure pour raconter son histoire : le meurtre dans le train, la promenade nocturne sur l'île San Michele, les restes de poudre explosive dans le cercueil, puis le second meurtre, sur le campo San Maurizio, selon le même *modus operandi* que le premier. Le commandant de police avait suivi ses explications avec un intérêt croissant.

— Le problème, conclut le commissaire dans un soupir, c'est que nous ignorons pourquoi cet homme a dérobé le cercueil pour le rendre aussitôt. Et nous ne savons pas non plus pourquoi il a assassiné Ziani. Cette histoire ne présente aucun sens.

Pendant le récit de son subalterne, Spaur avait sorti de la poche gauche de sa veste d'intérieur des friandises enveloppées dans du papier doré et les avait fait disparaître dans sa bouche. D'abord une truffe, puis une praline aux noisettes, enfin un bonbon rose, fourré au fruit. Sa prononciation n'était par conséquent pas très distincte.

— Existe-t-il des traces écrites de vos recherches ?

— Non, mais Bossi est en train de rédiger un rapport.

Spaur fronça les sourcils.

— Un rapport pour qui ?

— Quand il reprendra l'affaire, Toggenburg demandera sans doute un compte rendu. Avec des photographies, des témoignages et un rapport d'autopsie.

L'expression de désapprobation s'accentua sur le visage de Spaur.

— Vous imaginez donc que nous allons prévenir la Kommandantur ?

— Du point de vue des compétences, nous n'avons aucune marge de manœuvre, répondit le commissaire de manière cérémonieuse. Il ne nous appartient pas de prévenir un attentat. Si nous ne leur confions pas l'affaire, on risque de nous soupçonner de complicité.

— Cette histoire ne deviendra une affaire qu'à partir du moment où nous la leur confierons, décréta le commandant sur un ton désormais péremptoire. Quelles sont nos chances d'arrêter les suspects dans un avenir proche ?

— Faibles, répondit Tron. Nos archives se limitent aux criminels de droit commun. Il nous faudrait les dossiers politiques. Je suppose que ces individus sont déjà connus des autres services.

C'était, selon lui, un argument supplémentaire pour leur abandonner l'affaire dans les meilleurs délais. Or au lieu de hocher la tête pour lui donner raison, son chef sortit de sa poche deux nouvelles pralines et les fixa d'un air indécis, comme s'il s'agissait d'une décision importante. D'abord le nougat et ensuite le massepain ? Ou l'inverse ? Pour finir, il releva les yeux. Son visage traduisait à présent une froide résolution.

— Le nom d'Holenia vous dit-il quelque chose ?

— Non, avoua le commissaire.

— Alexander Holenia dirigeait le bureau de reconnaissance militaire au quartier général à Vérone, expliqua Spaur. Il a pris sa retraite il y a un an et vit aujourd'hui à Venise. Dans notre jeunesse, nous avons servi tous les deux dans la première garde d'archers, à Vienne, où nous étions responsables des fanions. C'est un de mes amis. Je ne crois pas qu'il nous refuse un service.

Le commandant de police déballa le carré de nougat.

— Euh… quel service ? se risqua à demander Tron.

— Il ne pourra pas vous donner accès aux dossiers de la Kommandantur, expliqua son supérieur d'un ton sec.

Il se cala dans son fauteuil et ferma les yeux.

— En revanche, il a une mémoire d'éléphant. Et il a été responsable des activités insurrectionnelles en Vénétie pendant des années.

Quoi ? Tron mit quelques secondes à comprendre le sens de ses propos. Il dut ravaler sa salive.

— Cela signifie-t-il que nous ne cédons pas l'affaire ?

Spaur haussa les épaules.

— Nous déciderons de cela lundi matin, à mon retour d'Asolo.

Le baron avait donc l'intention de passer le dimanche à la montagne. Sans doute en compagnie de Mlle Violetta. Tron toussota.

— Et où puis-je trouver M. Holenia ?

— Chez lui, je suppose, au palais Mocenigo. Je l'ai rencontré hier sur la place Saint-Marc. Il part ce soir pour Trieste à bord du *Princesse Gisèle*.

Le commandant de police se leva pour marquer la fin de la conversation.

— Le mieux serait que vous passiez le voir sans attendre.

Puis il ajouta – quoique cela fût l'évidence même :

— Et veillez à ce que personne n'ait vent de cette histoire !

Dès que la porte se referma derrière Tron, Spaur saisit la carafe en cristal de Bohême que lui avait offerte Mlle Violetta et se versa un double verre de schnaps. Un attentat contre l'empereur ! Il n'arrivait pas à y croire. Alors que le monde entier savait que le rattachement de la Vénétie au tout nouveau royaume d'Italie n'était plus qu'une question de mois ! Cet attentat accélérerait-il le processus ? Non, pensa-t-il en secouant la tête. Toggenburg et les rapaces de l'état-major à Vienne ne passeraient pas à côté d'une telle aubaine. Ils se sentiraient revivre. Loi martiale, couvre-feu, perquisitions : quelle occasion rêvée de renverser le temps ! Ces conjurés devaient être fous.

Seulement, que dire à Mlle Violetta maintenant ? Il ne lui avait pas encore exposé la situation qui résultait de la lettre du souverain. Après ce qu'il venait d'apprendre, ne valait-il pas mieux patienter encore quelques jours ? Peut-être son problème se résoudrait-il de lui-même ? Soit parce que l'attentat réussirait, soit parce qu'ils parviendraient à arrêter les conspirateurs à temps – ce qui serait sans doute la meilleure issue dans la mesure où l'empereur lui vouerait ensuite une reconnaissance éternelle. Hélas, combien de chances avaient-ils d'y arriver ? Spaur poussa un soupir. Pas beaucoup sans doute. En même temps, avec ce Tron, on ne pouvait jamais savoir.

Il s'avança vers le miroir et constata que l'effort d'intense réflexion fourni au cours de la dernière heure n'avait pas simplement rougi son visage, mais aussi creusé des rides profondes sur son front et aux commissures de ses lèvres. Cela lui conférait un air empreint de sagesse, comme un poète ou un peintre. Qu'est-ce que Mlle Violetta lui avait dit l'autre jour déjà ? Ah, oui ! Qu'il avait une physionomie expressive.

Au souvenir de cette remarque, il abandonna l'idée d'une redingote et d'un haut-de-forme au profit d'une veste en laine soyeuse. Il n'avait pas l'intention de se rendre au commissariat, après tout. Le béret en velours vert, posé en biais, achevait de lui donner une allure d'artiste. Mlle Violetta serait satisfaite.

30

En d'autres temps, pensa Tron, quand les membres de sa famille exerçaient encore de hautes charges dans la cité, une gondole l'aurait déposé devant le palais Mocenigo où un serviteur en livrée l'aurait reçu avant de le mener à l'étage. Mais à présent, même un comte Tron entrait par l'arrière et devait traverser l'arrière-cour, un carré sombre, entouré de murs en mauvais état et surplombé par un dense réseau de cordes à linge où pendaient des chemises, des culottes et des bas. Dans un coin s'entassaient des déchets, dans un autre des caisses en désordre. Le seul être vivant était un chat qui s'approcha de lui et frotta sa tête contre sa jambe de pantalon. En se penchant pour le caresser, il se rappela soudain le drame survenu en ce lieu plus de trois siècles auparavant.

À quel endroit exactement avait-on arrêté le philosophe ? Dans la cour obscure où il se trouvait en ce moment ? Ou dans la chambre que le malheureux occupait à l'intérieur du palais ? Avait-il pressenti son arrestation ? Savait-il ce qui l'attendait ? Chaque fois qu'il songeait à cet épisode peu glorieux de l'histoire de sa ville, Tron ne pouvait s'empêcher d'en vouloir à Giovanni Mocenigo, qui avait attiré Giordano Bruno et l'avait livré à l'Inquisition. Catholique modéré, enclin comme tous les Vénitiens à une certaine hérésie, il avait toujours éprouvé une grande sympathie pour la conception d'un univers vivant, animé, telle que la défendait Bruno. Et il avait toujours admiré cet homme courageux qui avait passé sa vie à fuir l'Inquisition. Lord Byron, qui avait logé une maison plus loin, avait-il eu connaissance de cette triste histoire ? Le commissaire l'ignorait, mais il demeurait persuadé que s'ils avaient vécu à la même époque, le moine dominicain et le poète anglais se seraient plu.

L'appartement d'Holenia se composait de deux pièces sous les combles, minables, avec pour seul avantage une vue splendide : on apercevait de l'autre côté du Grand Canal le palais Grimani et, en tournant légèrement la tête vers la gauche, les deux obélisques sur le toit du palais Balbi. L'ameublement se limitait à un canapé usé, une table, deux chaises et un classeur en ruine. Au centre, une malle sur laquelle était posé un parapluie attendait manifestement l'heure du départ. Et partout, des livres : ils s'empilaient contre les murs à hauteur de genou, sur la table avec un jeu d'échecs où une partie restait inachevée, sur les deux chaises.

Holenia débarrassa l'une d'elles et s'assit lui-même sur le canapé. C'était un homme mince, à l'allure ascétique, dont les yeux gris et aimables traduisaient à la fois la sagacité et l'humour.

— J'ignorais que vous partiez en voyage, s'excusa Tron en désignant la malle.

Le maître de céans haussa les épaules.

— Le bateau pour Trieste ne lève l'ancre qu'à minuit. Les championnats militaires commencent demain à Görtz. On a eu l'obligeance de m'inviter, bien que j'aie quitté le service actif.

Il dévisagea le commissaire avec curiosité.

— Vous jouez aux échecs ?

— Hélas, non, mon colonel.

— Vous avez tort, cela aiguise l'entendement, lâcha le militaire en se calant dans le canapé. Donc, c'est Spaur qui vous envoie. De quoi s'agit-il ?

Tron se contenta de présenter les faits sans s'efforcer d'en dégager une quelconque logique. Tout en parlant, il observa avec amusement que l'intérêt d'Holenia, tout comme celui de son supérieur une heure plus tôt, croissait au fil de son récit.

— Une histoire étrange, résuma le colonel une fois qu'il eut fini. Quelqu'un veut introduire à Venise un cercueil scellé contenant de la poudre. Mais il se fait assassiner en route et le meurtrier récupère le cercueil. Le lendemain, le cercueil est mis en terre, et le surlendemain, l'homme qui assistait à l'enterrement, mais qui ne saurait être le meurtrier, se fait lui-même tuer. Enfin, on retrouve des mèches dans son appartement. Tout semble s'emboîter, sauf qu'on ne sait pas trop comment. Vous avez déjà une théorie, commissaire ? demanda-t-il avec un petit sourire.

— Nous avançons dans le brouillard, reconnut Tron.

— Pourquoi ne laissez-vous pas l'armée s'y perdre, alors ? Un attentat contre la personne de l'empereur relève de la Kommandantur. C'est le domaine de Toggenburg. D'un autre côté, j'avoue que cette affaire promet d'être un régal.

Tron n'était pas certain de partager son opinion.

— Le baron estime que la Kommandantur n'est pas à la hauteur. Il tient l'équipe de Toggenburg pour…

Craignant d'aller trop loin, il laissa la phrase en suspens.

— Parlez sans crainte, je vous en prie.

— Pour incompétente, maladroite et corrompue.

— Il n'a pas tort, approuva le colonel. Ce jugement vaut d'ailleurs aussi pour l'état-major à Vérone.

Il se frotta les mains.

— Que puis-je pour vous, commissaire ? Vous me voyez tout… excité. Je suis presque tenté de repousser mon départ.

— La garde civile n'est pas compétente pour les affaires d'ordre politique, expliqua son visiteur. Nous ne nous occupons que des affaires de droit commun et ne disposons d'aucune information sur les sociétés secrètes.

— Qu'attendez-vous de moi ?

— Un indice. Qui pourrait avoir commandé cette poudre ? Qui pourrait avoir un intérêt à éliminer l'empereur ?

Holenia sourit.

— La réponse est d'une simplicité enfantine, commissaire : personne.

— Pardon ?

— Il existe des groupes de conspirateurs qui fabriquent des rubans aux couleurs de l'Italie. D'autres possèdent des presses illégales et entretiennent des correspondances contraires aux intérêts de l'État. Mais il n'y a personne pour préparer un attentat contre l'empereur, vous pouvez me croire.

Il haussa les épaules.

— Vous savez aussi bien que moi que la fin de l'occupation autrichienne n'est plus qu'une question de temps. Un attentat provoquerait un abominable chaos et retarderait ce moment de façon inutile. Les seuls susceptibles de saluer la mort de Sa Majesté appartiennent à certains cercles de l'armée impériale elle-même. Cela leur fournirait un prétexte pour décréter la loi martiale et charger leurs canons. Toutefois, ces gens-là ne font pas entrer de la poudre en fraude dans des cercueils scellés.

— Le fait est que cette poudre existe, constata Tron. Ici, à Venise. Et que quelqu'un a l'intention de s'en servir. Sinon, il n'aurait pas éliminé deux personnes.

— Il ne peut s'agir que de fous passés jusqu'à présent inaperçus.

Holenia réfléchit un instant.

— Nous avons eu un cas semblable il y a sept ans. Une bande de timbrés qui voulaient jeter des bombes au mercure sur l'empereur. Ils ont été arrêtés à Vérone.

— Que voulez-vous dire par là ?

— Que vous avez peut-être affaire à de parfaits inconnus. Comment s'appelle l'individu retrouvé mort dans son appartement ?

— Alessandro Ziani.

— Ce nom ne me dit rien.

— Il travaillait de temps à autre comme croupier chez un certain Zorzi.

— Attendez, commissaire ! s'exclama le colonel d'un air surpris. Zorzi, dites-vous ? Andrea Zorzi ? Le propriétaire du casino sur le rio di San Felice ?

Tron acquiesça.

— Oui, le casino Molin.

— Que savez-vous sur ce Zorzi ?

— Pas grand-chose. Après l'échec de l'insurrection, il a dû quitter Venise en 1849 et a passé plusieurs années à Turin avant de rentrer. Pourquoi me demandez-vous cela ?

— Parce que ce Zorzi a laissé de nombreuses traces dans nos dossiers, expliqua Holenia avec un sourire. Après son retour, il a travaillé pour le Comitato Veneto.

— Je n'étais pas au courant, dit Tron d'un ton morne. Vous croyez qu'il peut être mêlé à ce projet d'attentat ?

— Je peux l'imaginer assez impliqué dans cette histoire, oui. Seulement, pas comme vous le supposez.

Holenia se tut un instant pour donner plus de poids à la suite de ses propos.

— Il ne travaillait pas que pour le Comitato Veneto, déclara-t-il enfin, il travaillait aussi pour l'armée piémontaise.

Tron ravala sa salive.

— Zorzi ?

— Nous savons qu'il est entré dans l'armée piémontaise en 1852, reprit Holenia. Nous savons aussi qu'il a participé à la guerre de Crimée où il appartenait à une unité spéciale du royaume de Sardaigne.

— Quelle fonction a-t-il remplie après son retour à Venise ?

— Sans doute était-il chargé d'empêcher les dérapages, répondit le colonel.

— Vous voulez dire : empêcher des actions hâtives telles que des complots ou des attentats ?

— Oui, à peu près. La résistance à Venise doit se contenter d'agiter de petits drapeaux tricolores. Turin n'aime pas beaucoup confier l'unification italienne au peuple.

— Vous savez s'il travaille encore pour les Piémontais ?

— Il y a un an, c'était du moins encore le cas.

Le commissaire plissa le front.

— Voulez-vous laisser entendre qu'il a peut-être tué Ziani ?

— Je ne saurais l'exclure.

— Et qui aurait commis le meurtre dans le train, alors ?

Holenia sourit.

— Lui aussi.

— Là, il faut que vous m'expliquiez.

La mine de l'ancien officier révélait avec quel plaisir il s'exécutait.

— Vous savez comment ces groupes fonctionnent ?

Tron avoua son ignorance d'un geste de la tête.

— Ils travaillent de manière indépendante les uns des autres. Le Comitato Veneto n'est pas une organisation rigide au sens militaire. Les groupes ne se connaissent pas entre eux.

— Pour limiter les risques de trahison ?

Holenia hocha la tête.

— Vous avez tout compris. Cependant, poursuivit-il, il se peut qu'un groupe ait besoin d'aide – qu'il ait besoin d'armes, par exemple, et ne parvienne pas à se les procurer. Dans ce cas, les échanges entre les différents groupes doivent se dérouler de telle sorte qu'ils ne puissent pas se nuire les uns les autres. Ainsi, le livreur ignore ce qu'il transporte. Le destinataire, de son côté ne connaît pas l'identité du livreur, etc. Pour ce faire, on convient de signes de reconnaissance.

— Êtes-vous en train de me dire que la poudre contenue dans le cercueil a fait le trajet à Venise de cette manière ?

— Cela me paraît très probable. Et comme il n'y a pas un seul groupe dans tout le royaume de Sardaigne qui ne soit pas infiltré, Turin était forcément au courant. Les autorités ont dû intervenir.

— En d'autres termes, un cas pour Zorzi ?

Le colonel renchérit.

— Les Piémontais connaissaient sans doute le train dans lequel la poudre devait arriver à Venise, ainsi que l'homme chargé de la transporter. Je n'ai pas besoin de vous dépeindre le reste.

Tron toussota.

— Vous prétendez donc que Zorzi aurait éliminé cet homme et pris sa place. N'oubliez pas que Ziani et lui se connaissaient !

— Ziani n'aura pas manqué d'être surpris en découvrant que son patron travaillait lui aussi pour le Comitato Veneto, admit le colonel. Toutefois, là n'était pas le problème.

— Quel était le problème ?

— C'était que Ziani pouvait être gagné par le doute, ce qui s'est peut-être d'ailleurs produit.

— Vous pensez que Zorzi l'aurait tué pour cette raison ?

Holenia haussa les épaules.

— Je dis juste que certaines difficultés pourraient avoir surgi entre eux. Zorzi ne l'aurait pas tué sans motif. Pour cela, bien entendu, il faudrait qu'il ait assassiné l'homme dans le train et qu'il travaille encore pour les Piémontais.

Pourraient, *aurait*, *faudrait*. Tron se demanda si le colonel se rendait compte de l'orgie de conditionnels à laquelle il se livrait. En même temps, il devait reconnaître que sa théorie n'était pas dénuée d'une certaine élégance et combinait les faits de manière plausible. Malgré tout, il avait du mal à s'imaginer son ancien camarade de classe sous les traits d'un *agent double*. Était-ce bien le terme, d'ailleurs ? *Agent double* ? Rien que le mot faisait déjà penser à l'un de ces romans que Bossi dévorait par centaines.

Le commissaire se leva et serra la main du colonel. Puis il conclut par la seule idée raisonnable que lui inspirait la version d'Holenia.

— Nous allons vérifier s'il a un alibi.

31

Bossi était fou de joie. Zorzi, un *agent double* ! Cette expression qu'il n'avait jusqu'alors rencontrée qu'entre deux plats d'un livre devenait enfin réalité. Il ne se lassait pas de la répéter, prenant alors le même ton que lorsqu'il disait *tueur professionnel*, *vanne de gaz* ou *plaque sèche à la gélatine*. Bien sûr, il s'était gardé de montrer à quel point il était ravi qu'on eût démasqué le fourbe. Mais il n'avait pu cacher sa satisfaction de ne pas devoir terminer le rapport destiné à la Kommandantur et de savoir que l'enquête resterait entre les mains de *professionnels*, comme il s'était exprimé sans qu'on puisse deviner s'il n'entendait par là que lui-même ou incluait son chef.

Le commissaire était monté le voir dans son bureau sous les combles du commissariat, une minuscule soupente, gelée en hiver et irrespirable en été, pleine à craquer de matériel photographique. Quand Tron eut terminé son compte rendu, Bossi sortit du tiroir son arme de service et se mit à la charger. Le commissaire ne comprenait pas pourquoi il léchait chaque cartouche du bout de la langue avant de l'introduire dans le magasin.

— Nous allons au casino Molin seuls ou nous prenons des renforts ? demanda Bossi avec un regard dur en direction de son chef.

On aurait dit l'incarnation de la vitalité. Tron, que les gens débordant d'énergie rendaient nerveux, fronça les sourcils.

— Pour quoi faire ?

— Arrêter Zorzi, pardi ! Après deux meurtres, il n'a plus rien à perdre. Des *agents doubles* tels que lui sont des gens extrêmement dangereux.

Bossi entreprit de nettoyer le canon de son revolver à l'aide d'un chiffon, par bonheur sans le lécher au préalable.

— Je n'ai pas l'intention de l'arrêter, dit le commissaire. J'avoue que la théorie d'Holenia est originale. Mais seuls les dieux savent si ses spéculations sont fondées.

— Qu'envisagez-vous de faire, alors ?

Bossi avait du mal à cacher sa déception.

— Je veux d'abord m'assurer que sa théorie est juste, répondit son supérieur. Si Zorzi était au casino dimanche soir, il ne peut pas avoir commis le crime dans le train. Et le cas échéant, il n'avait aucune raison de tuer Ziani.

— C'est-à-dire que nous allons vérifier s'il était au Molin dans la nuit de dimanche à lundi ?

— Que *vous* allez le vérifier, Bossi. Moi, le personnel me connaît déjà. Et rangez-moi ce fichu revolver, s'il vous plaît !

L'inspecteur prit le temps d'extraire les cartouches une à une. Un profond soupir souligna le fait qu'on l'obligeait à mettre sa vie en jeu.

— Que dois-je entreprendre si Zorzi n'était pas au casino ce soir-là ?

— Dans ce cas, essayez de savoir où il se trouvait. Sans utiliser votre pétard !

— Et s'il s'avère qu'il était dans le train de Vérone ? Et qu'il n'a pas d'alibi pour jeudi soir non plus ?

Tron esquissa une moue sceptique.

— Vous allez trop vite en besogne, Bossi. Pas besoin de nous casser la tête à ce sujet pour le moment.

— Où puis-je vous joindre, commissaire ?

— Aujourd'hui, je reste au palais Tron. Demain, je serai au palais Balbi-Valier.

Tron se leva de son tabouret et se dirigea vers la porte. Alors qu'il posait la main sur la poignée, Bossi lâcha enfin la question que son chef attendait depuis le début.

— Pourquoi Spaur ne veut-il pas céder l'affaire ?

Le commissaire se l'était demandé lui aussi. À vrai dire sans résultat.

— Il prétend ne pas faire confiance à la police militaire, répondit-il sans conviction. Cependant, rien n'est encore définitif. Il veut se laisser jusqu'à lundi pour décider si nous gardons le dossier ou si nous le transmettons à la Kommandantur. D'ici là, il part à la montagne avec Mlle Violetta.

Cette information sembla intéresser l'inspecteur au plus haut point.

— Vous a-t-il parlé de mariage ?

— Non, dit Tron. Mais je sais que Mlle Violetta est enceinte.

Bossi écarquilla les yeux et garda le silence pendant un bon moment. Il fallait d'abord qu'il digère la nouvelle.

— Vous voulez dire que Mlle Violetta attend un… ?

Tron hocha la tête.

— Par conséquent, précisa-t-il, il ne peut pas repousser leurs noces *ad vitam aeternam*. Le problème, c'est qu'il a besoin de l'autorisation de l'empereur.

— Comment cela ?

Bossi fixa le commissaire d'un air stupide. Il faut dire que cette phrase n'était pas simple à comprendre.

— Les commandants de police et les officiers ayant le rang de général, expliqua Tron, sont soumis au même régime que les archiducs. Pour se marier, ils doivent obtenir l'aval de la Hofburg ou bien démissionner, ce qui ne semble pas être dans les intentions de Spaur.

Le jeune homme secoua la tête avec indignation.

— Mais c'est une pratique moyenâgeuse ! Quelle sera la décision de l'empereur à votre avis ?

— La rumeur prétend que le frère de Mlle Violetta secondait Garibaldi en Sicile, répondit le commissaire. Si les archives du gouvernement confirment cet on-dit, leur mariage me paraît compromis.

— Et vous pensez que c'est une raison suffisante pour ne pas céder l'affaire ?

— Si Spaur lui sauve la vie, conclut Tron, François-Joseph ne pourra plus lui refuser l'autorisation d'épouser Mlle Violetta.

32

Onze heures venaient de sonner quand Boldù traversa le campo San Vidal et gravit les marches du pont de l'Académie à pas lents. Il était en retard, mais s'en moquait : le colonel Hölzl n'avait qu'à attendre. Il s'arrêta sur le pont. Une odeur de terre émanait des jardins du palais Franchetti. Le ciel sans nuages ressemblait à une pièce de velours noir parsemé d'étoiles. Une gondole s'approcha, disparut sous le pont et resurgit de l'autre côté. Dans la lumière de la lune, la veste blanche du gondolier tranchait sur l'eau couleur d'ardoise.

Boldù posa le coude sur le parapet en fonte, fit un tube avec ses doigts et regarda à travers comme s'il s'agissait d'une lunette de visée. Quand la gondole se trouva à une centaine de mètres, il plia sans le vouloir l'index droit. C'était à peu près la distance entre le toit du palais royal et la tribune où l'empereur se tiendrait le jeudi suivant. Avec le fusil qu'il lui réservait, ce serait un jeu d'enfant.

Il n'en revenait pas que, jusqu'à présent, tout se soit déroulé sans accroc. L'opération dans le train, son jeu de piste avec la police et même l'élimination impromptue de Ziani, tout lui avait réussi avec une déroutante facilité. La mort de Ziani avait bien entendu fait l'effet d'une bombe. Ou plutôt (car il était maintenant passé maître dans l'art de la pyrotechnie) l'effet d'un canon à paroi résistante, rempli de bombes pleines de poudre noire.

Ils étaient en train de préparer des mortiers pour le bouquet final quand Zorzi avait surgi sur le *Patna*, pâle comme un linge, et leur avait annoncé la mort de leur camarade. De toute évidence, personne ne le soupçonnait. Ils semblaient croire le meurtre lié à une affaire conclue peu de temps auparavant. Boldù ignorait de quoi il s'agissait. Cependant, il supposait qu'il devait y avoir un rapport avec le collier en or retrouvé dans l'appartement et que les deux autres compères étaient eux aussi mêlés à cette histoire.

Il fabriquait en leur compagnie des fusées ordinaires, des comètes, des marrons d'air et des pots à feu depuis presque une semaine. Cependant, leur conversation s'était pour ainsi dire réduite aux chandelles, aux mèches et aux serpenteaux ; ils avaient à peine abordé la politique. Bien sûr, ils n'aimaient pas l'empereur, ils ne pouvaient pas s'en cacher. Mais pouvait-on pour autant parler de… conspirateurs ? Même en admettant qu'il s'agît d'une conspiration d'un genre particulier ? Non. Ils lui faisaient plutôt l'effet de jeunes aventuriers intrépides. La sombre affaire dans laquelle Ziani et eux étaient impliqués renforçait encore cette impression. De ce fait, Boldù avait décidé de les laisser s'enfuir si jamais il parvenait, d'une manière ou d'une autre, à déjouer leur plan.

Et Zorzi, qui avait désormais pris la direction des opérations ? Boldù ne savait toujours pas que penser de lui. Il était noble, cela ne faisait aucun doute. Grand, maigre, peut-être un ancien officier. Seulement, dans quelle armée pouvait-il bien avoir servi ? Chez les Autrichiens ? Peu probable. Chez les Piémontais ? Un léger accent ne se mêlait-il pas à son vénitien ? En principe, pensa Boldù, Zorzi aurait dû lui être sympathique ; pourtant, c'était tout le contraire. Du reste, il avait le sentiment que cette antipathie était réciproque.

Il avait beaucoup réfléchi aux raisons qui avaient pu pousser ces quatre individus à s'associer dans une telle entreprise. Naturellement, il ne pouvait pas le leur demander, parler politique était exclu. Et si Turin se cachait derrière tout cela ? Victor-Emmanuel II n'avait aucun intérêt à un attentat réel contre l'empereur ; les têtes couronnées de l'Europe ne s'étripaient pas. En revanche, une manifestation pleine de poésie en faveur de l'unité italienne, une action non violente qui ne pourrait servir de prétexte à aucune répression massive de la part de l'armée autrichienne, avait de quoi lui plaire. Il était sans doute prêt à débourser une belle somme pour un tel spectacle. Les complices n'agissaient-ils donc que pour l'argent ? Ce n'était pas exclu non plus.

La dernière fois qu'il avait rencontré le colonel Hölzl, le ciel était couvert. On distinguait à peine l'extrémité de son bras. Ce soir-là au contraire, la lune plongeait Venise dans une froide pénombre. Le campo Santa Margherita, déjà grand en soi, lui parut immense. Le chef du contre-espionnage de Vérone se tenait immobile sur le côté sud de la Scuola dei Varoteri. Seule sa tête oscillait avec lenteur de gauche à droite. Selon toute vraisemblance, il ne voulait pas se laisser surprendre une seconde fois.

En s'approchant, Boldù faillit éclater de rire. On aurait dit un acteur interprétant le rôle d'un espion dans une pièce de théâtre amateur. Il avait revêtu une pèlerine, un châle qui lui remontait jusqu'à la lèvre inférieure et un chapeau mou qui lui cachait la moitié du visage. Le première patrouille venue l'interpellerait sur-le-champ et il aurait du mal à la convaincre qu'il était officier de l'armée impériale.

Hölzl se contenta de le saluer d'un hochement de la tête. Sans perdre de temps en circonlocutions, Boldù annonça :

— Ziani a été assassiné.

Sous son couvre-chef, le colonel tressaillit.

— On l'a retrouvé mort dans son appartement hier après-midi, poursuivit l'agent double avec jubilation.

Hölzl s'était déjà repris.

— Vous savez qui a fait le coup ?

Boldù secoua la tête. Il avait longuement réfléchi à cette question et en était arrivé à la conclusion qu'il valait mieux ne pas entrer dans les détails. Les circonstances précises de la mort de Ziani troubleraient le colonel de façon inutile.

— Il était impliqué dans une histoire d'escroquerie, se contenta-t-il de répondre. Peut-être a-t-il été tué par l'homme qu'il avait berné. On n'en sait pas plus.

Le colonel alla droit à l'essentiel.

— L'opération est-elle annulée ?

— Non, ils veulent continuer. Même sans lui.

— Qu'en est-il du télégramme de Turin ?

— On dirait que Ziani l'a détruit. Par ailleurs, il semble n'en avoir parlé à personne.

— Pas de regards méfiants ? De questions indirectes ?

— Ils ne se doutent de rien.

— Dans ce cas, sa mort doit être due à un malheureux hasard, dit Hölzl.

Boldù ne pouvait que lui donner raison. Il sourit.

— Je partage votre avis.

— Savez-vous où en est l'enquête ?

— Le commissaire Tron a réagi comme on pouvait s'y attendre. Il est allé à San Michele ouvrir la tombe.

— Qui vous l'a dit ?

— Un fossoyeur m'a raconté qu'on avait retourné la terre pendant la nuit. Il ne peut s'agir que de la police.

— Un cercueil vide ne va pas les mener bien loin.

— Si ! répliqua Boldù. Probablement supposeront-ils qu'on a voulu introduire de la marchandise en fraude.

— Oui, mais ils ne peuvent pas savoir de quoi il s'agit.

Boldù avait aussi réfléchi à ce point. La rapidité de la police l'impressionnait. Ce commissaire Tron possédait une remarquable intelligence. Sans doute avait-il entrepris ce que lui-même aurait fait à sa place.

— Cela dépend de l'emballage, déclara-t-il.

Le colonel fronça les sourcils.

— Vous voulez dire qu'il restait peut-être de la poudre au fond du cercueil ?

— Oui. Et je suppose qu'ils l'ont aussitôt analysée.

— Donc, ils savent qu'il s'agit de poudre explosive. Néanmoins, comment peuvent-ils remonter jusqu'au groupe ?

— Ils sont déjà en route, expliqua Boldù. L'un d'eux, un certain Zorzi, a raconté qu'il avait reçu la visite du commissaire.

— Continuez.

— Ils ont retrouvé une bobine de mèches dans l'appartement de Ziani et ont donc aussitôt fait le rapprochement avec la poudre dans le cercueil.

Le colonel émit un petit sifflement.

— Cela signifie qu'ils savent que Ziani était mêlé au projet d'attentat ?

Boldù hocha la tête.

— J'ignore comment ils ont déniché Zorzi, mais à présent, ils vont à coup sûr le suivre à la trace.

— Que se passera-t-il si la police traîne ? Nous n'avons plus beaucoup de temps. Il faut que les conspirateurs soient sous les verrous mardi matin au plus tard.

Boldù se tut un instant.

— Si Tron ne progresse pas, je lui enverrai une lettre anonyme. De toute façon, il ne l'évoquera jamais dans son rapport.

— Vous croyez qu'il passera un tel indice sous silence pour qu'on attribue le succès de l'enquête à son flair ?

— Bien entendu ! Je préférerais toutefois ne pas être obligé de recourir à de tels stratagèmes.

— Vous êtes sûr que Tron ne confiera pas l'affaire à la Kommandantur ?

Boldù hocha la tête.

— Sûr et certain.

— Comment pouvez-vous en être aussi sûr ? insista Hölzl en le dévisageant d'un regard sceptique.

C'était une bonne question, reconnut Boldù. Dans les jours précédents, il s'était efforcé de cerner la personnalité du commissaire. Il en était ainsi arrivé à la conclusion qu'il ne vivait que pour son travail et se ferait une joie de ridiculiser les autorités militaires.

— Ce Tron est dévoré par l'ambition, décréta-t-il. Je suis persuadé qu'il travaille sur cette enquête du matin au soir.

33

La mouche posée sur son petit pain avait ses plus beaux jours derrière elle. Elle collait à une moitié de cerise au point qu'on aurait pu la confondre avec un morceau de fruit. D'ordinaire, Tron aurait mordu et avalé l'insecte sans même s'en rendre compte. Mais là, comme il avait mis son binocle, il le voyait avec une extrême précision. Même si les ailes et les jambes manquaient, le tronc ne permettait aucun doute.

Le commissaire ferma les yeux, le temps de réfléchir. Devait-il gratter la confiture et entamer une discussion sur la qualité des produits ? Une discussion dont il ne se sentait point capable de si bonne heure. Ou devait-il garder les paupières closes, mordre dans son petit pain de manière stoïque et se rincer aussitôt la bouche avec une grande gorgée de café ? Au fait, quelle était l'humeur de sa mère en ce dimanche matin grisâtre ? Quand Alessandro leur avait apporté le petit déjeuner, elle s'était montrée froide et distante. Une telle attitude laissait présager qu'elle avait mal dormi et qu'il valait mieux…

— Que se passe-t-il, Alvise ?

La comtesse avait reposé la tasse qu'elle s'apprêtait à porter à sa bouche et fixait son fils avec suspicion.

— Un problème avec la confiture ?

Tron toussota.

— On dirait qu'une mouche est tombée dedans.

Sa mère le regarda sans comprendre.

— Eh bien, prends ta cuillère et retire-la, grand Dieu ! Je suppose qu'elle est morte, cette mouche, non ? Ou faut-il que je sonne ?

La question était bien sûr purement rhétorique. Le commissaire secoua la tête.

— Non, non, ce n'est pas la peine.

Sonner aurait en effet présenté quelque difficulté puisque le cordon installé entre la cuisine et la salle à manger au cours de récents travaux de rénovation n'avait jamais fonctionné. On tirait, on attendait et il ne se passait rien. Le cordon devait coincer quelque part. Évidemment, la comtesse avait refusé de régler la facture.

Du reste, il n'échappait à personne que cette remise à neuf avait tourné court – à la plus grande joie de Tron qui aimait le palais en l'état, avec ses marches usées, son crépi écaillé, ses miroirs ternis dans la salle de bal et ses sols en *terrazzo* endommagés. Comme des divergences d'opinion majeures avaient surgi dès le deuxième jour entre la comtesse et les artisans à propos du montant des travaux, ceux-ci avaient été remis à plus tard. Depuis, trois échelles et deux seaux attendaient la suite des événements dans un tournant de la cage d'escalier où Alessandro les avait déposés au pied d'une vieille lanterne de coursive. Avec le temps, on finirait par s'y habituer, jusqu'au moment où on ne les verrait plus. Et comme la comtesse préférait *investir* son argent plutôt que le dépenser, son fils conservait l'espoir que peu de choses changeraient au palais.

Cela étant, les travaux de rénovation chez les Tron n'avaient pas échoué à tous égards. Les activités commerciales avaient produit sur la comtesse l'effet d'une cure de jouvence. Ses cheveux gris étaient maintenant frisés avec soin, son lorgnon démodé avait cédé la place à un élégant pince-nez et elle répandait une fébrilité que son fils, ayant hérité de la léthargie de son père, avait beaucoup de mal à supporter. La plupart du temps, il se réfugiait désormais dans sa chambre, située à l'étage intermédiaire, pour travailler à l'*Emporio della Poesia*, ce qu'il avait bien l'intention de faire ce jour-là aussi dès la fin du petit déjeuner.

Néanmoins, il fallait d'abord l'achever, ce petit déjeuner. Et au train où les choses étaient parties, cela promettait d'être assez compliqué. Le pain dans lequel il mordit après avoir ôté la mouche de la confiture était vieux. Si vieux qu'il ne parvint même pas à y enfoncer les dents. Il le retourna et l'attaqua par l'autre bout, sans plus de résultat. Découragé, il le reposa dans son assiette et nota que sa mère l'observait, les sourcils froncés.

— Se peut-il que ces petits pains soient… ?

Non, surtout pas d'autre discussion sur le petit déjeuner ! Il se tut, réprima un soupir et trempa bravement son pain dans sa tasse de café. Le front de la comtesse se plissa encore plus ; il exprimait à présent une énergie qui ne laissait rien présager de bon.

— Qu'est-ce qu'ils ont, ces petits pains, Alvise ?

— Eh bien, ils sont peut-être un peu…

Tron réfléchit. Quel était le *mot juste** ? Quel adjectif Dante ou Manzoni auraient-ils employé ? Secs ? Fermes ? Durs comme la pierre ? Non, c'était des mots méchants, ils ne feraient qu'engendrer une nouvelle dispute. Il dit d'un ton hésitant :

— Un peu croustillants ?

— Ils ont deux jours, répliqua-t-elle avec froideur. Hier matin, tu ne les as pas terminés et les as laissés dans ton assiette. Alessandro a dû les redescendre.

À son air, on aurait pu croire qu'elle avait cuit le pain de ses propres mains, l'avait monté à la sueur de son front, servi pour rien et rapporté elle-même à la cuisine.

— Mais vu la température en ce moment, poursuivit-elle, ils se conservent sans problème quelques jours.

Tron commit l'imprudence de lâcher sans réfléchir :

— Je croyais que tu les achetais quand ils avaient *déjà* quelques jours ?

Ciel, il aurait mieux fait de se taire ! Sans le vouloir, il courba l'échine. Cependant, au lieu d'envoyer une réplique cinglante de l'autre côté de la table, la comtesse hocha la tête avec véhémence.

— Tu as parfaitement raison ! Quand je les achète l'après-midi, ils ne coûtent plus que la moitié. En six heures, je réalise donc un bénéfice de cent pour cent. Si tu ramènes cela à l'année, cela signifie que je ne peux tout simplement pas me permettre des petits pains frais.

Tron avait du mal à la suivre. En outre, il s'étonnait qu'elle le tînt pour capable de *ramener à l'année* un pourcentage.

— Je croyais les ventes excellentes. Maria m'a dit que votre verre pressé marchait à merveille.

— Ne dis pas toujours *votre* verre pressé comme si tu n'avais rien à voir dans cette affaire, Alvise !

Il sourit d'un air conciliant.

— Bon, d'accord. Elle a dit que *notre* verre pressé marchait à merveille.

— Elle n'a pas tort. Néanmoins, cela n'empêche pas que nous devions *investir*. Ou bien nous bradons notre argent, comme ton père l'a toujours fait, ou bien nous *l'investissons* dans l'entreprise.

Elle dévisagea son fils comme s'il ignorait le sens de son mot favori. Puis elle se servit un nouveau petit pain d'un geste démonstratif et le trempa dans son café au lait clairet.

— La princesse m'a rapporté que l'impératrice devait bientôt t'accorder un entretien.

— Pardon ?

— Que l'impératrice devait t'accorder un entretien. Et que tu allais régler cette affaire de taxes douanières. Il faut dire que vous êtes en très bons termes.

Sans doute, pensa-t-il, sa mère allait-elle maintenant ajouter, avec des trémolos dans la voix, que Sissi était déjà venue au palais. Et qu'il avait dansé avec elle dans la salle de bal.

— Je te rappelle qu'elle est déjà venue chez nous, dit-elle avec des trémolos dans la voix. Et que tu as dansé avec elle ! Au cas où tu l'aurais oublié…

« Eh bien, qu'est-ce que je disais ? » Il hocha la tête.

— Comment aurais-je pu l'oublier ?

— Comme vous entretenez des relations pour ainsi dire familières, tu devrais pouvoir sans peine lui exposer les faits.

Tron ignorait qu'il entretenait des relations *familières* avec l'impératrice d'Autriche, mais l'expression lui parut charmante.

— Le problème est de savoir si j'en aurai l'occasion. La sécurité du couple impérial a été confiée à la police militaire. Nous n'avons rien à voir avec cela.

— Parce qu'on ne vous fait pas confiance ?

Il abonda dans son sens.

— Cela m'en a tout l'air.

— Et il n'y aura pas de gala ?

Le commissaire haussa les épaules.

— Jusqu'ici, personne n'a le programme. Pour des raisons de sécurité, nous n'apprendrons l'emploi du temps de François-Joseph qu'au tout dernier moment.

— N'est-ce pas un peu stupide ? demanda la comtesse.

— Pas forcément, répondit son fils. Des rumeurs d'attentat courent dans la ville.

La comtesse se pencha au-dessus de la table, l'air outré.

— Quoi ? Et toi, tu prends ici ton petit déjeuner en toute tranquillité ?

Tron bâilla. Ce café léger n'était pas fait pour le requinquer.

— Bossi s'en occupe, dit-il d'une voix lasse.

Cette réponse suscita un long regard inquisiteur de la part de la comtesse, qui finit par secouer la tête avec un air de reproche.

— Tu sais de quoi tu manques le plus, Alvise ?

« Aucune idée. De dents de castor pour mordre dans tes petits pains, peut-être ? Ou de goût pour les mouches ? »

— Non, mais tu vas sûrement me le dire.

— D'ambition professionnelle ! lâcha-t-elle d'une voix résignée. Exactement comme ton père.

Elle lui adressa un sourire forcé et leva sa tasse de café.

— Quel est ton programme aujourd'hui ?

À en juger par son profond soupir, elle supposait qu'il allait encore perdre son temps. Dans ces conditions, Tron jugea préférable de passer l'*Emporio della Poesia* sous silence.

— Spaur m'a chargé d'élaborer un plan pour assurer la sécurité du couple impérial, prétendit-il, au cas où la Kommandantur nous appellerait en renfort à la dernière minute.

La comtesse hocha la tête d'un air satisfait.

— Il serait fâcheux qu'il arrive quoi que ce soit à l'empereur.

34

Dans la nuit, une violente averse s'était abattue sur la Hofburg. Le martèlement des gouttes contre les vitres avait réveillé Élisabeth à deux reprises ; chaque fois, elle avait eu du mal à se rendormir. Cependant, la pluie avait diminué au cours de la matinée. Vers midi, elle se limitait à un faible ruissellement. Par ailleurs, le niveau de l'eau dans le bec du baromètre de Goethe avait monté de manière sensible. Pour des raisons qu'elle n'avait jamais comprises, cela signifiait que le temps allait changer. Du reste, il avait déjà changé. Cela la rassurait car l'idée de devoir se rendre à la gare de Glocknitz sous une pluie battante lui répugnait.

En s'approchant d'une fenêtre des appartements du tsar Alexandre, peu après midi, et en écartant le rideau, elle constata que les nuages couleur d'ardoise s'étaient métamorphosés en un ciel bleu lavande. La place du Jeu-de-Paume à ses pieds était toujours parsemée de flaques, mais la plupart des fiacres avaient déjà abaissé leurs capotes, signe incontestable qu'il n'allait pas se remettre à pleuvoir de sitôt. Sissi lâcha le rideau en tulle légèrement déchiré et se retourna.

Le centre du grand salon était envahi par les bagages : des coffres, des malles, des valises et des sacs remplis de chaussures et de vêtements. Au total, vingt-quatre – tous numérotés avec soin, enregistrés sur une liste et posés dans l'ordre les uns à côté des autres. Cela faisait presque une semaine que la comtesse Königsegg passait dix heures par jour à préparer leur voyage à Venise.

Le dernier, tout à droite, une petite valise en cuir insignifiante, venait encore de Possenhofen ; sur le devant, on distinguait les armoiries des ducs de Bavière. Sissi l'avait préparée elle-même ; c'était le bagage le plus important. Il contenait trois robes de promenade toutes simples, deux manteaux non moins discrets et, dans une boîte à part pour éviter qu'il ne s'écrase, un chapeau gris perle, muni d'une voilette noire.

Était-il vrai, comme on le racontait, que Pauline Metternich et l'impératrice Eugénie se déguisaient pour prendre l'omnibus à Paris ? En fumant comme des sapeurs ? Dans le cas de Pauline Metternich, pensa Sissi, cela paraissait peu probable ; c'était une vraie sotte. Eugénie, en revanche, en était bien capable. N'avait-elle pas un jour, en Espagne, remis un prix à un torero avec une cigarette aux lèvres ? Et un poignard à la ceinture ? Pas étonnant que François-Joseph n'ait pas une très haute opinion de l'impératrice des Français, non plus que de son mari. Dès qu'il était question de Napoléon III, il devenait cassant.

En ce qui la concernait, la voilette suffirait amplement. Personne ne reconnaîtrait sous les traits d'une étrangère à la tenue discrète l'impératrice d'Autriche venue prendre un café au *Florian*. Elle laisserait le soin de passer commande à Ida Ferenczy, qui savait quelques mots d'italien. Sissi supposait que les serveurs parlaient allemand, mais là n'était pas la question. Comme il serait excitant de lever les yeux au plafond et d'imaginer son époux à l'étage supérieur, en pleine conférence avec Toggenburg ! Pour lui, elle ne serait jamais sortie du palais royal. Si nécessaire, elle le lui ferait remarquer.

L'emploi du temps de la visite officielle, que la comtesse Königsegg lui avait remis à l'issue du petit déjeuner, correspondait en gros à ce que François-Joseph et elle avaient convenu. Sissi devait faire trois apparitions officielles : lors d'une représentation à La Fenice le mercredi, pendant la messe à la basilique Saint-Marc le jeudi, suivie du discours de l'empereur à ses sujets vénitiens du haut de la tribune, et, enfin, le soir, à l'occasion du grand bal donné au palais royal, où elle devrait valser avec son mari, ce qu'il n'y avait pas moyen d'éviter. Elle avait refusé une visite à l'Arsenal et un passage éclair chez les chasseurs croates, mais François-Joseph n'avait pas insisté. En revanche, il avait attaché beaucoup d'importance à sa présence lors du discours sur la place Saint-Marc, sans pouvoir toutefois lui expliquer pourquoi.

Sissi se réjouissait que le programme lui laissât une certaine marge de manœuvre, dont elle comptait bien profiter. Ida Ferenczy était déjà au courant. Quant à Mme Königsegg, elle la mettrait devant les faits accomplis. Et si jamais François-Joseph avait vent de ses escapades – ce qui, avec un peu d'habileté, devait pouvoir être évité –, elle saurait bien l'apaiser. Au pire, elle le laisserait la prendre dans ses bras. Elle frissonna. Rien que cette pensée lui paraissait déjà insupportable.

Sans être aussi insupportable, le détail de leur départ le lendemain soir, qui aurait lieu comme d'habitude en grande pompe, n'avait rien d'agréable non plus. Ils devraient se répartir sur une dizaine de calèches, escortées par des cavaliers de la première garde d'archers, pour se rendre à la gare de Glocknitz d'où partait le train spécial à destination de Trieste. Bien entendu, une foule immense les attendrait sur le quai car la presse avait annoncé de manière circonstanciée le voyage de l'empereur à Venise. Mon Dieu, pensa Sissi, comme elle haïssait cette curiosité malsaine ! Surtout quand les gens avaient le toupet de les dévisager à l'aide de jumelles et de lorgnettes.

En traversant le salon Boucher pour rejoindre ses propres appartements, la dernière strophe du poème qu'elle avait composé la veille lui revint à l'esprit. Elle la récita en silence.

Dès que j'aperçois des lunettes
Perfides dirigées vers moi,
Je souhaiterais qu'on les broie
Comme la personne indiscrète.

Pas mal, pensa-t-elle, même si le quatrain ne possédait pas l'élégance mordante d'un Heine. Cela dit, Heine n'était pas marié à François-Joseph ! Le rythme clochait un peu, d'où une mauvaise accentuation. Mais bon, elle n'avait de toute façon pas l'intention de publier ses œuvres. En outre, elle pourrait toujours reprendre la strophe. Pourquoi pas le lendemain soir, dans le salon du train ? Ou bien le surlendemain, sur le pont arrière du *Jupiter* ? Avec un peu de chance, le temps resterait clément. Ou même plus tard, au *Florian* ?

35

Comme Boldù l'avait craint, les wagons de troisième classe étaient bondés. Des grappes de voyageurs se bousculaient aux portières, chargés des bagages les plus divers : non seulement des valises, mais aussi des cartons, des ballots de vêtements, de grands paniers et des sacs. L'avantage était qu'ici, malgré son drôle de coffre, il passait inaperçu. Il finit par trouver une place entre un charpentier de l'Arsenal et une grisette de Castello qui leur apprit qu'elle rendait visite à sa cousine de Vérone. Car contrairement aux voyageurs de première classe, qui s'enfermaient presque toujours dans un silence distingué, ceux de son wagon entamèrent sans tarder une conversation animée. Le chauve à barbichette en face de lui se rendait lui aussi à Vérone. Les dames assez âgées qui avaient pris place à ses côtés, en revanche, descendaient à Vicence. Comme on pouvait s'y attendre, ils le prenaient tous pour un artiste.

Il portait un béret, une veste à carreaux aux manches déformées et une cravate lâche aux couleurs criardes. Son bagage se composait d'un grand coffre plat, comme ceux que les peintres utilisaient volontiers, contenant une douzaine de feuilles grand format, une série de pinceaux, différentes mines de plomb et une petite boîte en bois pour les godets d'aquarelle. Par ailleurs, il tenait à la main un livre anglais intitulé *Elements of Drawing*, recommandé par l'aimable vendeur du magasin d'art situé sur le campo San Zacharia. Avant d'acheter le coffre, Boldù en avait pris les dimensions précises. La diagonale mesurait cent vingt centimètres ; par conséquent, le canon rentrerait. Il y aurait aussi suffisamment de place pour le réservoir à air et la clé du fusil. Quant aux munitions et au viseur, il pourrait les ranger dans la boîte à aquarelle. Il paraissait peu probable que des contrôles aient lieu à l'intérieur de la Vénétie. Mais si tel devait être le cas, les agents laisseraient à coup sûr passer un artiste muni d'un billet de troisième classe. Boldù ne voulait courir aucun risque. Il aurait été fâcheux qu'on le surprenne avec une arme à juste titre formellement prohibée.

Il avait fait la connaissance de Girandoni, un fabricant de fusils, trois ans plus tôt, au bureau d'approvisionnement en matériel de Vérone. À l'époque, il s'imaginait que personne n'était plus compétent que lui en matière d'armes. Girandoni l'avait détrompé. C'était un brigadier-chef fluet et falot dont le travail consistait à vérifier la qualité des amorces qu'on leur livrait. Il se vouait à cette tâche avec une telle conscience professionnelle qu'on l'avait dégradé après une altercation avec son officier supérieur. Un an plus tard, Boldù l'avait rencontré par hasard au café *Pedrocchi*, à Padoue, où ils avaient mené une longue conversation sur le fusil à aiguille des Prussiens. Comment en étaient-ils venus à parler carabines ? Il l'avait oublié. En tout cas, l'Italien avait laissé entendre qu'il en avait toujours quelques-unes en réserve, pour des clients particuliers. Avant de quitter Vienne,

Boldù lui avait donc envoyé un télégramme ; la réponse lui était parvenue le lendemain. L'arme l'attendait. Girandoni ne poserait aucune question.

À Padoue, la bruine avait cessé. Le temps s'était même éclairci. Depuis la calèche qui le menait à travers les champs nus, il distinguait au loin la crête des collines Euganéennes. Girandoni logeait dans une maison sur la route d'Abano Terme, encerclée par un mur à moitié en ruine, recouvert de lierre, à une lieue au moins de toute autre habitation.

Boldù paya le cocher et descendit de voiture. Hormis un chat à taches grises, sorti de derrière la maison pour l'observer à une distance respectueuse, la propriété semblait morte. Le fabricant de fusils ne possédait, semblait-il, même pas un chien. Boldù traversa le jardinet en friche, gravit la double marche et frappa à la porte. C'est seulement après une seconde série de coups qu'il entendit des pas traînants de l'autre côté. Deux verrous glissèrent, puis la porte s'ouvrit d'un mouvement brusque.

Difficile de dire si Girandoni se réjouissait de le revoir ou non. Ils se serrèrent la main en silence, puis le maître de maison le précéda dans le couloir et le conduisit dans un jardin lui aussi à l'abandon où se trouvait une petite annexe. Il ouvrit la porte et entra. À l'intérieur, ça sentait la cigarette froide et l'huile minérale. Une pâle lumière d'automne filtrait à travers la vitre sale d'une fenêtre à barreaux. Devant celle-ci, un long objet enveloppé dans une couverture était posé sur un grand établi. L'armurier le déballa et fit un pas en arrière.

Boldù avait déjà utilisé deux fois une carabine Giffard lors d'opérations militaires, mais le *fusil à vent** de Girandoni semblait plus raffiné que le modèle qu'il connaissait. La vue du canon en métal mat, tout en longueur, de la clé à la finition méticuleuse ainsi que du réservoir à air étroit et harmonieux l'excita. Il sentit son pouls s'accélérer et s'éclaircit la gorge.

— La chambre est-elle équipée d'un compresseur ?

L'Italien hocha la tête.

— Il suffit pour dix coups.

— Il ne m'en faudra qu'un seul, dit Boldù.

— À quelle distance ?

— Une bonne centaine de mètres.

— Allons essayer.

Le fabricant d'armes ouvrit la porte à l'arrière de son atelier et ils sortirent sur un terrain dégagé, à l'herbe rare, délimité par un bosquet de peupliers. Une cible en paille tressée, munie d'un cercle noir et d'un point rouge au centre, était fixée à l'un des troncs.

— De là où nous sommes, il y a à peu de choses près une centaine de mètres, expliqua Girandoni. Pourrez-vous prendre appui pour tirer ?

Boldù hocha la tête. Puis il s'agenouilla derrière un vieux fût à côté de la porte, plaça le canon du fusil sur le couvercle et mit en joue. Le viseur était excellent. Il distinguait le point de mire à la perfection. Il prit une profonde inspiration pour décrisper ses bras et appuya sur la détente. L'arme n'était pas d'un silence absolu, mais il n'en demandait pas tant. On entendait un paf, comme quand on frappe du plat de la main sur un tonneau vide. Néanmoins, personne ne penserait à un coup de feu, d'autant que le fusil ne produisait ni éclair ni fumée.

Il s'avança vers le peuplier, l'arme sous le bras, et inspecta la cible. Les points d'impact étaient serrés les uns contre les autres, mais une main trop à gauche. Il ajusta donc le viseur à l'aide de deux vis fixées à la monture, revint vers l'atelier et tira trois autres coups de feu. La compression dans le réservoir devait avoir un peu baissé, mais cela ne semblait pas influer sur la trajectoire. Cette fois, les impacts se trouvaient presque en plein milieu. Ce fusil à vent était une arme de rêve. Boldù esquissa un signe de tête approbateur.

— Parfait !

Girandoni sourit.

— Ce n'est pas tout ! dit-il.

Son sourire s'accentua.

— Voulez-vous juste endommager votre objectif ou le détruire ?

Boldù n'eut pas à réfléchir longtemps.

— Le détruire.

— Dans ce cas, je peux modifier le projectile, si vous le souhaitez. Je vais vous montrer.

Ils rentrèrent dans l'atelier où l'armurier alluma un petit réchaud à pétrole, puis jeta quelques grains d'une matière grise dans le poêlon placé au-dessus de la flamme.

— Du plomb, dit-il.

— Pour quoi faire ?

— Vous allez voir dans un instant.

Girandoni sortit une cartouche du tiroir, en frotta la pointe à l'aide d'une lime grossière de manière à faire apparaître la bourre en plomb au-dessous de la couche de nickel. Il creusa ensuite un trou avec un mince foret et y versa une goutte de mercure. Enfin, il scella le puits à l'aide du plomb fondu, prit une autre lime et redonna au projectile sa forme initiale.

— Les propriétés balistiques demeurent inchangées, expliqua-t-il. Même poids, même forme, presque le même centre de gravité.

— Sauf que ?

— Le projectile ne produit pas les mêmes dégâts. Au moment où il rencontre un obstacle, le mercure est projeté contre la capsule en plomb qui explose sous l'effet de la pression.

— Vous voulez dire que le projectile ne traverse pas la cible, mais…

— … qu'il utilise toute l'énergie pour la détruire. L'objet vole littéralement en éclats.

L'ancien brigadier-chef tenait la cartouche entre deux doigts, telle une praline.

— Vous voulez essayer ?

— Volontiers.

— Dans ce cas, il vaudrait mieux prendre une cible où l'on distingue nettement l'effet du projectile.

— Vous pensiez à un objet précis ?

Girandoni réfléchit un instant, puis fit un signe de la main.

— Attendez !

Il repartit vers la maison et en revint avec un escabeau et une citrouille de la taille d'une tête, qu'il alla placer devant un peuplier. Boldù se demanda s'il avait deviné son projet. De nouveau, il s'agenouilla derrière le fût, posa le canon et visa avec soin. Dès que le fruit fut dans la ligne de mire, il appuya sur la détente. Un bref paf retentit et, une fraction de seconde plus tard, la courge explosa. La chair fit éclater l'écorce et jaillit dans toutes les directions. Ce n'était pas la peine qu'il aille jusqu'à l'arbre pour examiner la cible : il n'y en avait plus.

— Toute personne qui vous observera en train de vous servir de cette arme, conclut Girandoni avec un sourire, sera impressionnée.

36

Parfois, Tron s'étonnait de la facilité avec laquelle il passait du palais Tron au palais Balbi-Valier, de la frugalité à l'abondance. Un esprit moins solide, pensait-il alors, aurait eu du mal à supporter une telle douche écossaise. Lui, au contraire, appréciait le changement. Il trouvait que le charme de l'un accroissait celui de l'autre. Les pièces spacieuses et bien chauffées de la princesse lui paraissaient encore plus luxueuses quand il imaginait le froid humide de chez eux. À l'inverse, l'atmosphère de mélancolique décrépitude qu'il appréciait tant dans le palais de ses ancêtres lui semblait d'autant plus précieuse lorsqu'il songeait au caractère un peu *nouveau riche** du domicile de sa fiancée.

De même, l'*éclair** qu'il était en train de déguster lui rappelait inévitablement les petits pains au rabais de la comtesse et la confiture aux mouches, ce qui en relevait d'autant le goût. Pouvait-il en prendre un quatrième sans courir le risque d'une discussion pécuniaire ? Il se pencha au-dessus de la table sans quitter des yeux la princesse. L'observait-elle déjà ? Non. Elle fixait l'étui à cigarettes qu'elle tenait à la main et semblait plongée dans ses pensées. Sans doute réfléchissait-elle à ce qu'elle venait d'entendre.

— La théorie d'Holenia, remarqua-t-elle enfin, me semble digne des romans de Bossi.

— Il l'a en effet accueillie avec enthousiasme, approuva le commissaire. Néanmoins, elle expliquerait pourquoi on a dérobé le cercueil pour le restituer aussitôt. Même si j'ai du mal à imaginer que ce « on » soit Zorzi.

— Tu le connais si bien que cela, ce Zorzi ?

— Nous partagions le même banc au séminaire patriarcal. Mais nous nous sommes perdus de vue lors de son exil. J'ignorais par exemple qu'il avait servi dans l'armée de Sardaigne et participé à la guerre de Crimée.

— Encore faut-il que ce soit vrai…

— Holenia n'a aucune raison de me mener en bateau.

— L'idée que Zorzi travaille à la fois pour le Comitato Veneto et pour les renseignements de Turin n'en reste pas moins assez hasardeuse.

— Pourquoi ? Turin souhaite l'unification italienne, et le Comitato Veneto le ralliement à Turin.

— Tu crois Zorzi capable d'un assassinat ?

— Il vaudrait mieux parler d'un homicide ! Commis pour empêcher un drame plus grave. Un attentat contre la personne de l'empereur aurait des conséquences désastreuses. Je préfère encore deux cadavres.

— Qu'est-ce que tu comptes faire maintenant ?

Tron haussa les épaules.

— J'attends que Bossi se manifeste. Il enquête pour savoir si Zorzi était au casino dimanche soir. Dans le cas contraire, il faudra découvrir au plus vite où il se cachait.

— Et que te dit ton intuition ?

— Elle ne marche que pour la poésie.

— Cela ne répond pas à ma question.

— Mon intuition me dit que Zorzi est hors de cause. Et que nous n'avons toujours pas compris de quoi il retourne.

— Vous allez transmettre l'affaire ?

— Cela dépend des découvertes de Bossi. De toute façon, ajouta-t-il dans un soupir, la décision revient à Spaur, qui a besoin d'un succès – déjouer un attentat par exemple – pour obtenir l'autorisation de se marier.

— Nous aussi, nous avons besoin d'un succès, observa la princesse. Qu'en est-il du collier dérobé par l'assassin de Ziani ? Si Zorzi est à l'origine de ces crimes, il doit l'avoir caché quelque part.

Elle sortit une cigarette de son étui et l'alluma.

— Que dirais-tu d'une rafle ?

— Au casino Molin ?

— Par exemple.

— Les casinos sont placés sous l'autorité de l'armée. Pour une perquisition, il nous faut un ordre de mission de Toggenburg. En dehors de cela, je ne suis toujours pas convaincu de la culpabilité de Zorzi.

— Où loge-t-il ?

— Près de l'église des Gesuati.

— Vous n'avez qu'à jeter un coup d'œil dans ses placards en son absence, suggéra Maria. Si vous y trouviez le collier, vous tiendriez l'assassin. Et tu pourrais le servir à Spaur sur un plateau d'argent.

— On croirait entendre Bossi. Deux phrases sur trois sont au conditionnel. Attendons de savoir ce qu'il a appris.

— En supposant qu'il ait appris quelque chose.

Tron sourit.

— Je suis sûr que c'est le cas. Et mon intuition me dit qu'il est déjà en chemin.

Comme Tron l'avait prédit, l'inspecteur se présenta une demi-heure plus tard. Massouda ayant reçu l'ordre de ne pas l'annoncer, mais de l'introduire sur-le-champ, Bossi ouvrit la porte sans manières, après avoir frappé brièvement, et apparut sur le seuil. Son chef se leva pour lui serrer la main, mais aussi pour mieux l'observer pendant son entrée dans le salon de la princesse, un spectacle dont il ne se lassait pas. Fier d'être reçu au palais Balbi-Valier, l'inspecteur s'avançait en levant le menton. En même temps, la gêne qu'il éprouvait devant le luxe ostentatoire des lieux lui faisait rentrer la tête dans les épaules. Le résultat de ces deux mouvements contradictoires était que son buste se retrouvait dans une position critique et que le jeune homme tanguait au-dessus du tapis. Il alla s'asseoir sur le divan.

— Ainsi donc Zorzi n'était pas au casino dans la nuit de dimanche à lundi, devina le commissaire en lui tendant un café et un gâteau car, le soir, dans le salon de la princesse, on se servait soi-même.

L'inspecteur écarquilla les yeux.

— Comment êtes-vous au courant, commissaire ?

— Je suppose que vous n'avez eu aucun mal à l'établir, expliqua son supérieur. Sans doute le saviez-vous dès hier après-midi.

Bossi hocha la tête.

— C'est juste.

— Or si Zorzi avait été là, vous m'auriez aussitôt prévenu. Par conséquent, j'en déduis qu'il était absent et que vous avez passé la journée à enquêter pour découvrir où il se cachait. À en juger par votre mine, vous avez obtenu des résultats intéressants.

— Holenia avait raison, déclara l'inspecteur.

— Que voulez-vous dire ?

— Dimanche, Zorzi s'est rendu à Vérone et il est revenu par le train du soir.

La princesse se pencha vers lui.

— Vous en êtes sûr, inspecteur ?

— J'ai un témoin. Un des quatre gondoliers travaillant pour le casino Molin l'a conduit à la gare dimanche matin et est allé le rechercher dans la nuit.

— Il a peut-être pris ce train pour une tout autre raison, objecta le commissaire.

— Vous croyez qu'il peut s'agir d'un hasard ?

— Oui, c'est possible. Avez-vous demandé s'il était au casino jeudi soir, au moment où Ziani a été assassiné ?

Bossi secoua la tête.

— Non, mais je ne serais pas surpris s'il avait été absent. Et si on retrouvait le collier chez lui.

Il réfléchit un instant, puis reprit sur un ton badin :

— Il paraît qu'il possède un logement près des Gesuati. Je doute qu'il ait dissimulé le collier au casino.

— Enfin, Bossi ! Nous ne savons même pas s'il a à voir avec cette affaire.

— Nous n'avons pas de preuve tangible, admit l'inspecteur. Mais nous pourrions nous en procurer une. Notre petite excursion sur l'île des morts n'était pas très légale non plus.

— Voilà une idée originale ! s'exclama Tron dans un éclat de rire. Toutefois, vous n'êtes pas le premier à l'avoir eue. La princesse m'a déjà suggéré tout à l'heure de fouiller son appartement.

Bossi reposa sa tasse de café.

— Qu'attendons-nous alors ?

— Le verdict de Spaur. Je propose qu'entre-temps, vous rédigiez un rapport et que j'aille lui parler demain matin.

— Que va-t-il décider, selon vous ?

— Nous avons déjà tellement fait avancer l'enquête qu'on ne pourra plus nous oublier au moment de distribuer les récompenses, dit Tron en se servant un cinquième éclair. En revanche, si nous continuons seuls, nous misons tout sur une seule carte. À mon avis, le commandant va transmettre le dossier.

37

La gondole de Spaur descendit le rio di San Lorenzo sans hâte, évita avec habileté un bateau de légumes et s'arrêta au pied du commissariat. Comme il pleuvait, le *felze* au-dessus des fauteuils était fermé. Le commandant de police mit un certain temps à sortir de la petite tente noire. Tron supposa que Mlle Violetta était elle aussi à bord et que les adieux s'éternisaient. Avaient-ils parlé, à Asolo ? Mlle Violetta avait-elle donné un conseil à son amant ? Une soubrette du théâtre Malibran allait-elle à présent décider du sort de l'empereur d'Autriche-Hongrie ? Le commissaire n'en serait pas surpris. Il était en effet persuadé que les événements importants dans le cours de l'histoire ne se produisaient pas sur les champs de bataille, mais dans les cuisines et les alcôves.

De la fenêtre par où il observait son supérieur, il ne distinguait pas la mine du commandant de police. Toutefois, sa démarche alerte indiquait qu'il avait passé un moment agréable à la montagne. Il était presque midi, cela faisait deux heures que le rapport de Bossi attendait sur son bureau. Tron présumait qu'il lui faudrait une bonne demi-heure pour en venir à bout. L'inspecteur avait bien entendu signalé que Zorzi avait pris le train de Vérone à Venise le dimanche soir. En revanche, il avait tu qu'il pouvait s'agir d'une pure coïncidence puisque cette remarque constituerait déjà une appréciation des événements. Or le commissaire et lui avaient convenu que le rapport ne renfermerait que des faits bruts.

Ces faits, Tron devait l'admettre, ne parlaient pas en faveur de son ancien camarade de classe. Néanmoins, il avait toujours du mal à se le représenter sous les traits d'un *tueur professionnel*, d'un homme qui tordait le cou de ses victimes avec sang-froid, telle une cuisinière le cou de ses poulets. Non, pensa Tron, impossible. En même temps, il y avait beaucoup de choses qu'il ne parvenait pas à concevoir. Il n'aurait par exemple jamais imaginé que Zorzi eût pu participer à la guerre de Crimée dans les rangs de l'armée de Sardaigne.

À une heure, le sergent Kranzler, le nouveau souffre-douleur de Spaur, frappa à la porte de Tron et lui apprit que leur chef désirait le voir. Le commissaire se rendit donc aussitôt dans le bureau de son supérieur où il découvrit le tableau habituel : le commandant de police était confortablement assis devant trois photographies de Mlle Violetta et une grande boîte de confiseries de chez Demel, toute neuve, qu'il avait inscrite sur sa note de frais, comme Tron venait de l'apprendre par une indiscrétion. Un souvenir de son séjour à la montagne, à savoir une veste en loden, rehaussait l'atmosphère de détente. Cependant, le baron semblait avoir pris connaissance du rapport étalé sur son bureau.

— Je vous félicite, commissaire !

Sa main, en chemin vers une praline, fit un détour pour désigner le rapport de Bossi.

— Voilà du bon travail !

Spaur prit un bonbon enveloppé dans un papier bleu qu'il défit à l'aide du pouce et de l'index. Puis il se pencha en avant, ouvrit la bouche et posa la praline sur sa langue tout en froissant le papier de l'autre main.

— Il faut plutôt féliciter l'inspecteur Bossi, remarqua le commissaire. C'est lui qui a établi que Zorzi avait pris le train dimanche soir, pas moi. Et sans le colonel Holenia, nous n'aurions jamais découvert cette piste.

— Et maintenant ? Que faire, à votre avis ?

— Nous avons détecté un attentat dont l'armée n'a pas la moindre idée, dit Tron. Ce résultat nous honore et ridiculise Toggenburg. Nous ferions bien de nous en tenir là.

— Mais ce Zorzi ? Vous le connaissez, n'est-ce pas ? Que pensez-vous de lui ?

— Je ne crois pas qu'il ait tué les deux victimes. Sa présence dans le train de Vérone peut très bien relever du hasard. Si c'est le cas, nous avancerons dans le brouillard. Or l'empereur arrive demain.

— Vous pensez l'armée capable d'arrêter ces individus d'ici là ?

Tron secoua la tête.

— Non, bien sûr ! En revanche, le commandant de place pourrait modifier l'emploi du temps de l'empereur.

— Vous voulez dire annuler toutes les apparitions officielles de Sa Majesté ?

— Oui, si nécessaire.

— François-Joseph n'acceptera jamais ! D'ailleurs, je doute que Toggenburg se risque à une telle proposition.

— Pourquoi ?

— Parce qu'on lui reprocherait son incompétence. On lui demanderait pour quelle raison c'est *nous* qui avons découvert ce projet d'attentat, et pas *eux*.

L'idée parut lui plaire à l'extrême, il sourit d'un air sournois.

— Quelle autre solution lui reste-t-il si la police militaire ne parvient pas à mettre la main sur les conjurés d'ici demain après-midi ? demanda Tron.

Spaur haussa les épaules.

— Jouer la vie de l'empereur à la roulette russe. Ne rien changer au programme et espérer que tout se passera bien.

Le commissaire se rappela le jugement d'Holenia sur l'armée autrichienne.

— À moins qu'il n'espère le succès de l'attentat…

Son supérieur fronça les sourcils.

— Que voulez-vous dire par là ?

— Le colonel Holenia estime qu'au sein de l'armée, certains cercles se réjouiraient d'un tel malheur, expliqua-t-il. Ils auraient enfin l'occasion de frapper fort.

— Sur ce point, il n'a sans doute pas tort.

— En dehors de cela, je pense que ni eux ni nous n'avons la moindre chance d'arrêter les conspirateurs dans un laps de temps aussi bref. C'est pourquoi il me semble préférable de nous débarrasser de cette affaire.

Spaur piocha une nouvelle praline dans la boîte posée devant lui et réfléchit.

— Admettons que votre ami Zorzi ne soit pas aussi pur que vous le croyez. Que feriez-vous dans une telle hypothèse ?

— Je lui proposerais un arrangement, répondit Tron. Il nous remet la poudre et nous classons l'affaire. Au bout du compte, sa mission consistait à empêcher un attentat.

— Pourquoi n'a-t-il pas prévenu l'armée ni la police vénitienne ?

— Parce que Turin ne nous fait pas plus confiance qu'à eux, expliqua le commissaire. Lui par contre, il nous fera confiance. À moi du moins.

— Que faire des autres personnes impliquées dans ce projet ?

— Je l'ignore, admit Tron. Nous ne pouvons pas les arrêter et leur intenter un procès.

— Donc, nous serons obligés de les laisser courir, dit le commandant. Il reste malgré tout les deux cadavres. Faut-il les évoquer dans la version destinée à l'empereur ?

— Il sera toujours temps d'y réfléchir quand j'aurai parlé à Zorzi. Jusque-là, la seule question est de savoir si je peux lui promettre que nous suspendrons l'enquête dès lors qu'il nous remet la poudre.

Spaur projeta une nouvelle praline dans sa bouche.

— Vous pouvez, dit-il en fixant son subalterne. Cependant, il y a un instant encore, vous étiez convaincu de son innocence.

Tron secoua la tête.

— Non, je n'ai pas dit cela ! Je pense juste que sa présence dans le train, dimanche soir, ne constitue pas une preuve.

— Donc, qu'est-ce que vous allez faire ?

— Aller au casino Molin pour m'entretenir avec lui.

— Et si jamais il fait la sourde oreille ? Ou s'il peut expliquer son voyage à Vérone il y a huit jours ?

— Dans ce cas, nous devrions partir du principe qu'il dit la vérité. Et abandonner l'affaire.

Spaur poussa un profond soupir et jeta un regard sur l'un des trois portraits de Mlle Violetta.

— Vous croyez que, dans ces conditions, un peu de gloire et d'honneur retombera quand même sur nous ?

Le commissaire acquiesça.

— Sans le moindre doute ! C'est nous qui avons découvert la conspiration, pas les services de l'armée. De plus, si les choses tournent mal, on dira : Ah ! Si Spaur et ses hommes avaient gardé l'affaire…

— … ils auraient mis la main sur les auteurs de l'attentat ! conclut son supérieur qui ouvrit une nouvelle praline avec élan en se servant cette fois d'un coupe-papier au manche en forme de cœur, sûrement un autre cadeau de Mlle Violetta.

38

Le cognac était allongé et le café froid. Le patron qui avait claqué les deux boissons sur le plateau sale de la table était en revanche fort et bouillonnant. Le colonel Hölzl jugea donc préférable de ne pas entamer une querelle sur la qualité des consommations, d'autant qu'en dehors de cela, il était satisfait du choix de cette auberge. Aucun étranger n'aurait eu l'idée de qualifier une *trattoria* mal entretenue sur le campo San Polo de *typique*. Par conséquent, aucune personne de sa connaissance ne risquait de l'y surprendre en compagnie de Boldù.

Le seul client en dehors de lui était un Vénitien à l'air chétif, occupé à repêcher les cartilages et les éclats d'os dans son *sguaseto*, un bouillon très épicé à base de restes de viande. Il ne pouvait pas se permettre de quitter la cuillère des yeux, la moindre erreur eût été fatale.

Le colonel Hölzl avait convoqué Boldù dans cette auberge car leurs rencontres nocturnes sur le campo Santa Margherita l'effrayaient trop. Rien que le bruit des pas sur le pavé lui donnait la chair de poule. La clarté de la lune n'arrangeait rien, au contraire ; on ne faisait ni plus ni moins que s'offrir à un assassin potentiel. Non, pensait-il, traverser de nuit une ville remplie d'Italiens présentait un risque trop grand. Il n'avait pas l'intention de mettre sa vie en jeu à la légère, surtout maintenant que sa carrière était sur le point de s'élever à des hauteurs vertigineuses.

Il ne doutait pas, en effet, qu'une promotion inouïe l'attendait. Dès qu'il avait reçu le programme de la visite officielle, la veille au matin, il s'était mis à préparer les ultimes détails de l'attentat. Se faufiler dans les greniers pleins à craquer de vieilleries de toute sorte n'avait pas été une mince affaire, mais l'effort en valait la peine. Il disposait à présent d'un plan définitif. Même un homme tel que Boldù devrait reconnaître la solidité du projet.

Le pire fut les chauves-souris sous les combles de la bibliothèque Marciana. Elles s'accrochaient aux chevrons en grosses grappes, et comme manifestement personne ne montait jamais les déranger, elles avaient perdu toute crainte de l'homme. Elles lui avaient foncé dessus avec leurs dents de vampires pour ne s'écarter qu'au tout dernier moment, une sensation affreuse. Mais là n'était pas l'important. De cette manière, il avait découvert un passage entre le palais royal et la bibliothèque. Boldù pourrait l'emprunter pour s'introduire dans le grenier de la Marciana. Là, une lucarne offrait une vue imprenable sur la tribune où l'empereur se tiendrait à la sortie de la basilique. C'était l'endroit idéal pour tirer. L'attentat serait d'une crédibilité absolue.

Boldù arriva avec dix minutes de retard, ce dont il ne s'excusa même pas. Le colonel dut reconnaître qu'il avait fière allure. La coupe de sa redingote soulignait sa silhouette imposante, son visage possédait ce rien de brutalité intelligente qui devait plaire aux femmes. Sans le vouloir, il pensa à son propre reflet dans le miroir : l'image d'un homme aux traits banals, indistincts, qui tendait à l'embonpoint. Une fois de plus, il constata qu'il détestait ce Boldù.

— Le *sguaseto* vaut le détour, dit-il sans réfléchir. Le monsieur à la table d'à côté semble ravi.

Est-ce qu'il vivait encore au moins ? Le colonel jeta un rapide regard dans sa direction. Oui, il vivait encore. Il avait même l'air d'avaler le contenu de sa cuillère.

Boldù secoua la tête.

— Merci, je préfère un café.

Il désigna ensuite le sac à vêtements accroché au dossier de sa chaise.

— C'est l'uniforme que vous m'avez apporté ?

— Oui. N'oubliez pas de le faire repasser.

— Repasser ? répéta Boldù d'un air amusé. Cela veut dire que je suis officier ?

Le colonel hocha la tête et sortit de la poche de sa redingote un papier plié en quatre qu'il lui tendit par-dessus la table.

— Vous êtes le premier-lieutenant Waldmüller des chasseurs impériaux d'Innsbruck. Voici votre laissez-passer. Établi par le comte Crenneville en personne.

— Où serai-je contrôlé ?

Le colonel réfléchit un instant.

— Tout d'abord au niveau du barrage sur la place Saint-Marc, juste devant l'aile Napoléon. Ensuite, à l'entrée du palais. Enfin, dans la cage d'escalier où un lieutenant des trabans vous demandera votre ordre de mission.

— Que dois-je lui dire ?

— Vous lui donnerez ceci.

Le colonel sortit de sa poche une deuxième feuille pliée en quatre.

— Votre mission consiste à déposer un courrier important destiné au général d'artillerie Crenneville.

— Ensuite ?

Boldù but une gorgée du café que le patron venait de lui servir et fit une grimace.

— Vous traversez le grand couloir parallèle à la place Saint-Marc. Arrivé au bout, vous prenez l'escalier du personnel. Une porte sur le dernier palier mène aux combles. Une fois en haut, vous tournez à droite. Dans le mur du fond, vous apercevrez une porte discrète qui vous conduira dans le grenier de la Marciana. Vous tirerez de la première lucarne en montant sur une caisse placée au-dessous. Le grenier n'est pas utilisé. Vous n'y croiserez personne.

Le colonel jugea plus habile de passer les chauves-souris sous silence.

— Et quand dois-je tirer ?

— Juste avant le discours de l'empereur.

— Pour cela, objecta Boldù, il faudrait que je l'observe à la sortie de la basilique, ce qui pourrait éveiller des soupçons. N'oubliez pas qu'on peut me voir depuis la Piazzetta !

Hölzl le contredit.

— Il n'est pas nécessaire que vous passiez la tête à l'extérieur. Il suffit de prêter attention au *malefico*[1]. Quand il cessera de sonner, vous prenez le fusil et comptez lentement jusqu'à dix. À ce moment-là, vous sortez la tête et tirez. Cela étant, ôtez la veste blanche au préalable. Il ne faudrait pas qu'on vous reconnaisse d'en bas.

— Pourquoi jusqu'à dix ?

— Parce que Sa Majesté comptera en même temps que vous. Dix secondes après que la cloche aura fini de tinter, François-Joseph s'avancera sur le devant de la tribune. De cette manière, tout le monde verra qu'il s'apprêtait à prendre la parole et qu'il conserve son

1. La plus petite cloche du Campanile. (*N.d.T.*)

calme. Le premier coup passera peut-être inaperçu, mais le deuxième déclenchera la panique. Les personnes derrière la tribune se mettront à couvert. Le seul à rester debout sera Sa Majesté.

— C'est alors que je tirerai le troisième coup.

Le colonel acquiesça.

— Oui, tandis que l'empereur donnera aussitôt des instructions avec sang-froid. Face au danger, il gardera le contrôle de la situation comme aucun autre.

— Je suppose qu'il ordonnera de prendre d'assaut la bibliothèque.

— Exact. Une petite unité placée sous mes ordres à l'entrée de la Marciana montera aussitôt sous les combles. Il nous faudra cinq minutes pour les atteindre et cinq autres pour découvrir le passage secret entre la bibliothèque et le palais royal. Vous disposez donc du temps nécessaire pour remettre votre veste d'uniforme et quitter les lieux. N'oubliez pas de laisser traîner quelques cartouches !

— Ensuite, que dois-je faire ?

— Vous sortez et allez prendre le train de Vérone qui part à cinq heures, répondit le colonel avec un sourire satisfait. La seule inconnue est le commissaire Tron. Savez-vous où il en est ? Il ne lui reste plus beaucoup de temps.

Boldù haussa les épaules.

— Il n'est pas venu chez Zorzi hier. Ce qui ne veut pas dire qu'il se tourne les pouces ! Je ne crois pas qu'il ait confié l'enquête à l'armée.

— Non, en effet, confirma Hölzl. On aurait prévenu mon service. La question est de savoir combien de temps nous lui laissons encore avant de lui envoyer une lettre anonyme.

Boldù réfléchit un instant.

— Accordons-lui jusqu'à demain matin. Le *Jupiter* accoste à cinq heures du soir. Si nous faisons parvenir un message au commissariat en début de matinée, il aura presque toute la journée pour mettre la main sur les suspects.

— Vous pensez qu'il peut y arriver sans notre aide ?

— Je l'en crois capable.

— J'ai encore une petite question.

Le colonel sortit de la poche intérieure de sa redingote un troisième morceau de papier plié en quatre qu'il tendit à son interlocuteur.

— Vous savez ce que c'est ?

Le billet, grand comme la paume de la main, comprenait quatorze rangées de lettres d'imprimerie, à première vue dénuées de sens. Hölzl le tenait d'un officier des renseignements qui le lui avait donné la veille au matin.

Après y avoir jeté un rapide coup d'œil, Boldù conclut :

— On dirait un message codé. Sans doute en Rail Fence.

— Êtes-vous en mesure de le déchiffrer ?

Boldù sourit.

— Je pense que oui. De quoi s'agit-il ?

— De l'emploi du temps de l'empereur jeudi, expliqua le colonel. Il ne sera dévoilé que vingt-quatre heures auparavant.

Il tourna la tête et fit·un signe au patron.

— Rendez-vous ici mercredi. À la même heure. Pour discuter des derniers détails.

39

À l'origine, Tron avait prévu de se faire déposer sur le ponton du casino Molin. Mais la pluie ayant cessé, il était descendu de la gondole dès le campo Santa Sofia, à la fois pour se dégourdir les jambes et pour préparer son entretien avec Zorzi. Quelle stratégie adopter ? Avaient-ils pour de bon affaire à un *agent double* ? Rien que l'expression lui paraissait ridicule. Au séminaire patriarcal, Zorzi était un gamin fluet, à la mine apeurée, capable de fondre en larmes à la moindre occasion. C'est peut-être à cause de ces souvenirs que Tron avait du mal à l'imaginer sous les traits d'un imperturbable *tueur professionnel.*

Le mieux, pensa-t-il en tournant dans la calle della Rachetta, serait de jouer cartes sur table. Découvrir son jeu et espérer que Zorzi prendrait une décision raisonnable. Seulement, que se passerait-il si le patron du Molin n'avait rien à voir avec toute cette histoire ? Tron soupira. Alors, c'est lui qui aurait un problème.

Ce jour-là, au moins, l'arrière du bâtiment n'était pas envahi par une bande d'étrangers surexcités s'apprêtant à passer l'après-midi dans un *casino typiquement vénitien.* Seul un chat se faufila devant la porte, une proie dans la gueule, peut-être une queue de poisson. Tron entra dans le vestibule où un employé hautain refusa de prévenir le patron. Le directeur était occupé et souhaitait ne pas être dérangé. Le regard qu'il jeta sur la redingote de l'intrus se passait de commentaire. Il fallut que Tron lui présentât sa toute nouvelle carte – une idée de Bossi – pour qu'il condescende à l'annoncer.

Dès qu'il pénétra dans le bureau, Tron comprit pourquoi son ancien camarade de classe préférait ne pas être dérangé. Son immense table de réfectoire était recouverte de jetons en ivoire ou en ébène et de billets dans toutes les monnaies du monde. Un grand livre de comptes où l'on distinguait des colonnes de chiffres s'étalait sous son nez. Au lieu d'une banale lampe à pétrole à l'odeur désagréable, un élégant candélabre à quatre branches supportait des bougies de cire. Pour couronner le tout, Zorzi ne se servait pas d'une plume en acier, mais d'une plume de corbeau démodée.

Le commissaire refusa le madère que son ami lui proposa. Cette fois, ce fut lui qui alla droit au but.

— Je suppose que tu sais pourquoi je suis ici, dit-il.

Zorzi posa sa plume de corbeau et saupoudra un peu de sable fin sur les chiffres qu'il venait d'inscrire dans son livre de comptes. Il dévisagea son hôte.

— Il s'agit de Ziani ? Vous avez progressé ?

Tron devait reconnaître que son camarade conservait une remarquable maîtrise de soi.

— Nous avons résolu l'affaire, annonça-t-il.

— Vous n'avez pas traîné ! le félicita Zorzi sans rien laisser paraître. Alors, il s'agit d'un cambriolage ?

Le commissaire secoua la tête.

— Non, il a été assassiné par quelqu'un qui se sentait menacé.

— Vous avez arrêté l'assassin ?

— Pas encore.

— Pourquoi ?

— Parce que nous voudrions lui proposer un arrangement. Il nous livre la poudre explosive, et en échange, nous mettons fin à l'enquête.

L'offre était limpide. Pourtant, Zorzi ne semblait pas encore prêt à l'entendre.

— Je ne comprends rien à ce que tu racontes.

— Dans ce cas, je vais reprendre du début, dit Tron. Quelques personnes préparent un attentat contre l'empereur.

— Tu t'en doutais déjà vendredi dernier.

— Maintenant, nous avons des preuves.

— Quel genre ?

— La poudre explosive a été introduite en fraude dimanche dernier, au moyen d'un cercueil, expliqua le commissaire. L'enterrement a eu lieu le lendemain. Ensuite, on a violé la tombe pour récupérer la poudre.

— Comment sais-tu tout cela ?

— Nous avons trouvé des traces de poudre explosive au fond du cercueil.

— Et qu'est-ce qui t'a mis sur la voie du cercueil ?

— Un meurtre commis dans le train de Vérone dimanche soir. Le lundi, on a repêché dans la lagune l'homme chargé du transport, la nuque brisée. L'assassin a livré la marchandise à sa place.

Zorzi plissa le front.

— C'est absurde ! Pourquoi aurait-il agi ainsi ?

— Parce qu'il a reçu la mission de déjouer l'attentat.

Le directeur du casino se pencha au-dessus de la table d'un air hébété. Tron avait le sentiment étrange qu'il ne jouait *pas* la comédie.

— Déjouer l'attentat ?

— Les renseignements piémontais ont eu vent du complot, poursuivit le commissaire. Ils ont donc introduit un mouchard, ce qui ne présentait aucune difficulté puisque les membres du groupe de Venise ne connaissaient pas la personne chargée de transporter la marchandise. Turin n'a rien à gagner à un attentat contre la personne de François-Joseph.

Le visage de Zorzi exprimait la plus extrême sincérité.

— Pourquoi n'ont-ils pas tout simplement fait signe aux autorités impériales ?

— Parce qu'ils ne font pas plus confiance à l'armée autrichienne qu'à la garde civile !

— Dans ces conditions, comment expliques-tu le meurtre de Ziani ?

— Nous supposons qu'il nourrissait des soupçons qu'il avait gardés pour lui.

— On l'a tué pour l'empêcher de parler ?

Tron hocha la tête.

— Oui, on dirait bien.

— Mais qui l'aurait tué ?

— C'est là toute la question, lâcha le commissaire sans s'énerver. Et comme l'empereur arrive demain après-midi, le temps commence à presser.

— Je ne comprends pas pourquoi tu ne confies pas cette affaire à la Kommandantur. Vendredi, tu disais préférer attendre parce qu'il s'agissait d'une simple rumeur. Tu es plus avancé à présent.

Tron balança la tête.

— Nous partageons désormais l'opinion de Turin et ne faisons guère confiance à l'armée autrichienne. Par conséquent, nous ne leur abandonnerions l'affaire qu'après avoir confisqué la poudre. Voilà pourquoi nous voulions proposer un marché à l'agent des Piémontais qui, au bout du compte, poursuit le même objectif que nous.

Bon, les cartes étaient maintenant sur table. Malgré tout, Zorzi trempa les lèvres dans son madère en se contentant de froncer les sourcils.

— Je ne saisis toujours pas pourquoi tu me racontes tout cela, dit-il enfin.

— Je vais t'expliquer, répondit le commissaire, à condition que tu répondes d'abord à quelques questions. Est-il vrai que tu as combattu en Crimée dans les rangs de l'armée de Sardaigne ?

— C'est vrai.

— Et que tu faisais partie d'une unité spéciale ?

Zorzi acquiesça à contrecœur.

— En effet, je ne servais pas dans l'infanterie de ligne, si c'est ce que tu veux dire.

— Est-il vrai que tu as pris le train de Vérone à Venise dimanche soir, il y a huit jours ?

Le visage de son ancien camarade de classe se referma comme une huître.

— Je ne sais pas si je dois répondre à cette question.

— Nous avons des témoins.

Zorzi soupira.

— Quelles conclusions en tires-tu ?

S'agissait-il déjà d'un semi-aveu ?

— J'en conclus que tu ferais bien d'accepter notre proposition. Nous voulons la poudre et le collier. Les personnes impliquées dans cette histoire ne nous intéressent pas.

Le directeur du casino dévisagea le commissaire en faisant des yeux ronds.

— Veux-tu insinuer que c'est moi qui aurais assassiné l'homme dans le train avant de prendre sa place ? Et que j'aurais ensuite tué Ziani parce qu'il m'avait percé à jour ?

— Où étais-tu dans la nuit de jeudi à vendredi ?

— Chez moi. Je dormais.

Zorzi s'empara de son verre de madère et le vida d'un trait.

— Ce n'est pas un bon alibi. Néanmoins, la plupart des Vénitiens n'en auraient sans doute pas de meilleur.

— Nous voulons la poudre et le collier. Rien d'autre. Tu aurais ainsi atteint ton objectif, et nous le nôtre.

Les mâchoires de Zorzi se contractèrent, mais son visage demeura impénétrable.

— Je pourrais peut-être te fournir un indice.

— Lequel ?

— Un indice qui résoudrait ton problème. Seulement, il faut d'abord que je le vérifie.

— Il ne nous reste plus beaucoup de temps. François-Joseph arrive demain.

Zorzi se pencha en avant et redressa une pile de jetons noirs. Puis il releva la tête et fixa son camarade.

— Accorde-moi jusqu'à ce soir.

Tron fronça les sourcils.

— Qu'as-tu l'intention de faire ?

— Je ne peux pas te le dire.

— Quelle garantie m'offres-tu ?

— Ma parole. Ma parole de Vénitien. Et ma parole de Zorzi.

— Les Vénitiens sont parjures, cupides et sournois, déclara le commissaire. Quant aux Zorzi, ce sont des Vénitiens typiques.

— Et les Tron ?

— Encore pires.

Zorzi sourit.

— Comment dois-je comprendre cette réponse ?

Le propriétaire du casino savait bien entendu comment. Son ami n'avait pas besoin de lui expliquer. Tron ramassa son haut-de-forme et se leva.

— Tu peux me joindre au palais Balbi-Valier, dit-il avant de sortir.

40

L'appartement occupé par Boldù se situait sur le quai des Zattere. Zorzi possédait un double des clés car l'immeuble lui appartenait. Il s'agissait d'une petite maison à deux étages, au toit en tuiles canal. Comme le rez-de-chaussée n'était pas loué et qu'en outre les deux bâtiments attenants étaient des entrepôts, il lui avait paru évident d'y héberger leur hôte. Leur *hôte* dont il venait d'apprendre qu'il travaillait pour les renseignements piémontais, qu'il avait tué Ziani et qu'il envisageait Dieu sait quoi encore pour empêcher l'opération.

Pendant sa conversation avec le commissaire, Zorzi s'était interrogé sur la pertinence de leur projet. C'était Ziani qui avait imaginé un feu d'artifice au-dessus de la place Saint-Marc. S'il avait fini par se laisser convaincre, c'était tout d'abord parce qu'il se considérait comme un patriote italien et, ensuite, à cause d'un entretien avec le commandant de place Toggenburg et le colonel Lamasch, chef des renseignements à Venise. Le casino Molin lui appartenait, certes, mais il devait la licence d'exploitation à la Kommandantur. Du point de vue juridique, l'établissement relevait de l'armée autrichienne, une combine avantageuse puisque, de cette manière, il ne payait pas d'impôt. Toutefois, la contrepartie consistait en pots-de-vin à verser aux deux officiers. Or depuis quelques mois, ceux-ci avaient accru leurs exigences sans vergogne. Zorzi avait donc plus d'une fois souhaité leur mort, d'autant qu'il avait perçu des signes lui faisant croire qu'on prolongerait sa licence à des conditions plus civiles au cas où Toggenburg et Lamasch viendraient à disparaître.

C'était à n'en pas douter le sort qui les attendait si quelques douzaines de fusées tricolores explosaient au-dessus de la place Saint-Marc. Pouvait-on concevoir une preuve plus flagrante de leur incompétence qu'un feu d'artifice vert, blanc et rouge en présence de l'empereur ? Non, impossible. La tête de Toggenburg tomberait à coup sûr. Et après elle, celle de Lamasch.

Seulement, au cours de sa conversation avec Tron, Zorzi en était aussi venu à se demander si leurs têtes ne tomberaient pas tout autant dans l'éventualité où le commissaire déjouerait un complot dont la Kommandantur ne soupçonnait même pas l'existence. De fait, rien ne s'opposait à ce qu'il envoie son ancien camarade de classe sur le *Patna* et lui procure par la même occasion le collier que Boldù conservait selon toute probabilité dans son appartement.

La cloche des Gesuati sonna sept coups. Zorzi estima qu'il disposait d'au moins une heure avant le retour de Boldù. Il était en effet prévu que les complices fabriquent ce jour-là les dernières fusées afin de commencer à les installer sous les combles des Anciennes Procuraties le lendemain. Ils en auraient sans doute jusqu'à huit ou neuf heures. Il ne lui faudrait pas si longtemps pour passer le logement au peigne fin.

Zorzi sortit la clé de sa poche, alluma sa lanterne sourde et éclaira le montant de la porte. Très vite, il découvrit ce qu'il cherchait, à savoir un minuscule morceau de papier glissé entre l'encadrement et le vantail. Il l'enleva et le glissa dans sa poche pour le remettre en place à son départ.

L'appartement se composait de deux pièces contiguës : la cuisine et, au fond, la chambre à coucher. Zorzi commença par la cuisine. Une bouteille de vin entamée, un verre vide et une gondole en verre pressé contenant un mégot étaient posés sur la table. La modeste vaisselle dans le placard ainsi que le fourneau en briques n'avaient de toute évidence jamais servi. Il n'aurait pas été très malin de cacher le collier dans ce foyer plein d'orifices, mais comme Boldù s'était peut-être justement dit la même chose, il ne resta plus au propriétaire des lieux qu'à examiner chaque trou, chaque trappe, chaque grille. En vain. Même la grande cruche posée sur la plaque ne contenait qu'un reste d'eau pas fraîche.

Zorzi entra dans la chambre et ferma la porte par précaution. Là, il reconnut l'armoire, le lit et la table de chevet supportant une lampe à pétrole. Dans un angle, un poêle en fonte, rond, était relié au mur par un long conduit en briques, pareil à un avant-corps. Dans l'armoire se trouvaient un manteau, une redingote, quelques chemises, des sous-vêtements et – à sa grande surprise – un sac contenant un uniforme des chasseurs impériaux. Les deux étoiles cousues sur les pattes d'épaule correspondaient au rang de lieutenant. Ziani, qui avait accueilli Boldù à la gare, n'avait parlé que d'une valise, pas d'un sac. Boldù avait donc dû se procurer l'uniforme à Venise. Mais pour quelle raison ?

La valise en cuir grenu, rangée au-dessus de l'armoire, était vide. Elle ne présentait pas de compartiment secret ni de double fond. Zorzi s'approcha alors du lit. Il souleva les couvertures, secoua les oreillers, tâta le matelas avant de regarder au-dessous. Rien non plus. Pour finir, il s'agenouilla devant le poêle froid, qui n'avait sans doute pas servi depuis longtemps, ouvrit la trappe et inspecta les quelques cendres avec le tison. Toujours sans résultat.

Il était vraisemblable, se dit-il quelques instants plus tard, qu'il n'aurait jamais trouvé la cachette si son regard ne s'était pas arrêté sur un petit tas de suie juste au-dessous du tuyau incliné qui reliait le foyer au conduit de la cheminée. Après vérification, il constata que ce tuyau bougeait. Ou bien Boldù avait tenté de le réparer, hypothèse fort peu probable, ou bien il l'avait démonté et remis en place pour une tout autre raison. Zorzi le retira à son tour et le posa sur le sol avec précaution. Puis il enleva le papier journal qui obstruait les deux extrémités et découvrit, enveloppé dans une pièce de lin grossier, un fusil muni d'une crosse métallique démesurée. L'ancien soldat s'y connaissait suffisamment pour se rendre compte aussitôt qu'il s'agissait d'un *fusil à vent**, une arme prohibée à juste titre car elle constituait l'instrument idéal pour perpétrer un attentat.

Par ailleurs, il sortit d'une bourse en velours rouge le collier en or qu'il recherchait, protégé par une feuille de papier journal, une demi-douzaine de cartouches et un petit billet sur lequel étaient imprimées quatorze rangées de lettres, sans doute un message codé. En se penchant dessus, Zorzi faillit éclater de rire. Il s'était attendu à une substitution monoalphabétique complexe ou à un chiffrage pour lequel il fallait une clé que, bien entendu, il ne connaîtrait pas. Or en réalité, il s'agissait d'une primitive transposition de type palissade que n'importe quel petit garçon était capable d'élucider.

Le contenu du message était à vrai dire beaucoup moins drôle. Le crime aurait lieu jeudi. L'heure et le lieu demeuraient flous. Mais une chose était sûre : l'auteur de l'attentat porterait un uniforme de lieutenant des chasseurs impériaux et utiliserait un fusil. Cet individu ne travaillait pas pour les services d'espionnage piémontais, mais pour quelqu'un qui connaissait dans le détail le déroulement de la visite officielle tenu secret. Quelqu'un qui appartenait donc à l'entourage immédiat de l'empereur.

Zorzi se releva. Il avait soudain si froid qu'il se mit à trembler. Il s'efforça de reprendre son calme, remballa le fusil dans le carré de lin et le glissa dans le tuyau avec la bourse en velours. Ensuite, il reboucha les deux extrémités à l'aide du papier journal et remit le tuyau en place, non sans avoir glissé dans la poche intérieure de sa redingote une cartouche et le message codé. Il ne voulait pas quitter les lieux les mains vides.

En se pressant, il pouvait arriver au palais Balbi-Valier un quart d'heure plus tard. Et d'ici une demi-heure, Tron se tiendrait en embuscade avec une troupe de policiers armés. Il arrêterait Boldù et obtiendrait toutes les preuves souhaitables. Jamais il n'aurait fait une aussi belle prise. Toggenburg et Lamasch étaient fichus.

C'était une perspective réjouissante, exaltante même. Voilà pourquoi, sans doute, Zorzi ne fut pas choqué par le spectacle qui s'offrit à sa vue. La poignée s'abaissa avec lenteur. Puis la porte menant à la cuisine s'ouvrit dans un mouvement presque tranquille. Boldù ne le fixait pas d'un air sombre, mais lui souriait de manière presque polie. À ceci près qu'il tenait un revolver à la main et que ses yeux ne souriaient pas. Ils étaient au contraire froids comme la glace.

— Je crois, dit-il, que vous me devez quelques explications.

Boldù baissa le bras, mais Zorzi nota que le chien restait enclenché. La distance entre eux se montait à moins de quatre pas ; il savait qu'il n'avait aucune chance. Boldù avait deux crimes à son actif, il n'hésiterait pas à en commettre un troisième. Son seul espoir résidait dans une bonne histoire. Une histoire crédible.

— Tron est au courant, déclara-t-il sans réfléchir.

La fermeté de sa voix l'étonna lui-même. Pendant un moment, Boldù sembla troublé.

— Au courant de quoi ?

— Que vous êtes venu à Venise pour préparer avec nous un feu d'artifice patriotique.

Boldù sourit à nouveau.

— Il n'a aucune idée de mon existence.

— Vous vous trompez ! Il connaît vos intentions réelles et la raison de votre venue.

— Et quelle est la raison de ma venue ?

— Saboter notre projet et tuer l'empereur jeudi prochain.

Le sourire s'évanouit tout à coup sur le visage de Boldù. Son menton se crispa. Il dévisagea son adversaire d'un regard pénétrant.

— Comment sait-il cela ?

— Quelqu'un a parlé.

— Qui ?

— Un officier, prétendit le propriétaire du casino. Un homme qui a jugé préférable de ne pas s'adresser à l'armée.

— Pourquoi le commissaire ne m'arrête-t-il pas ?

— Parce qu'il ne peut pas interpeller un soldat. Il m'envoie vous faire une proposition.

— Je vous écoute.

— Tron exige que vous quittiez la ville, annonça Zorzi d'un ton solennel.

Il avait le sentiment que la conversation prenait un tour favorable.

— Que vous partiez à Vérone par le premier train demain matin.

Le visage de Boldù demeurait impassible.

— Et si je refuse ? Si je vous tue ?

— Vous commettriez une erreur. Le commissaire m'attend au palais Balbi-Valier. Nous avons convenu que je me manifesterai cette nuit. Sinon, le commandant de police s'adressera à l'officier d'ordonnance de l'empereur dès la première heure.

Boldù fit un pas dans sa direction. Puis il secoua la tête et le fixa d'un air triste.

— Ne vous inquiétez pas, vous allez vous manifester.

La main tenant le revolver se leva. Quand Zorzi comprit ce qui se passait, il était déjà trop tard. La dernière chose qu'il perçut fut le jet de flamme sortant du canon. La fumée bleue et l'odeur âcre de la poudre envahissant la chambre lui échappèrent.

En temps normal, Boldù aurait préféré une méthode moins bruyante, mais il avait hésité à en venir aux mains avec le Vénitien. En outre, il doutait que quiconque pût entendre le coup de feu. Il pleuvait de plus en plus fort, un vent violent secouait les volets. Ce n'était pas un temps à faire une promenade, mais des conditions idéales pour régler une affaire en toute discrétion.

Il mit le cran de sureté, rangea l'arme et s'agenouilla devant sa victime allongée par terre, les jambes repliées. La balle l'avait frappée entre les deux yeux. Avant de quitter ce monde, Zorzi n'avait pas dû ressentir plus qu'une douleur violente et brutale. Ses paupières étaient toujours ouvertes, Boldù les effleura avec le plat de la main pour les clore.

Il lui faudrait à peine quelques minutes pour porter le corps jusqu'à la fondamenta degli Incurabili et le déposer dans le *sandalo*. Ensuite, il irait à la rame jusqu'au *Patna*, placerait les charges explosives au bon endroit et les relierait au moyen de mèches. « Quelle chance, pensa-t-il, que le matériel nécessaire se trouve à bord : des cordeaux de toutes sortes, des kilos de poudre de première qualité, des mortiers, des amorces, tout, absolument tout ! » Son seul regret était au fond qu'ils possédaient trop de poudre, si bien que les fusées déjà prêtes passeraient inaperçues au moment où le bateau exploserait.

Il n'eut pas à chercher longtemps les clés de Zorzi, elles étaient rangées dans la poche gauche de sa redingote. Comme il l'avait suivi quelque temps auparavant, il savait où il habitait. En interrogeant les voisins, il avait même appris qu'il vivait seul et que son employée de maison ne venait qu'un jour sur deux, le matin. Il ne lui faudrait de toute façon que quelques minutes. En plus, l'appartement était tout proche. Un des avantages de Venise était qu'on pouvait tout faire à pied.

Après, il irait dans un café et écrirait à Tron. Il n'aurait aucun mal à trouver quelqu'un pour porter son billet au palais Balbi-Valier. Puis il rentrerait et prendrait le *sandalo* pour rejoindre le *Patna*. Il aurait assez de temps pour préparer le spectacle et se chercher une petite place bien au chaud où attendre le commissaire en toute tranquillité. À la manière d'un comité d'accueil en quelque sorte.

41

La pendule dorée qui trônait sur la cheminée dans le salon de la princesse retentit une nouvelle fois, comme tous les quarts d'heure. Hélas, les minutes d'ordinaire si rapides se traînaient ce soir-là avec une lenteur désespérante du fait que Zorzi aurait dû s'être manifesté depuis un bon moment déjà et que Tron se demandait s'il avait eu raison de lui faire confiance.

Après le dîner, la princesse et lui étaient passés au salon pour s'y consacrer à leurs activités coutumières : Maria, son inévitable crayon rouge à la main, corrigeait des documents commerciaux tandis que lui relisait les épreuves du prochain numéro de l'*Emporio della Poesia*. Pouvait-on concevoir plus grand bonheur que s'occuper de poésie dans le salon bien chauffé du palais Balbi-Valier, vêtu d'une veste d'intérieur légère, avec une coupe de *fruits candis** à portée de main, pendant qu'au dehors une froide pluie d'automne battait sur les vitres ? Non, se dit-il, on ne pouvait pas.

Sauf que ce jour-là, il avait gardé sa redingote, parce qu'il s'apprêtait à ressortir d'un instant à l'autre, et qu'il jetait des coups d'œil sur la pendule à intervalles de plus en plus rapprochés. « Accorde-moi jusqu'à ce soir », avait dit son ancien camarade. Jusqu'à ce soir, d'accord, mais même si la grande aiguille mettait une éternité à parcourir un quart du cadran, il ne restait plus que deux bonnes heures jusqu'à minuit.

En outre, les dernières pages de la revue qui lui restaient à relire n'étaient pas propres à le captiver et à lui faire oublier l'attentat. La contribution de Spaur consistait cette fois en une série de sonnets que le commandant de police avait composés ou plus probablement plagiés en l'honneur de sa fiancée. Le premier s'intitulait *Violetta.*

La frêle violette orne tous les jardins.
Si grande est sa beauté que pour les diamants,
Les Grecs concupiscents n'éprouvent que dédain
Tant sa couleur est pure et son aspect charmant.

Tron constata que les *Grecs concupiscents* ne lui déplaisaient pas. Pourtant, il n'avait aucune envie de lire les vers de Spaur jusqu'au bout. Du reste, le commandant attacherait sans doute lui aussi une grande importance à l'issue de la soirée. Comme Königsegg, d'ailleurs. Si le collier ne refaisait pas surface, l'intendant de Sa Majesté pourrait se tirer une balle dans la tête. Et la princesse ? Et la comtesse ? Toutes les deux n'attendaient-elles pas de lui qu'il résolve l'affaire et profite de la faveur impériale pour mettre un terme à cette maudite histoire de taxes douanières ?

Le commissaire lâcha les épreuves sur ses genoux, ferma les paupières et poussa un profond soupir. L'empereur se doutait-il de l'imbroglio que sa venue avait provoqué à Venise ? Bien avant qu'il eût posé un seul pied sur le môle ? C'était peu probable.

La pendule tinta une nouvelle fois. Tron ouvrit les yeux. Il était dix heures pile. Encore deux heures jusqu'à minuit. La princesse semblait soudain distraite. Elle s'agitait avec nervosité sur sa méridienne et jeta elle aussi un regard impatient sur la pendule. Enfin, elle posa son crayon, releva la tête et fixa son fiancé. Il présuma qu'elle allait lui poser la question qui le taraudait lui-même : Zorzi lui avait-il menti ?

En fait, elle l'attaqua d'emblée sur un plan personnel.

— Je ne comprends pas comment, dans de telles circonstances, tu peux lire l'*Emporio* sans broncher.

Sans broncher ? Tron tendit le bras pour piocher un *fruit candi** dans la coupe en argent posée sur la table basse devant lui.

— Je ne vois pas ce que je pourrais faire d'autre, répliqua-t-il. Nous sommes par malheur condamnés à attendre.

— Combien de temps encore ? Jusqu'à minuit ? Jusqu'à demain ? Après-demain ? Jusqu'à la mort de l'empereur ?

— Maria, je…

Elle lui coupa la parole d'un geste tranchant.

— Tu vis perché dans tes nuages ! Ton bon ami Zorzi n'a jamais eu l'intention de t'aider !

— Maria, il…

À nouveau, un geste péremptoire l'interrompit.

— Il t'a berné, Alvise !

— Il m'a demandé de lui accorder jusqu'à ce soir.

— Eh bien, je t'informe qu'il est bientôt minuit.

— Enfin, Maria, il est tout juste dix heures !

La princesse n'était pas d'humeur à se laisser arrêter par de tels détails. Ses yeux d'agate brillaient comme de l'acier.

— Et que comptes-tu faire s'il ne se manifeste pas ?

À son grand soulagement, Tron n'eut pas à répondre à cette question car au même moment, on frappa. C'était Moussada, ou Massouda, enfin l'un des serviteurs éthiopiens de la princesse qu'il confondait toujours. Debout sur le pas de la porte, il tenait un plateau en argent dans lequel était posée une feuille de papier pliée en quatre. Quand il se pencha pour esquisser une courbette, la plume de paon plantée dans son turban oscilla.

Se levant d'un bond, le commissaire se cogna le genou contre la table basse et faillit renverser la cafetière de la princesse, ce qui n'aurait pas fait une grande différence au point où ils en étaient. Le message de Zorzi était bref. Il se limitait à une ligne, manifestement rédigée à la hâte.

Maria observa son fiancé avec impatience.

— Alors ?

— Il désire me voir.

— Quand ?

— Tout de suite.

— Et où ?

— Sur un navire amarré devant la punta di Santa Marta. Un ancien bateau à aubes portant le nom de *Patna*.

Elle fronça les sourcils.

— Pourquoi veut-il te rencontrer sur un bateau ?

— C'est sûrement là que se trouve la poudre.

— Donc, il est lui aussi impliqué dans cette affaire ?

— Cela dépend de ce que tu entends par *impliqué*, dit Tron. J'ai toujours du mal à croire qu'il puisse avoir tué deux personnes.

— Tu emmènes Bossi ?

Le commissaire secoua la tête.

— Non, il faut que je parle à Zorzi en tête à tête.

— Que penses-tu faire si la poudre explosive se trouve bel et bien sur ce bateau ?

— Nous la saisirons dès ce soir et attendrons demain pour nous demander quelle version il vaut mieux présenter.

Tron sourit.

— Quoi qu'il en soit, cette affaire promet de ridiculiser Toggenburg.

Maria se cala dans la méridienne d'un air satisfait et saisit son étui à cigarettes.

— En revanche, François-Joseph sera à nos genoux.

Le commissaire doutait que l'empereur soit vraiment *à leurs genoux*, mais le moment paraissait malvenu pour discuter cette question. Il demanda :

— Ton gondolier peut-il me déposer sur le *Patna* ? Il n'aura pas besoin de m'attendre. Je rentrerai avec Zorzi.

Au fond, songea Tron, c'était une folie de prendre une gondole par un temps pareil. Il aurait pu aller à pied jusqu'à la punta di Santa Marta et, une fois sur place, chercher quelqu'un pour le transporter à bord. Quand ils sortirent de l'étroit rio di San Vio pour s'engager sur le large canal de la Giudecca, la pluie s'intensifia. De grosses gouttes drues s'abattaient sur l'eau noire. Le commissaire ne put s'empêcher de penser à l'Achéron, le fleuve des enfers grecs. Le gondolier de la princesse ne rappelait-il pas Charon, le passeur des âmes, avec sa sombre pèlerine munie d'une capuche ?

Quoi qu'il en soit, ils avançaient à une vitesse d'escargot. Il leur fallut une bonne vingtaine de minutes pour atteindre le virage à angle droit au bout du canal et apercevoir la surface nue de la plage. Peu à peu, Tron distingua aussi les navires amarrés devant la punta di Santa Marta, des bâtiments noirs aux contours imprécis se détachant à peine du ciel gris foncé à l'arrière-plan. Depuis un bon moment, il se demandait comment il ferait pour reconnaître le *Patna* dans l'obscurité. À présent, il comprenait pourquoi Zorzi s'était abstenu de toute précision.

Sur la demi-douzaine de bateaux à l'abandon, un seul avait allumé ses feux de position. Il mouillait à l'écart de la petite flotte, presque en face du Champ de Mars. En approchant, le commissaire vit qu'à tribord, une lampe à pétrole éclairait le nom du paquebot inscrit sur le caisson de la roue hydraulique. Une autre lampe fixée au bastingage jetait une lueur tremblante sur le *sandalo* de Zorzi, attaché au pied de l'échelle de coupée.

« *Patna*. Un drôle de nom », se dit Tron. N'était-ce pas une ville au nord de l'Inde, que Marco Polo avait visitée en chemin vers le Catai[1] ? Il se leva sans tenir compte de la pluie qui ruisselait sur son visage et sauta dans la barque. Puis il gravit l'échelle de coupée pour atteindre le pont.

Là encore, Zorzi avait veillé à ce qu'il ne se perdît point. Une troisième lampe à pétrole éclairait un escalier. Par prudence, le commissaire se retint à la rampe de peur de glisser sur les marches. Une fois en bas, il découvrit une porte, baissa la poignée et entra.

La cabine était plus grande qu'il ne s'y attendait. En dehors d'une chaise et d'un bureau rectangulaire sur lequel son camarade avait posé une bougie, elle était vide. De chaque côté, trois hublots étaient à moitié cachés par des rideaux, et le plafond était percé d'un panneau de pont qu'il n'avait pas remarqué de l'extérieur. Dans la cloison du fond, il aperçut une deuxième porte. Une odeur de cigarette froide planait dans l'air. Tron se rappela que le vendredi précédent, au casino, Zorzi avait en effet fumé. Il retint son souffle. En dehors de la pluie crépitant sur le panneau de pont, il n'entendait rien.

— Zorzi ? Tu es là ?

Comme il ne recevait aucune réponse, il fit quelques pas dans la pièce avant de répéter sa question, un peu plus fort cette fois.

— Zorzi ? Tu es là ?

1. Nom donné par Marco Polo à la Chine du Nord. (*N.d.T.*)

À nouveau, pas de réponse. En revanche, il perçut un sifflement dans la cabine voisine. Le bruit s'intensifia, se mua en un hurlement strident avant qu'une terrible explosion déchire l'air d'un coup. La porte jaillit de ses gonds et vint percuter le bureau. Une langue de feu traversa l'espace dans un épouvantable vacarme. Puis la pression d'une deuxième explosion fit voler en éclats le panneau de pont et plaqua Tron à terre.

D'instinct, le commissaire avait croisé les bras devant la tête et fermé les yeux. Quand il les rouvrit, il constata qu'il avait glissé vers le bord de la cabine. Le bateau s'était couché à bâbord comme sous l'effet d'un énorme coup de poing. Des cendres brûlantes lui collaient au visage, sur les mains, aux cheveux. La pièce était emplie de fumée et les rideaux devant les hublots brûlaient. La porte menant à l'escalier se balançait sur ses gonds et laissait voir un écran de pluie aux couleurs changeantes, tels des feux de Bengale.

Tron tenta de se relever, mais n'y parvint pas. Il se mit alors à ramper sans se soucier des débris de verre qui jonchaient le sol incliné. Arrivé à la porte, il s'accrocha au cadre et gravit les marches à plat ventre. Une fois sur le pont, il réussit à se redresser et, tandis que de nouvelles salves derrière lui continuaient d'ébranler le *Patna*, il gagna le bastingage. Là, il ôta sa vieille redingote, inspira une grande bouffée d'air et plongea dans la lagune.

42

Le bruit, un imperceptible froissement qu'on n'entendait qu'en retenant son souffle, se rapprocha avant de s'éloigner à nouveau du lit où le commissaire était allongé. C'était le frémissement des partitions et des feuilles de papier tombées à terre quand d'assez grosses souris (ou des rats ?) couraient dessus. Il en conclut qu'il se trouvait dans sa chambre, à l'étage intermédiaire du palais Tron.

Il s'étonna d'avoir oublié presque tout ce qui s'était passé après que le gondolier l'eut repêché. Il se souvenait juste du soulagement avec lequel il s'était allongé au fond de l'embarcation et avait fermé les yeux. Sous le toit noir du *felze*, il se sentait à l'abri. Même les instants précédant l'explosion s'étaient gravés dans sa mémoire de manière floue. Dans l'obscurité, il s'était pris les pieds dans une corde abandonnée en haut de l'escalier et avait chuté juste au moment où une onde brûlante était passée au-dessus de lui dans un sifflement violent, strident, pour illuminer soudain le ciel. Une deuxième explosion l'avait-elle projeté par-dessus bord ? Sans le blesser, par miracle ? Il l'ignorait. Pour l'heure, il lui suffisait de se savoir dans sa chambre et d'entendre le bruit familier des rongeurs trottinant sur les feuilles de papier.

Il ouvrit les paupières, cligna des yeux un instant et découvrit avec surprise le baldaquin en soie de la princesse. Il n'était donc pas chez lui, mais au palais Balbi-Valier.

— Bonjour, Alvise, dit sa fiancée.

Il redressa le buste, tourna la tête et l'aperçut, assise sur un petit tabouret au pied du lit. Sa robe en satin bleu foncé fit entendre un froissement quand elle se leva pour l'embrasser. Selon toute apparence, il pleuvait encore. Les gouttes frappaient discrètement aux fenêtres.

— Comment te sens-tu ? Tu as mal ?

Maria le regardait d'un air soucieux. Il s'étira de tout son long, constata qu'il n'éprouvait presque aucune douleur et qu'il était, quoique un peu sonné, en pleine forme. Ensuite, il constata que le lit de la princesse était l'endroit le plus merveilleux du monde et qu'il n'avait aucune envie de se lever. La perspective de se faire choyer quelques jours le tentait beaucoup. Il se laissa retomber sur les oreillers en duvet et ferma les yeux de manière démonstrative.

— Je me sens encore un peu faible.

— Il faut que tu arrêtes, Alvise ! décréta la princesse d'un ton sévère.

Arrêter quoi ? De simuler ? Maria l'avait-elle percé à jour ? Elle avait employé son italien de Toscane aux accents durs, sans la moindre douceur vénitienne. Tron se redressa et toussota.

— Que j'arrête quoi, Maria ?

— Ce métier, expliqua-t-elle apaisée. Si j'en crois ce que Bossi m'a raconté, tu l'as échappé belle la nuit dernière.

— Que t'a-t-il raconté ?

— Que le *Patna* avait explosé et que mon gondolier t'avait repêché juste à temps. Tu avais perdu connaissance. Le docteur Lanier est venu aussitôt. Par chance, il n'a rien découvert en dehors d'une égratignure sur l'épaule gauche.

— Quelle heure est-il ?

— Presque une heure. Tu es resté inconscient plus de douze heures.

Brusquement, Tron sentit un nœud à l'estomac. Douze heures, c'était long ! Voilà donc pourquoi il avait une faim de loup. Pouvait-il se risquer à lui demander si elle avait des *beignets dauphin** chez elle ? Non, pensa-t-il, mieux valait éviter. Cette question ferait mauvaise impression. Jouant le commissaire épuisé, mais dévoré par la conscience professionnelle, il demanda plutôt :

— Qu'en est-il du *Patna* ?

— D'après Bossi, il a été détruit par les flammes.

— Quand lui as-tu parlé ?

— Il est passé dans la nuit prendre de tes nouvelles. J'avais envoyé Massouda au poste de police sur la place Saint-Marc et Moussada chez lui.

La princesse tendit l'index vers le sol.

— Il attend en bas, dans le salon. Il paraît qu'il t'a apporté une preuve.

Tron haussa les sourcils et s'exclama sur un ton plus vif qu'il ne l'aurait voulu :

— Quelle sorte de preuve ?

— Je n'en sais rien.

Maria le fixa avec attention.

— Tu vas arriver à te lever ? Ou préfères-tu que je le fasse monter ?

L'espace d'un instant, Tron ne put s'empêcher de songer à Königsegg, au meurtre de Ziani et à l'étrange histoire du collier de l'impératrice disparu sans laisser de trace. Bossi l'avait-il peut-être… ? Non, cela paraissait peu probable.

Le commissaire rabattit la couverture, se redressa et s'assit, les jambes pendantes. Il s'efforça d'ignorer le visage stupéfait de la princesse.

— Je crois que je vais y arriver.

Une lumière pâle, filtrée par la pluie, pénétrait dans le salon du palais Balbi-Valier auquel elle conférait un éclat morne et terne. Même l'uniforme bleu de Bossi, brossé avec soin, prenait une teinte grisâtre. L'inspecteur s'était levé d'un bond dès l'arrivée de son supérieur.

— Nous nous sommes fait beaucoup de souci, commissaire !

Tron sourit en l'invitant à se rasseoir d'un geste de la main. Une tasse de café et une coupelle remplie de *baicoli* étaient posées sur la table à côté de lui.

— Personne ne pouvait se douter que le *Patna* exploserait, dit-il en s'installant sur le divan.

— Que s'est-il passé ?

— Zorzi m'a convoqué sur le bateau, expliqua Tron. J'ai reçu son message peu après dix heures. Une fois à bord…

Il s'interrompit, s'appuya contre le dossier et constata avec soulagement que les événements de la nuit précédente commençaient à lui revenir.

— Tout s'est déroulé très vite, reprit-il.

— Vous avez vu Zorzi ?

Tron secoua la tête.

— Non, je suis descendu dans les cabines et j'ai crié son nom, mais il ne m'a pas répondu.

— Pourquoi ?

Il haussa les épaules.

— Je suis bien incapable de vous le dire, Bossi. Tout à coup, une énorme déflagration a secoué le bateau. J'ai réussi à regagner le pont à grand-peine et à sauter dans la lagune. Le gondolier de la princesse m'a sorti de l'eau. Vous connaissez la suite. Que reste-t-il du *Patna* ?

— Il n'a pas coulé, mais il est réduit en cendres. Nous avons protégé l'épave au moyen de bouées.

— Et Zorzi ?

Bossi fit une grimace gênée.

— Sans doute mort dans l'incendie.

— Je me demande ce qu'il voulait m'apprendre.

— Je crois le savoir.

— Comment ?

— Je pense qu'il a accepté notre proposition, dit l'inspecteur. La poudre contre la suspension de l'enquête.

— Qu'est-ce qui vous permet de l'affirmer ?

— Même si ce n'est pas comme nous l'avions prévu, il nous a bel et bien remis la poudre. Par ailleurs, je suis allé fouiller son appartement ce matin et j'y ai trouvé un objet intéressant.

Bossi glissa la main dans la poche de sa veste d'uniforme et en sortit une bourse en velours rouge.

— Je suis désolé, commissaire, mais je crains que l'affaire ne soit résolue.

Tron prit la bourse dans sa main, fut frappé par son poids et comprit avant même de l'ouvrir. Le collier n'était pas d'une beauté exceptionnelle selon lui. Les médaillons en or massif étaient reliés par des chaînes grossières, le portrait des impératrices romaines manquait de finesse. Mais il s'agissait à n'en pas douter d'un bijou unique en son genre et, surtout, de la preuve évidente que Zorzi avait tué son complice. Le commissaire le remit dans la bourse et le posa sur la table basse.

— Spaur est-il au courant ?

Bossi secoua la tête de gauche à droite.

— La bourse était cachée dans un tiroir secret du bureau de Zorzi. Je l'ai détournée à l'insu de tous. D'ailleurs, ce tiroir contenait encore autre chose.

À nouveau, l'inspecteur enfouit la main dans la poche de sa veste. Il en sortit cette fois une feuille de papier pliée en quatre. Tron l'ouvrit et comprit qu'il s'agissait de la reconnaissance de dette de Königsegg. Il poussa un petit sifflement admiratif. Son subalterne sourit.

— Le rapport n'évoque ni le collier ni le papier.

Le commissaire fronça les sourcils.

— Quel rapport ?

— Le rapport destiné à l'empereur ! Il sera remis à François-Joseph dès son arrivée. Nous avons déjà envoyé une copie à la Kommandantur.

— Dites-moi ce qu'il contient.

— Il débute par le meurtre de Ziani et la découverte des mèches dans son appartement, expliqua Bossi. Nous avons prétendu ne pas y avoir attaché d'importance à l'origine parce que nous croyions qu'il s'agissait de restes du feu d'artifice du dernier carnaval.

— Comment avons-nous découvert Zorzi ?

— Nous lui avons rendu visite car Ziani travaillait pour lui de temps à autre. Puis nous nous sommes rendus au casino une deuxième fois car Spaur nous avait appris qu'il faisait partie des suspects politiques. À cette occasion, nous lui avons parlé des mèches trouvées dans l'appartement de Ziani.

— Et alors ?

— Il a paniqué et nous a donné rendez-vous sur le *Patna*. Sans doute pour passer aux aveux. Ce qui n'a pas été possible à cause de l'explosion accidentelle.

— C'est une version très simplifiée.

— Spaur pense que les autorités militaires s'en satisferont. Bien entendu, elles n'apprécieront pas puisque c'est nous qui avons flairé et écarté le danger.

Tron posa également la reconnaissance de dette sur la table et soupira.

— Vous croyez pour de bon que Zorzi a commis le crime dans le train et assassiné son complice ?

— En tout cas, il est revenu de Vérone dimanche soir et nous avons retrouvé le collier dans son appartement. Tout l'accuse. Je pense que le colonel Holenia avait raison. Il avait pour mission de déjouer cet attentat insensé. C'est pourquoi il a d'abord éliminé l'homme qui transportait la poudre, puis Ziani qui suspectait la vérité.

Le commissaire fit une grimace songeuse.

— Nous ignorons ce qui s'est réellement passé à bord du *Patna*. J'ai du mal à croire qu'un homme tel que Zorzi ait provoqué une explosion par inadvertance.

— Je ne vois pas d'autre explication.

— Donc, pour vous, l'affaire est bouclée ?

— À mon sens, oui.

Bossi désigna la bourse en velours rouge et fixa son supérieur.

— Je suppose que vous préférez rendre le collier à Königsegg en…

Tron le contredit d'un geste de la tête.

— Non, allez-y, Bossi. Quand arrive l'empereur ?

L'inspecteur jeta un coup d'œil à la pendule posée sur la cheminée.

— Dans quatre heures. Il est probable que le général de division se trouve encore au palais royal.

Le commissaire sourit.

— Espérons qu'il ne s'est pas encore donné la mort. Et qu'il parviendra à remettre le collier en place à temps.

43

François-Joseph remua les orteils dans ses épaisses chaussettes en laine. Cependant, ils étaient toujours aussi gourds. Bien que ses pieds, encadrés par des chaufferettes, fussent enfouis dans un sac en peau d'ours, un cadeau de la Cour de Russie, il ne parvenait pas à chasser le froid humide qui s'infiltrait par les fissures du sol en *terrazzo*.

C'était étrange, pensa-t-il, car son cabinet de travail n'était pas situé au-dessus d'une cave glaciale ou même d'un sol gelé, mais d'un café très fréquenté et bien chauffé, le *Florian*, lieu de rendez-vous des partisans du rattachement immédiat au Piémont. Pendant un moment, il imagina avec un mélange de fascination et de terreur ses sujets rebelles, réunis en petits comités quelques pas au-dessous de lui, en train de s'entretenir sur la meilleure façon de se débarrasser de sa personne. Il frissonna encore plus et se remémora l'histoire fâcheuse, sans doute rapportée d'Afrique, de cet homme dont la maison en apparence solide s'était effondrée sur sa tête. Après coup, il était apparu que les fondations étaient rongées par des termites. Ou bien s'agissait-il de tarentules ? Peu importait. Ces deux mots lui paraissaient aussi séditieux l'un que l'autre.

François-Joseph poussa un long soupir, s'étira vers la droite, ce qui n'était pas évident avec les pieds prisonniers d'une peau d'ours, et ouvrit le coffret à liqueurs posé sur la petite table à côté de son bureau. Après un bref instant de réflexion, il se décida en faveur d'une *crème de cacao**. C'était certes une boisson de femme, mais un cognac lui aurait inévitablement rappelé les Napoléon – le Premier aussi bien que le Petit.

Peu après son arrivée au palais royal, on lui avait remis un rapport du commandant de police en personne, le baron Spaur, trois feuilles de papier ministre avec une marge de reliure règlementaire, qui lui apportait un véritable réconfort. Il l'avait déjà lu à quatre reprises, et chaque fois, cette lecture l'avait rempli d'une profonde satisfaction. La garde civile avait déjoué un perfide attentat, la poudre était détruite et la forte tension nerveuse dont il souffrait en silence avait enfin disparu.

Tout compte fait, si l'on fermait les yeux sur une légère migraine de son épouse, le voyage de Vienne à Venise avait été marqué par une exceptionnelle harmonie. Ils avaient passé la nuit dans le train spécial de la ligne Sud et, parvenus à Trieste le matin même, ils avaient aussitôt embarqué sur la frégate à vapeur *le Jupiter*. Même si un vent d'est piquant n'avait pas cessé de souffler, un temps splendide les avait accompagnés pendant toute la traversée. Et leur bateau, flanqué du paquebot *Prince Eugène*, avait franchi l'entrée de la lagune peu après quatre heures.

Trente minutes plus tard, dans le bassin de Saint-Marc, l'empereur avait découvert le spectacle qui, malgré l'insubordination notoire des Vénitiens, le ravissait toujours autant : le Campanile, le pont des Soupirs, les deux colonnes supportant le lion et le saint, la façade somptueuse du palais des Doges et enfin, juste avant l'accostage, la vue sur la tour et la grande horloge.

Derrière les dignitaires qui l'attendaient sur le môle, un nombre étonnant de civils s'étaient amassés. Dès qu'il eut posé son pied royal sur le quai, ils avaient clamé des hourras presque militaires.

Ce voyage et cet accueil l'avaient mis de très bonne humeur, voire dans une disposition d'esprit euphorique. Une telle joie était bienvenue avant d'affronter la demi-douzaine d'audiences qui venaient de s'achever une petite demi-heure plus tôt. François-Joseph jeta devant lui le rapport du commandant de police qu'il tenait toujours à la main, se pencha à nouveau vers la droite et rouvrit le coffret à liqueurs. Cette fois, faisant fi de rancunes mesquines, il choisit un cognac français avec une assurance souveraine, remplit son verre à ras bord, le vida d'un trait et apprécia la chaleur qui se répandait dans ses entrailles.

Fermant les yeux, il constata sans surprise que son appréhension avait disparu et qu'il se réjouissait d'avance du rôle délicat, mais glorieux, qu'il interpréterait à la face du monde. Devait-il se jeter sur Sissi pour la protéger au moment où les coups partiraient ? Ou se contenter d'avancer avec calme dans la ligne de tir et distribuer des ordres avec sang-froid tandis que les officiers de haut rang et les notables s'éparpilleraient comme des poules effrayées ?

En outre, devait-il après coup avouer la vérité à son épouse ? Lui raconter comment les choses s'étaient *vraiment* passées ? Connaissant son scepticisme de femme, il ne pouvait pas exclure qu'un plan aussi raffiné l'impressionne plus que l'héroïsme militaire. En même temps, il se pouvait qu'elle désapprouve aussi bien l'un que l'autre et que le plus intelligent fût de garder le secret. D'un autre côté, la vérité finissait toujours par ressortir. Il était difficile de lui cacher quoi que ce soit.

François-Joseph extirpa ses pieds du sac en peau d'ours, les posa sur le sol en *terrazzo* et se leva.

Pendant quelques instants, il s'appuya sur son bureau du plat de la main droite et, immobile, laissa son regard errer sur le cabinet de travail. Trois fauteuils et une causeuse endommagée entouraient une table de salon où brûlait une deuxième lampe à pétrole. De l'autre côté de la pièce, il aperçut le coffre-fort massif sur lequel une main vraisemblablement féminine avait posé une coupelle remplie de confiseries, de craquelins à la gomme adragante et de biscuits glacés sans se douter du trésor qu'il renfermait.

Douze coups retentirent au-dessus de la place Saint-Marc. Au même instant, l'empereur perçut des pas dans la pièce voisine. On frappa, un battant de porte s'ouvrit en grinçant, le bras d'un laquais fit une brève apparition. Puis Crenneville entra et s'inclina devant le souverain.

— Félicitations, Majesté.

— À quel sujet ?

François-Joseph écarquilla les yeux. La raison coulait pourtant de source. Crenneville esquissa une nouvelle courbette.

— Sa Majesté a sans doute lu le rapport du commandant de police.

Il hocha la tête.

— Bien entendu ! L'hydre est décapitée, le dragon terrassé. Un beau succès, Crenneville !

Le comte, qui savait ce qu'on attendait de lui, leva la main dans un geste de dénégation.

— Que Sa Majesté se félicite elle-même ! L'ensemble de ce plan repose en vérité sur une inspiration heureuse de Son Altesse royale.

— C'est moi qui suis à l'origine de ce plan, vous avez raison de le rappeler, dit François-Joseph avec un regard bienveillant à l'intention de son officier d'ordonnance. Néanmoins, sans l'aide des subalternes, les inspirations les plus heureuses demeurent lettre morte.

Crenneville, que ce compliment ambigu ramenait au rang de simple subalterne, hocha la tête avec flegme.

— Cette humiliation est un coup dur pour Toggenburg, reprit l'empereur. D'autant que nous avions dispensé la garde civile d'assurer ma sécurité.

— Le commandant de place n'interprétera sans doute pas cet incident comme un échec personnel, répliqua le comte. Il n'y peut rien, hélas, puisque…

Il s'interrompit avec un sourire résigné. Le souverain termina la phrase à sa place.

— … puisqu'il manque à l'armée les moyens nécessaires !

Crenneville inclina la tête dans un geste d'approbation.

— Les événements de jeudi renforceront encore cette impression, ajouta-t-il.

François-Joseph parut se concentrer. Au bout d'un instant, il demanda :

— Que diriez-vous d'inviter au gala ce commissaire qui a mené l'enquête ? En fin de compte, je lui dois la vie.

— Avec le commandant de police ?

L'empereur approuva.

— Ils n'ont qu'à venir tous les deux. Cela renforcera les animosités entre la Kommandantur et la police vénitienne. De plus, on pourrait interpréter leur présence comme une subtile humiliation de l'armée.

— Sa Majesté pense que le Parlement pourrait décider par simple…

François-Joseph était très fier de l'idée qui venait de lui traverser l'esprit à l'improviste.

— Ne sous-estimez pas l'importance de la pitié, Crenneville ! Les civils, en particulier, éprouvent très souvent ce sentiment. Quoi qu'il en soit, poursuivit-il, il me paraît judicieux d'accorder un entretien bienveillant à ce commissaire. L'impératrice fait grand cas de lui. Il lui a rendu service il y a quelques années, ainsi qu'à mon frère Maximilien d'ailleurs.

— Dois-je lui envoyer une invitation ?

L'empereur hocha la tête.

— Parlez-en à Königsegg. C'est de son ressort.

Puis il fixa le comte.

— Où en sont les préparatifs pour après-demain ?

— Je crois qu'il n'y a aucune raison de s'inquiéter, Majesté.

L'empereur trouva le verbe *croire* déplacé dans ce contexte.

— Que voulez-vous dire par « je crois » ?

Crenneville toussota.

— J'en suis sûr, Majesté.

— Le colonel Hölzl a-t-il pris contact avec notre homme aujourd'hui ?

Le comte secoua la tête.

— Non, leur dernier entretien remonte à hier après-midi. Le colonel lui a remis l'emploi du temps de jeudi.

— Donc, le plan reste inchangé.

— Oui. Le *malefico* sonnera à quatre heures. C'est le signal. Dix secondes plus tard, il tirera trois coups de feu par la lucarne.

L'empereur esquissa soudain un sourire malicieux.

— Est-ce vous qui avez suggéré de recourir au *malefico* ?

— Non, c'est une idée du colonel Hölzl, répondit Crenneville d'un ton las.

— Savez-vous à quoi cette cloche servait autrefois ?

Le sourire de François-Joseph s'était encore accru. Son officier d'ordonnance fit non de la tête.

— Elle annonçait une exécution !

44

— Quelle absurdité !

Tron retira son pince-nez, repoussa sa tasse de chocolat et replia le journal avec rage.

— Quoi donc ?

Comme tous les matins, la princesse, déjà vêtue en femme d'affaires – une robe de promenade en serge grise, fermée au col par une simple broche en grenat –, passait le petit déjeuner plongée dans ses papiers. Le commissaire, lui, qui avait l'intention de se recoucher, portait une confortable veste d'intérieur en velours rouge.

— Ce que la *Gazzetta di Venezia* raconte sur l'arrivée de l'empereur. Écoute plutôt : « Quand Son Altesse posa le pied sur le môle, des cris de joie spontanés jaillirent de la foule des civils venus en nombre pour l'accueillir. »

— Quand un souverain en chair et en os descend de bateau avec une suite importante, c'est toujours un moment de liesse, lâcha sa fiancée sans quitter ses papiers des yeux.

— Ce n'est pas une raison pour pousser des cris de joie ! Surtout pour des Vénitiens ! Qui, en plus, ne devaient pas être nombreux sur la Piazzetta ce jour-là.

— Que veux-tu dire ?

— Les hôtels regorgent d'officiers et de sous-officiers de Vérone, la plupart en civil. Lorsque le souverain débarque, ils ne sont pas au café, ils ont leurs instructions. On ne peut vraiment pas parler de *joie spontanée* !

Le commissaire prit encore un des croissants à la cannelle, fourrés à la crème, dont il avait déjà mangé une demi-douzaine.

— Je ne peux pas imaginer que la vue de François-Joseph déclenche des cris de joie spontanés où que ce soit en Vénétie.

— On croirait entendre un partisan de Garibaldi.

— Je n'en suis pas un. Tu sais ce que je pense de l'unité italienne.

Tron mordit dans le croissant et but une gorgée de chocolat chaud.

— Je me demande combien de gens ils ont arrêtés cette fois-ci. Ça, bien sûr, la *Gazzetta* se garde bien d'en parler.

— Des arrestations ? Pourquoi ?

— À cause des cocardes vert, blanc et rouge que les jeunes gens portent au revers quand l'empereur arrive à Venise, expliqua-t-il. À chacun de ses séjours, ils en emprisonnent au moins une douzaine.

— Mais qui les interpelle ?

— Nous, bien sûr ! Nous n'avons pas le choix. Ces arrestations sont aussi stupides que les cocardes elles-mêmes.

— Que faites-vous des prisonniers ?

— On les retient vingt-quatre heures au commissariat, puis on les relâche mine de rien. Spaur juge préférable de ne pas faire de vagues.

— J'imagine que le commandant de place désapprouve une telle procédure.

Tron acquiesça.

— Cela explique aussi pourquoi la garde civile n'a obtenu qu'un rôle de figurant.

— Toggenburg veut renforcer les mesures ?

— Je suppose. Quoiqu'il ne soit pas dans l'intérêt de l'Autriche de souffler sur le feu ! Toggenburg se fera rappeler à l'ordre s'il attaque trop fort.

La princesse écarta ses papiers et jeta un regard songeur sur la dernière feuille en haut de la pile. Puis elle dit :

— Tu penses que Sa Majesté a déjà lu le rapport que le baron a envoyé au palais royal hier après-midi ?

— J'en suis sûr. On ne plaisante pas avec une telle affaire. Et nous avons fait preuve d'une remarquable *efficacité* !

Le terme d'*efficacité* était nouveau dans son vocabulaire. Il lui faisait penser à *machine à vapeur*, *vanne de gaz* (quoi que cela pût signifier) ou *télégraphie*. Il le tenait de l'inspecteur Bossi et supposait qu'il plairait à sa fiancée.

— C'est du moins ce qu'affirme Spaur, précisa-t-il.

— En d'autres termes, fit Maria sans qu'il pût savoir si elle se moquait de lui ou non, vous avez sauvé la vie de l'empereur.

— Il serait en effet souhaitable que Sa Majesté vît les choses sous ce jour.

Tron trempa les lèvres dans son chocolat et apprécia le léger arôme de vanille qui s'infiltrait dans ses narines.

— En tout état de cause, reprit-elle, il s'agit d'un triomphe pour Spaur et d'une humiliation pour Toggenburg.

Le commissaire baissa la tête en signe d'approbation.

— Ce pauvre Toggenburg m'inspire presque de la pitié.

Il ajouta une cuillère de crème fouettée dans sa tasse et la saupoudra d'une généreuse quantité d'éclats de chocolat. Du coin de l'œil, il remarqua qu'un des serviteurs éthiopiens de la princesse entrait dans la salle avec, à la main, le petit plateau en argent sur lequel il apportait à Maria sa correspondance privée. Cependant, Moussada s'arrêta près de sa chaise et Tron constata que le plateau contenait deux enveloppes, une grande et une petite. La grande portait l'inscription « À l'attention du comte Tron, Commissariat central » ainsi que les armes de l'empereur dans le coin supérieur gauche. La petite, une enveloppe bon marché comme on en utilisait dans l'administration autrichienne, ne précisait pas d'expéditeur, mais il reconnut aussitôt l'écriture de son supérieur.

La princesse se pencha au-dessus de la table avec curiosité.

— Qui t'écrit ?

Il ne put s'empêcher de rire.

— Quand on parle du loup…

— Pardon ?

— L'empereur, dit-il. Et Spaur.

— Ouvre vite !

Le commandant de police se contentait de lui apprendre qu'une lettre pourvue du cachet impérial était arrivée pour lui le matin même et lui souhaitait un prompt rétablissement. La grande enveloppe, quant à elle, contenait une invitation imprimée avec faste sur un épais carton de Chine. Ce formulaire de luxe présentait quelques lignes écrites à la main et une signature illisible. Tron dut s'y reprendre à deux fois pour saisir de quoi il s'agissait. Alors il faillit lâcher le carton de surprise.

Maria le fixait toujours avec impatience.

— Tu veux bien me tenir au courant ?

— C'est une invitation au palais royal, dit-il.

Puis il ajouta, avec un sourire :

— Pour nous deux.

À ce moment-là, il observa avec amusement la princesse qui tendit sans le vouloir la main vers son étui à cigarettes, l'ouvrit et jeta un coup d'œil dans le petit miroir caché à l'intérieur du couvercle. Ses joues s'étaient empourprées. Elle toussota avec nervosité.

— Et quand sommes-nous attendus ?

— Demain soir, à sept heures.

Le commissaire fit glisser le carton sur la table. La princesse le parcourut des yeux et fronça les sourcils.

— La date, l'heure et le lieu sont écrits à la main !

Tron acquiesça.

— Oui, l'emploi du temps de l'empereur ne sera révélé qu'au tout dernier moment.

— Pour des raisons de sécurité ?

— C'est ce que j'ai cru comprendre. On veut compliquer la tâche à d'éventuels conspirateurs.

— Réception suivie d'un bal masqué, murmura-t-elle d'un ton songeur. En grande tenue bien sûr. C'est-à-dire, pour moi, une robe de soirée et, pour toi, un frac avec tes médailles.

Elle hésita une fraction de seconde, puis ôta son pince-nez et scruta son fiancé d'un regard pénétrant. Tron s'attendait à quelque remarque sur les manches élimées de son habit, mais au lieu de cela la princesse laissa tomber :

— Cela me paraît une excellente occasion d'échanger quelques paroles avec l'impératrice.

— Je ne peux en aucun cas l'importuner avec des taxes douanières ce soir-là, Maria !

— Évidemment ! Mais tu pourrais la prier de t'accorder un bref entretien le lendemain. Ces gens-là te doivent beaucoup. Sissi n'aura pas oublié ce que tu as fait pour elle ainsi que pour son beau-frère et pour sa sœur.

Tron s'appuya contre le dossier de sa chaise et hocha la tête.

— Quelle vaste plaisanterie, au fond !

— Quoi ? Notre inquiétude à propos des taxes douanières ?

La princesse jeta un coup d'œil réprobateur sur la tasse de chocolat recouverte d'une épaisse couche de crème.

— Notre souhait de pouvoir continuer à commander notre poudre de cacao chez un marchand parisien ?

Il secoua la tête.

— Non, je ne parle pas de cela. Je songe au rapport rédigé par Bossi. Je n'arrive pas à croire que Zorzi ait deux cadavres sur la conscience.

— Qu'est-ce que tu veux faire ?

— Me recoucher sans tarder.

Tron bâilla à s'en décrocher la mâchoire.

— Je ne vois pas ce que je pourrais faire d'autre. Toutes les preuves accusent mon camarade. Je ne peux rien avancer, sinon un mauvais sentiment.

Il observa sa fiancée.

— Peut-être ferais-je mieux d'accepter ton offre. Et travailler dans ton entreprise.

— Envisages-tu sans rire de quitter la police ?

— C'est peut-être toi qui as raison, ce métier est trop dangereux.

La princesse s'était allumé une cigarette.

— Dis-moi si tu es sérieux.

— Je pourrais tenter de m'initier à certains champs d'activité.

Tron espéra que l'expression *champs d'activité* ne l'engageait pas plus que le verbe *initier*.

— Tu n'as qu'à commencer dès demain soir, suggéra Maria. Débrouille-toi pour obtenir une audience chez l'impératrice.

— Demander de but en blanc un rendez-vous pendant le bal masqué pourrait nuire à ma réputation.

Mon Dieu, il aurait mieux fait de se taire ! La réponse furieuse de la princesse tomba tel un couperet, dans un florentin si tranchant qu'il parut fendre l'air.

— Et moi, tu veux que je te dise de but en blanc combien coûte la poudre de cacao que nous faisons venir de Paris par tombereaux ?

Tron retira avec effroi sa main tendue vers la tasse.

— Quand même, par tombereaux…

— Je vais te le dire ! Je peux même te montrer les factures. Le cacao nécessaire pour ton petit déjeuner, pour les cinq tasses que tu…

Par chance, la princesse fut interrompue par Moussada qui ouvrit la porte et annonça un visiteur. Il s'agissait de Bossi.

L'inspecteur s'arrêta sur le seuil, s'inclina avec respect devant la princesse et se tourna ensuite vers son supérieur.

— Je sais que vous n'êtes pas encore remis, commissaire, mais…

— Mais quoi ?

Bossi s'éclaircit la gorge. Il était blême et avait l'air tendu.

— Le cadavre de Zorzi a refait surface.

Pendant un instant, Tron fut persuadé d'avoir mal entendu.

— Pardon ?

— Sur l'île de la Giudecca, précisa le jeune homme. Juste devant l'église du Rédempteur. J'y suis allé en personne.

— Vous avez pu l'identifier ?

Bossi hocha la tête.

— Ses vêtements sont un peu consumés, mais c'est tout. On dirait que l'onde de choc l'a projeté hors du bateau.

— Avez-vous prévenu le docteur Lionardo ?

— Il devrait être en chemin.

— Accordez-moi dix minutes, le pria Tron. Le temps de m'habiller.

45

Zorzi gisait sur le dos, les paupières closes. Le commissaire supposa que la marée descendante l'avait entraîné vers le sud et la marée montante repoussé dans le canal de la Giudecca. Pour un homme propulsé hors d'un bateau par une explosion, il n'était pas mal conservé. Seuls sa manche gauche et le col de sa redingote avaient brûlé. La mer avait donné un teint grisâtre à sa peau, mais le corps n'était pas resté plus de deux nuits dans la lagune, et l'eau était gelée. La vue du cadavre ne lui révulsait donc pas l'estomac. Même l'impact d'une balle entre les deux sourcils ne paraissait pas particulièrement choquant, peut-être parce qu'il laissait croire à une mort brève et sans douleur.

Les policiers avaient tiré le corps en haut des marches de l'église et l'avaient déposé devant le portail. Rien ne les y obligeait. Tron interpréta ce geste comme un acte involontaire de piété. Une douzaine de curieux s'étaient rassemblés sur le quai, mais aucun ne faisait mine d'approcher. L'air était glacial, une bise cinglante poussait des nappes de brume grise sur le canal derrière eux.

— Je ne crois pas qu'il soit mort au cours de l'explosion, déclara le docteur Lionardo sans prendre le temps de les saluer.

Le médecin légiste s'était relevé et avait retiré ses gants en coton blanc juste au moment où Bossi et lui arrivaient. De toute évidence, il venait de terminer son examen.

— À moins, poursuivit-il, qu'il n'ait continué de vivre avec un trou dans le front.

— Pouvez-vous exclure l'hypothèse du suicide ? demanda le commissaire.

La mine du légiste laissait deviner qu'il jugeait cette question superflue.

— En principe, les gens se tirent une balle dans le cœur ou dans la tempe. Viser entre les deux yeux demeure exceptionnel.

— Donc, selon toute vraisemblance, il a été assassiné.

Le docteur Lionardo hocha la tête.

— Et même sans doute par un excellent tireur !

— Vous dites cela parce que la balle a transpercé le front en plein milieu ?

— Exact.

— Zorzi s'est-il défendu ?

— Non, le coup de feu a dû le surprendre. Il n'y a aucune trace de résistance.

— Vous avez fouillé ses poches ?

— Bien sûr !

Le médecin se pencha, sortit de sa mallette un bout de papier détrempé ainsi qu'une cartouche et les tendit à Tron.

À travers le papier plié en quatre et gonflé d'eau, on distinguait des majuscules d'imprimerie qui, au premier abord, n'avaient aucun sens. Mieux valait commencer par le faire sécher, pensa Tron, avant de songer à le déchiffrer. La cartouche, quant à elle, était un projectile oblong en nickel dont la pointe d'un gris argenté portait à l'évidence des traces de lime.

— Avez-vous un expert en armement au commissariat ? demanda le docteur Lionardo avec un sourire.

— Nous pourrions nous adresser aux spécialistes de la Kommandantur.

— Ce ne sera pas la peine. Je peux vous renseigner. Un détail vous frappe-t-il sur cette cartouche ?

— Oui, la pointe en métal luisant.

Le légiste approuva.

— C'est du plomb. Je suppose qu'il s'agit d'un bouchon.

— Un bouchon ?

Tron fronça les sourcils.

Lionardo réfléchit un instant, puis se pencha, sortit cette fois de sa mallette un scalpel et entreprit de gratter la pointe du projectile. Au bout d'un moment, il s'arrêta et hocha la tête d'un air satisfait.

— Vous voyez cette petite goutte ?

Ajustant son pince-nez, Tron put en effet distinguer une minuscule goutte de liquide brillant à l'extrémité de la cartouche.

— Qu'est-ce que c'est ?

— Du mercure.

Apparemment, le docteur Lionardo prenait un grand plaisir à son expertise en armement.

— Ce projectile *explose* quand il rencontre une résistance.

— Dans quelles circonstances utilise-t-on ce genre de cartouche ?

— Quand on veut être sûr de détruire son objectif, répondit le médecin.

Bossi se mêla à leur conversation.

— Donc, il ne s'agit pas d'une cartouche de chasse ?

Lionardo secoua la tête.

— Sûrement pas ! Ces projectiles laissent des trous gros comme mon poing et la chair de l'animal serait immangeable. En revanche, c'est une munition idéale pour tuer des êtres vivants qu'on n'a pas l'intention de manger ni de faire empailler.

— Quel type d'arme faut-il pour se servir de ces projectiles ?

— Des carabines avec un long canon. Ou des fusils de tireur d'élite. L'amiral Nelson a été tué par un marin français avec une arme de ce genre.

Tron n'en revenait pas.

— D'où savez-vous tout cela, docteur ?

Lionardo sourit d'un air modeste.

— En 59, j'ai servi comme médecin capitaine pendant quelques mois. À Solferino, nous avons affronté les chasseurs de Vincennes. Voilà pourquoi je sais à quoi ressemble ce type de projectile.

— Les Français ont utilisé des cartouches explosives ?

— Non, je n'ai pas dit cela. Mais il s'agissait de tireurs d'élite, qui se servaient de projectiles similaires.

— Quel est le degré de précision d'un tireur d'élite ? demanda Tron.

Lionardo prit une mine songeuse.

— À cent mètres, il peut transpercer une carte de jeu.

— Le fusil d'un tireur d'élite est donc l'arme parfaite pour commettre un attentat ?

Le docteur Lionardo acquiesça.

— Vous l'avez dit, commissaire.

Une demi-heure plus tard, quand Tron et Bossi furent à nouveau installés dans la gondole en direction du commissariat, le brouillard s'était épaissi. Des nappes d'un gris foncé impénétrable balayaient la surface moutonneuse du canal de la Giudecca et ne laissaient entrevoir la rive que par intervalles : l'église des Gesuati, les mâts des bateaux amarrés aux Zattere, le dôme de la Salute. C'est seulement lorsqu'ils eurent dépassé la Douane de mer, au moment où ils s'engageaient sur le Grand Canal, que l'inspecteur rompit le silence dans lequel ils étaient plongés.

— Vous le connaissiez bien, ce Zorzi, commissaire ?

— À vrai dire, pas du tout. Il a dû s'exiler à Turin quand les Autrichiens ont conquis la ville et n'est rentré à Venise qu'au milieu des années cinquante. Depuis, nous ne nous sommes presque jamais revus.

Bossi soupira.

— Il n'empêche que vous aviez raison.

— Vous aussi, vous aviez raison de le soupçonner, répliqua Tron. Tous les indices s'emboîtaient. Les informations fournies par Holenia avec ce malheureux hasard qui a voulu que Zorzi prenne justement le train de Vérone ce dimanche-là. Nous ne pouvions pas nous douter qu'une tierce personne était en jeu.

— Le grand inconnu.

Tron fit oui de la tête.

— Pour commencer, il tue l'homme qui devait apporter la poudre à Venise. Ensuite, il élimine Ziani, peut-être parce que celui-ci le soupçonne. Et enfin, Zorzi.

— Qu'est-ce que votre ami vous a dit, au juste, lorsqu'il vous a prié de lui accorder quelques heures ?

— Il m'a dit pouvoir nous livrer un indice qui résoudrait l'affaire, répondit le commissaire. Mais il avait besoin de la soirée.

— Sans doute voulait-il rencontrer cet homme, supposa Bossi.

— Peut-être sur le *Patna*, renchérit Tron. Ou bien dans l'appartement de l'inconnu ? Oui, plutôt là, d'ailleurs, à cause du billet et de la cartouche. Il a très bien pu fouiller le logement et avoir été surpris par le tueur.

— Le tueur qui l'aurait assassiné et transporté à bord. Mais alors, pourquoi vous aurait-il attiré sur le bateau ? Pourquoi voulait-il *vous* tuer ?

— Sans doute Zorzi a-t-il prétendu que j'étais au courant et que nous avions rendez-vous dans la soirée. Dans l'espoir qu'il hésiterait à l'abattre.

— Pourtant, il l'a quand même éliminé et vous a ensuite tendu un piège.

— Ce que Zorzi n'avait pas imaginé.

— Après, il a déposé le collier dans l'appartement près des Gesuati en supposant, à juste titre, que nous fouillerions les lieux et trouverions le bijou.

— En d'autres termes, renchérit le commissaire, la preuve que Zorzi était l'assassin de Ziani.

— Sauf qu'il a joué de malchance ! Vous en êtes sorti sain et sauf. Et le corps de Zorzi n'a pas disparu dans les flammes, mais a été projeté dans la lagune et a refait surface.

Bossi tourna les yeux vers son supérieur.

— Qu'est-ce qu'il cherche, commissaire ?

— Sommes-nous d'accord sur le fait qu'il n'est pas venu à Venise pour déjouer un attentat contre la personne de l'empereur, mais au contraire pour en commettre un ?

— On dirait bien.

— Ensuite, ce n'étaient pas les services piémontais qui ont infiltré le groupe, mais les renseignements autrichiens. Du moins une partie de l'armée.

— Donc, les allégations du colonel Holenia seraient correctes. Les seuls pour qui un attentat présenterait un véritable intérêt sont des militaires.

Le commissaire hocha la tête.

— En effet. L'homme qu'ils ont envoyé à Venise avait une double mission : empêcher l'attentat des Vénitiens et rassurer tout le monde afin que le véritable attentat réussisse à coup sûr.

— Que faire ?

— Nous allons d'abord sécher ce mystérieux bout de papier et voir si nous parvenons à le décrypter.

L'appareillage que l'inspecteur conçut pour faire sécher le billet sans l'abîmer était d'une simplicité enfantine. Il se composait d'une lampe à pétrole, d'un gant et d'une assiette en porcelaine. Bossi se servait du gant pour tenir l'assiette sur laquelle il avait posé le papier qui se gondolait et s'éclaircissait peu à peu au-dessus de la cheminée en verre. Au bout de quelques minutes, le billet fut assez sec pour que le commissaire pût le déplier.

Cela étant, ils ne furent pas beaucoup plus avancés une fois qu'il l'eut étalé sur son bureau. Le texte se composait de quatorze lignes de deux rangées chacune, constituant à première vue une succession de lettres dénuée de sens. Après avoir fixé le morceau de papier pendant un moment, l'inspecteur se racla la gorge.

— On dirait un message codé, remarqua-t-il.

— Je vous remercie de l'information, lâcha le commissaire avec un sourire ironique. En tout cas, ce n'est pas un message personnel. Sinon, on ne l'aurait pas imprimé.

— Il n'a pas plus de sens quand on le lit à l'envers, continua Bossi. Ni quand on supprime une lettre sur deux. Ou une sur trois.

— Vous partez donc du principe qu'il faut une clé pour le décoder ?

Bossi regarda son supérieur d'un air troublé.

— Une clé ? Vous vous y connaissez en matière de déchiffrage, commissaire ?

Tron secoua la tête.

— À vrai dire, non. De temps en temps à l'école, quand j'étais petit…

À l'école ? Mais bien sûr ! Il eut soudain une illumination, comme lorsque quelqu'un entre dans une pièce sombre avec une bougie. C'était bête comme chou.

— Il s'agit d'une palissade, Bossi ! s'exclama-t-il.

— Une palissade ?

Le jeune homme écarquilla les yeux.

— Un vieux truc de potache. Vous n'avez jamais envoyé des messages codés à l'école ?

Bossi secoua la tête.

— Eh bien, nous, au séminaire patriarcal, si ! Même Zorzi en faisait. Vous sautez tout simplement d'une rangée à l'autre.

Le commissaire s'assit et sortit une feuille de papier de son tiroir. Puis il réfléchit un instant et écrivit :

N U S M E D M S U S L N U T I
O S O M S E A Q E P A Q E O

— À chaque lettre, vous descendez ou vous montez d'un cran. Tenez, essayez !

L'inspecteur examina les deux lignes avec attention pendant quelques instants. Puis il lut à haute voix sans la moindre hésitation : « Nous sommes démasqués. Planque-toi. » Et, relevant les yeux sur son supérieur, il demanda :

— C'est cela ?

— Oui, c'est juste, répondit Tron en souriant. Et maintenant, attention, je vais vous dicter le message.

Il ne leur fallut pas plus de trois minutes. Quand Bossi reposa sa plume, il fixa le commissaire d'un air horrifié.

— C'est l'emploi du temps de l'empereur demain ! Avec les horaires ! Le programme qui ne sera révélé que ce midi !

Tron hocha la tête.

— Le cercle des personnes ayant connaissance de cet emploi du temps est restreint. L'assassin en fait partie.

Bossi ravala sa salive.

— Cela veut-il dire qu'il y a un traître dans l'entourage immédiat de François-Joseph ?

— Un ou plusieurs, le corrigea Tron. En tout cas, nous savons que Sa Majesté ne sortira que deux fois au cours de la journée de demain. Tout d'abord, pour se rendre du palais royal à la basilique. Et, après la messe, pour s'adresser au peuple sur la place Saint-Marc. Comme le conspirateur préférera vraisemblablement tirer sur une cible immobile, je suis prêt à parier qu'il visera l'empereur pendant son discours.

— Mais d'où ?

— En supposant qu'il puisse tirer à une centaine de mètres, il ne reste pas beaucoup de possibilités.

— Vous pensez aux toits ?

Le commissaire acquiesça.

— On peut imaginer les Anciennes Procuraties, le Campanile, la tour de l'Horloge, le palais royal et la Marciana. Le Campanile et la tour seront gardés par des soldats. Et les lucarnes des Anciennes Procuraties seront clouées, comme la fois précédente. Par conséquent, je ne vois plus guère que le palais royal et la bibliothèque.

Bossi était livide.

— Que faire maintenant ?

— Nous devons en parler à Spaur, répondit le commissaire. Il doit prévenir Toggenburg sur-le-champ.

— Peut-on faire confiance à Toggenburg ?

— Je ne pense pas qu'il soit au courant de ce projet d'attentat. Sans doute s'adressera-t-il à l'officier d'ordonnance de Sa Majesté, le général d'artillerie Crenneville.

L'inspecteur formula alors les pensées qui traversaient l'esprit de son supérieur.

— Et si jamais ce Crenneville fait partie des conspirateurs ?

— Alors, nous aurons un problème, dit Tron.

46

Comme d'habitude, le cabinet de travail de la princesse, au rez-de-chaussée du palais Balbi-Valier, produisait sur Tron l'effet d'un décor de théâtre : l'énorme bureau, la desserte à portée de main, les étagères recouvertes de livres de comptes à la reliure en peau de porc, le coffre-fort massif résistant au feu et, avant tout, sur le mur du fond, le planisphère où de petits drapeaux rouges figurant ses relations commerciales laissaient imaginer les immenses sommes d'argent qui affluaient de toutes les régions du monde, étaient stockées dans ce coffre, puis réinvesties ailleurs.

La princesse elle-même, une patronne sévère arborant un chignon, trônait dans un fauteuil majestueux. Deux mèches blondes, qui s'étaient échappées de sa coiffure, retombaient cependant sur sa tempe en boucles charmantes et lui donnaient, sans qu'elle le veuille, un air sensuel. Depuis quelque temps, elle se servait en outre d'un élégant fume-cigarette, la dernière mode à Paris. Comme les pieds de la chaise réservée aux visiteurs étaient raccourcis, il fallait lever le regard vers elle. Un entretien dans ces conditions, constata Tron avec amusement, exigeait une solide confiance en soi. Cela faisait vingt minutes qu'il lui parlait, la tête penchée en arrière.

Elle l'observait à présent avec une mine surprise.

— Spaur et Toggenburg se sont rendus chez Crenneville *ensemble* ? Pourtant, ils ne se supportent pas !

Le commissaire lui donna raison.

— Le commandant de place a insisté pour que Spaur l'accompagne au palais royal. Le baron suppose qu'il voulait lui prouver son innocence.

— Comment Crenneville a-t-il réagi en apprenant qu'un proche de l'empereur s'apprêtait à commettre un attentat ? Et que vous étiez même en mesure d'indiquer avec une grande probabilité l'heure et le lieu du crime ?

— Spaur m'a rapporté qu'il s'était répandu en éloges sur l'efficacité de la police vénitienne. Pour le reste, il était déjà au courant de tout.

— Au courant de tout ?

La princesse expira un anneau de fumée au-dessus de son bureau.

— Je ne comprends pas.

— Le général d'artillerie prétend que les services de l'armée ont découvert il y a déjà six semaines qu'un groupe de Venise voulait attenter à la vie de l'empereur. C'est pourquoi ils auraient introduit un agent dans l'espoir d'en apprendre plus sur les conjurés avant de les arrêter. Sauf que, d'après Crenneville, l'affaire a mal tourné.

— Ziani nourrissait des soupçons, devina la princesse. Il fallait donc l'éliminer.

— Exact. Mais selon lui, le véritable problème n'est pas là. Le plus embêtant serait apparu quand ils ont découvert que cet agent voulait tuer Sa Majesté pour de bon.

Maria fit une grimace incrédule.

— Ils le savaient ? Comment ?

— Sur ce point, Crenneville n'a rien dit.

— S'est-il exprimé sur les motifs de cet homme ?

— Non, là-dessus aussi, il a gardé le silence.

— Pourquoi ne l'arrêtent-ils pas ?

— Il paraît qu'ils l'observent et veulent le prendre sur le fait. L'arme à la main.

— Tu le crois ?

Tron secoua la tête.

— Crenneville ment.

— Spaur s'est-il laissé convaincre ?

— On dirait bien. Le baron m'a intimé l'ordre d'abandonner cette affaire sur-le-champ.

— Et Bossi ?

— Il a menacé de le renvoyer s'il entreprenait quoi que ce soit en solitaire. L'inspecteur ne croit pas plus que moi à cette histoire. Mais il m'a promis de rester en dehors de tout cela. Je ne voudrais pas qu'il aille mettre sa carrière en jeu.

— Quelle est ta version ?

Le commissaire haussa les épaules.

— Je suppose que Crenneville est lui-même impliqué dans ce complot. Holenia a raison : les seuls qui puissent avoir intérêt à un attentat contre François-Joseph sont certains cercles au sein de l'armée. Il est sans doute vrai que les renseignements ont entendu parler d'un attentat et introduit un mouchard dans le groupe de Venise. Mais il est faux en revanche que cet homme ait décidé de tuer l'empereur à la surprise générale, pour on ne sait quelle raison. Et que les gens de Crenneville s'apprêtent à lui tendre un piège. Cet homme agit pour le compte des cercles ultras. Et il tentera d'abattre l'empereur.

— Tu pourrais essayer de t'adresser à Sa Majesté au moment où elle sort du palais, suggéra la princesse.

Tron secoua la tête.

— Cela ne servirait à rien. Ce serait ma parole contre celle de Crenneville.

— Que comptes-tu faire ?

— Je me suis rendu au palais royal pour parler à Königsegg. Hélas, il n'était pas visible. Mais il m'a fait savoir par son subalterne que nous pouvions nous rencontrer au *Quadri* ce soir à sept heures.

— Qu'attends-tu de lui ?

— Il me doit un service et je vais tout faire pour renforcer encore son sentiment d'obligation.

Tron sortit de la poche de sa redingote la reconnaissance de dette que Bossi avait subtilisée dans l'appartement de Zorzi. La princesse haussa les sourcils avec surprise.

— Tu vas lui rendre sa reconnaissance de dette ?

Le commissaire acquiesça.

— Il ne faut pas qu'il ait le choix face au service que je vais lui demander.

— Quel service ?

— J'ai besoin d'un uniforme autrichien et d'un laissez-passer pour pénétrer dans le palais royal.

— Pourquoi ?

— Nous savons où et quand notre homme va tirer sur l'empereur, dit le commissaire avec calme. Je pourrais l'attendre dans le grenier. Mais pour entrer dans le palais royal, il me faut un uniforme.

La princesse agita la tête avec effroi.

— As-tu conscience du danger que représente cet homme ?

— Oui, je sais. Mais je vais le surprendre. Il lèvera les mains et laissera tomber son arme.

— Ensuite ?

— Je lui passerai les menottes et le confierai aux sentinelles.

— Sais-tu encore tirer, au moins ? Je veux dire, serais-tu capable de le toucher s'il le fallait ?

— Il suffit qu'il m'en croie capable. Je peux être très convaincant quand je veux.

Maria fronça les sourcils et fixa son amant d'un air songeur tout en prenant une cigarette. Puis elle demanda :

— Quel genre d'homme est-ce, ce Königsegg ?

— Je suis sûr qu'il n'est pas mouillé dans la conjuration, lui assura Tron avant d'ajouter : C'est plutôt lui qui est dans la ligne de mire de l'empereur.

— Pourquoi ?

— Parce qu'il boit et qu'il joue. C'est plus fort que lui. Il a tout à gagner à ce que je capture cet homme.

— Tu es sûr qu'après votre discussion il ne va pas courir prévenir Crenneville ?

Là était en effet la question. Le commissaire haussa les épaules.

— Je ne peux pas être sûr à cent pour cent. Mais il faut que je coure le risque.

47

Le cognac était toujours aussi allongé, le sol toujours aussi sale, le café toujours aussi froid que lors de son premier passage dans cette auberge du campo San Polo. Même le client à l'air chétif était à nouveau (ou toujours ?) assis à la même table en train de piocher des bouts de viande dans son *sguaseto*. Et le patron avait la même expression angoissante que l'autre fois. Y avait-il des lieux, se demanda le colonel Hölzl, des endroits *magiques* où le temps ne s'écoulait pas, mais tournait en rond sans se presser ou, même, s'arrêtait sans user les nerfs des gens ? Après l'émoi des derniers jours, et en particulier de cet après-midi, une telle utopie lui parut fort agréable. Le colonel s'appuya contre le dossier de sa chaise et poussa un long soupir mélancolique. Qui sait ? Le Vénitien à la table voisine était peut-être heureux. Peut-être ferait-il mieux, lui aussi, de venir tous les jours à sept heures manger un *sguaseto* plutôt que d'organiser un attentat fictif contre la personne de l'empereur.

La conversation qu'il avait eue quelques heures plus tôt avec le colonel d'artillerie Crenneville ne s'était pas particulièrement bien passée. Le commissaire

Tron avait échappé de peu à la mort. La garde civile avait découvert le lieu et l'heure de l'attentat. Et si lui, le comte Crenneville, n'avait pas eu une inspiration subite pour expliquer les faits à Toggenburg et au commandant de police Spaur… L'officier d'ordonnance de Sa Majesté n'avait pas terminé la phrase. Sa mine furieuse laissait pourtant craindre le pire, pour le reste de l'entreprise ainsi que pour l'avenir de la monarchie.

Comme la fois précédente, Boldù arriva avec dix minutes de retard. Il portait à la main une mallette plate, pareille à celles qu'utilisent les artistes, renfermant l'arme que le colonel Hölzl en personne introduirait au cours de la nuit dans le grenier de la Maricana. Dès que l'aubergiste lui eut servi un café, le colonel attaqua.

— Il n'a jamais été question de tuer un commissaire de la police vénitienne.

Boldù haussa les épaules.

— Je n'avais pas le choix.

— Que s'est-il passé ?

— Zorzi a flairé quelque chose. Je l'ai surpris dans mon appartement. Il m'a dit sans sourciller que je m'apprêtais à commettre un attentat contre l'empereur.

— Comment était-il au courant ?

— Par le commissaire Tron. Il paraît qu'un officier a parlé.

— Donc, vous avez tué Zorzi et l'avez transporté à bord du *Patna* ?

Boldù hocha la tête.

— Exact. Et comme Tron aussi était au courant, il fallait que je l'élimine par la même occasion.

Il but une gorgée de café et fit une grimace sans qu'on puisse dire si elle se rapportait à la boisson ou à la mort du commissaire.

— Je lui ai donné rendez-vous sur le bateau en me faisant passer pour Zorzi, reprit-il, car cet imbécile m'avait révélé qu'il devait se manifester dans la nuit. Une fois à bord, j'ai préparé l'explosion.

Boldù leva un regard impassible en direction du colonel.

— Je ne vois pas où est le problème. La poudre est détruite, le cerveau du groupe vénitien éliminé. La mort du commissaire Tron était inévitable.

— Le problème, répliqua Hölzl d'une voix lente, c'est que le corps de Zorzi n'a pas disparu dans les flammes.

Boldù écarquilla les yeux.

— Comment ?

Le colonel constata avec un certain plaisir qu'il avait pâli.

— Le cadavre a été projeté dans la lagune par l'explosion, la police l'a repêché ce matin devant l'église du Rédempteur. Dans sa poche, ils ont trouvé l'emploi du temps de demain et une de vos munitions.

Le colonel souriait d'un air aimable.

— Zorzi a dû fouiller votre appartement et découvrir votre cachette, poursuivit-il. Après avoir déchiffré l'emploi du temps et en avoir tiré ses conclusions, il vous a raconté que le commissaire était lui aussi au courant et qu'ils devaient se rencontrer au cours de la nuit.

— Donc, Tron ne savait rien ?

— Non, Zorzi vous a menti. Il ne peut *pas* y avoir d'officier ayant entendu parler de quelque chose. Les seules personnes au fait de cette opération sont l'empereur, Crenneville et moi-même.

Hölzl marqua une légère pause pour bien mettre en valeur les paroles qui allaient suivre.

— De plus, le commissaire Tron n'est pas mort. Il s'en est sorti.

Boldù le fixait d'un air incrédule.

— Tron est vivant ?

Le colonel hocha la tête.

— Il a lui aussi déchiffré l'emploi du temps et en a tiré ses conclusions, comme Zorzi. C'est pourquoi son chef est aussitôt accouru chez le commandant de place et que tous les deux ont demandé un entretien à Crenneville.

Hölzl poussa un soupir.

— Le comte n'était pas ravi de leur visite.

— Comment a-t-il réagi ?

— Il leur a expliqué que nous étions au courant et que nous avions la situation en main. Que nous avons tendu un piège au tueur.

— Le commissaire va-t-il se tenir tranquille à présent ?

— Le comte Crenneville a retiré cette affaire à la police vénitienne de manière formelle.

— Donc, on ne change rien ?

Le colonel secoua la tête.

— Absolument rien.

Boldù s'était déjà levé.

— Et où trouverai-je la mallette avec l'arme ?

— Dans le grenier de la bibliothèque, à l'endroit d'où vous devez tirer, répondit Hölzl. Si cette opération réussit, nous allons gravir quelques échelons, vous et moi. Et dans ce cas, peu importe que Tron soit au courant ou pas.

48

Le café *Quadri* était plein à craquer. Une épaisse fumée flottait dans l'air, il ne restait plus une chaise. Partout, des groupes d'officiers attendaient que des places se libèrent, de sorte que les serveurs en queue-de-pie avaient du mal à atteindre les tables avec leur plateau sur le bras. L'arrivée de l'empereur, la veille, semblait avoir entraîné un afflux considérable de soldats supplémentaires, venus s'ajouter aux troupes permanentes. Des officiers de toutes les armes débordaient des hôtels, se répandaient dans les ruelles de Venise et inondaient la place Saint-Marc. L'empereur s'était déjà montré à la fenêtre à deux reprises. Chaque fois, des vivats tonitruants s'étaient élevés jusqu'au premier étage du palais royal.

Après avoir murmuré *permesso* un nombre incalculable de fois pour se frayer un chemin dans la foule des officiers qui attendaient debout, Tron découvrit enfin Königsegg assis à une table ronde au fond du café. Raide comme la justice, il portait son uniforme de général de division et avait sans doute dû défendre la chaise en face de lui contre des assauts répétés. Ce soir-là, contrairement à leur dernière rencontre, l'intendant en chef de l'impératrice semblait à jeun et lucide. Le commissaire s'étonna certes de la présence d'un chiot allongé à ses pieds, mais comme tous les grands seigneurs avaient leurs lubies, personne ne semblait y prêter attention.

Dès qu'il l'aperçut, Königsegg se leva d'un bond et salua le commissaire avec une courtoisie cérémonieuse qui incita les officiers des tables voisines à détourner la tête : qu'est-ce qui prenait à un général de division de traiter un civil comme un vrai archiduc ?

Quand Tron fut assis en face de lui, il dit :

— À cause de Spartacus, je ne bois plus que du café en dehors de chez moi.

Königsegg se pencha pour caresser la tête du chiot roulé en boule sous la table.

— Il n'aime pas quand son maître sent le cognac !

Spartacus, un chiot vigoureux de la taille d'un petit chat, avait un pelage à taches noires et blanches et une mandibule très prononcée. Une assiette placée à côté de lui contenait des miettes tandis qu'une pointe de chantilly collait à son museau. Les restes de chocolat laissaient supposer qu'il s'agissait d'une *Sachertorte*[1]. Est-ce qu'il avait bu un café, lui aussi, avec son gâteau ? Non, raté. Tron n'avait pas remarqué la petite coupelle d'eau, posée contre le mur, à un pas de l'assiette.

— Cette race particulière, expliqua l'intendant en chef, a beaucoup de force. Quand ses dents seront développées, nous passerons des tartes et des gâteaux à la viande et… euh… aux objets vivants.

Tron ne voyait pas bien ce qu'il entendait par *objets vivants*, mais il préféra ne pas poser de question.

— Vous savez que je vous suis très reconnaissant, commissaire, poursuivit Königsegg après un instant de réflexion.

Il lui jeta un bref regard, puis baissa les yeux vers le chiot comme pour l'inviter à confirmer cette décla-

1. Gâteau au chocolat viennois. (*N.d.T.*)

ration. De fait, l'animal releva la tête, le fixa du regard et remua la queue. Puis il lécha le reste de chantilly sur son museau, tendit les oreilles en pointe et se tourna vers le commissaire.

— C'est bien pour cette raison que je suis venu, lâcha Tron.

Il s'en voulut car, malgré lui, il avait parlé au chien. Il faut dire que Spartacus avait l'air de tout comprendre. Le général de division leva un regard bienveillant vers son interlocuteur.

— En quoi puis-je vous aider, commissaire ?

Un bref aboiement sembla indiquer que le chien aussi désirait l'aider.

— Je suis venu vous rendre quelque chose, reprit Tron en s'efforçant cette fois de regarder le maître et non l'animal.

Il sortit la reconnaissance de dette de son portefeuille et la tendit sans un mot par-dessus la table. Königsegg blêmit.

— Où l'avez-vous trouvée ?

— Dans l'appartement de Zorzi, où mon inspecteur a également découvert le collier.

— Je n'ai pas d'argent, commissaire, murmura l'intendant en chef en secouant la tête.

Le chiot sous la table poussa un gémissement plaintif.

— Je ne veux pas d'argent, déclara Tron.

— Qu'est-ce que vous voulez que je fasse de ce papier alors ? demanda Königsegg qui n'avait toujours pas compris.

Son vis-à-vis sourit.

— Le brûler ou, si vous préférez, le garder en souvenir. Il est à vous.

Puis il le fixa du regard.

— Qu'est-ce que Bossi vous a raconté en vous rendant le collier ?

— Que Zorzi était au courant des combines de ce Ziani et qu'il a cherché à s'approprier une part du gâteau. Alors, le ton a monté et il l'a tué.

— C'est la version officielle. En réalité, les choses ne se sont pas passées ainsi.

Le commissaire scruta la salle du *Quadri* et s'assura que personne ne les épiait. Les clients, assis ou debout, s'entretenaient bruyamment. La vaisselle cliquetait. Des rires fusaient comme des feux de peloton. Dans ce vacarme infernal, il était impossible qu'on les entende. Tron se pencha en avant, ne serait-ce que pour échapper à la vue du chiot qui avait cessé de suivre leur conversation et, à la place, s'était attaqué au pied de table avec sa puissante mâchoire.

— Écoutez ! chuchota-t-il.

Quand il eut terminé son récit, Königsegg secoua la tête d'un air horrifié.

— Mais en dehors de Crenneville, qui pourrait encore prendre part à cette conjuration ?

— Je ne saurais vous le dire.

L'intendant en chef de Sa Majesté but à toute vitesse une gorgée de café.

— En outre, je ne saisis pas le sens de leur projet. Que va-t-il se passer si François-Joseph meurt ? C'est Maximilien qui assurera la régence, un libéral déclaré ! Ils veulent le tuer, lui aussi ? Cette histoire est absurde.

— Vous avez raison, mon général. Mais cela ne résout pas le problème.

— Si vous comptez me prier d'en parler à l'empereur, lâcha Königsegg, je crains que cela ne serve pas à grand-chose. Sa Majesté ne me croira jamais.

Le commissaire abonda dans son sens.

— Je sais. Je ne vois qu'un moyen d'empêcher l'attentat.

— Lequel ?

— Arrêter le tueur à temps.

— Mais vous ne le connaissez pas ! rétorqua le général de division. Comment voulez-vous le mettre sous les verrous ? Votre seule certitude, c'est qu'il appartient à l'armée. Vous ne savez même pas son grade ni le corps dans lequel il sert.

Tron lui donna raison.

— En revanche, je sais où et quand il va frapper. Et je sais quelle arme il va utiliser.

— Cela ne vous sera pas d'un grand secours, poursuivit Königsegg. Si la garde civile était chargée de la sécurité de Sa Majesté, vous pourriez poster des tireurs d'élite sur le toit du palais royal et ils abattraient cet homme dès qu'il sortirait la tête de sa lucarne.

— Je peux quand même faire quelque chose.

— Quoi ?

— Comme je vous le disais, je peux arrêter le tueur avant qu'il tire.

Le commissaire regarda l'intendant en chef droit dans les yeux.

— Pour cela, il faut que je pénètre sous les combles avant lui et que je l'y attende.

— Comment comptez-vous entrer dans le palais royal ?

— Avec un uniforme et un laissez-passer.

Königsegg l'observa en silence d'un air gêné. Puis il finit par dire :

— Je ne peux pas, commissaire. Il n'y a que deux personnes qui puissent signer des laissez-passer : le comte Grünne et le comte Crenneville. Sinon, il faut la signature de l'empereur ou de l'impératrice.

Tron releva les sourcils.

— Vous avez bien dit : de l'impératrice ?

Königsegg hocha la tête en soupirant. Un grognement triste s'éleva de dessous la table.

— Oui, c'est ce que j'ai dit. Où puis-je vous joindre, commissaire ?

— Au palais Balbi-Valier, comme d'habitude.

49

La détonation, un léger paf, retentit dix secondes après la fin des coups de cloche, alors qu'un silence attentif s'était déjà répandu autour de lui. François-Joseph avait compté jusqu'à dix avec lenteur et concentration en vérifiant l'expression de son visage et le port de sa tête dans le miroir sur pied de sa chambre à coucher. Confier au hasard la grande scène du lendemain eût été une erreur. Quelle mine devait-il afficher devant une foule suspendue à ses lèvres ? Devait-il lever un peu plus le menton ? Prendre un air de magnanime autorité ou au contraire de froide résolution ? Et devait-il tressaillir au moment où le premier coup de feu retentirait ? Ou plutôt limiter ses mimiques au strict minimum du stoïcisme et se contenter de lever la main droite pour calmer la panique qui ne manquerait pas de survenir aussitôt ?

L'empereur fit deux pas en arrière, lissa sa veste d'uniforme du plat de la main et en arriva à la conclusion qu'une nouvelle répétition s'imposait. Il fallait à tout prix que le numéro se déroulât sans heurt. Il tourna la tête sur le côté et dit, sans quitter des yeux son reflet dans le miroir :

— Encore une fois, Rottner. À mon signal.

Son valet de chambre, Rudolf Rottner, s'inclina. Il tenait de la main droite une tapette à mouches et de la gauche une clochette. Sur un signe de Son Altesse, il avait déjà agité celle-ci une douzaine de fois, puis compté en silence jusqu'à dix avant de claquer la tapette à mouches contre un carton à chapeau posé sur le lit impérial. À chaque sonnerie, Sa Majesté avait inspiré profondément et fait deux pas en direction du miroir, puis, après le paf de la tapette à mouches, il avait relevé le menton et esquissé une grimace, à vrai dire chaque fois un peu différente. Son Altesse ne lui avait pas expliqué le sens de ses actes. Et bien entendu, il n'avait pas posé la question.

À nouveau, l'empereur leva le bras – le signal convenu. Aussitôt, Rottner agita la clochette, puis compta lentement jusqu'à dix. Dans l'intervalle, François-Joseph s'approcha du miroir, le dos raide, et tendit le menton. Quand la tapette à mouches s'abattit sur le carton à chapeau, paf, il tressaillit une fraction de seconde avant de tourner le regard vers le plafond et de lever la main droite. Il resta un moment dans cette position tandis que ses lèvres bougeaient. Enfin, il fit volte-face et hocha la tête d'un air satisfait.

— Ce sera tout, Rottner.

Tout en regagnant son cabinet de travail pour jeter un coup d'œil par la fenêtre, François-Joseph s'étonna que jusqu'à présent son plan audacieux ait fonctionné à merveille. Il était certes regrettable que le commissaire ait failli périr sur ce maudit bateau, mais, autant qu'il pût savoir, il avait déjà repris ses fonctions. Il aurait donc l'occasion de le voir le lendemain soir et de lui adresser quelques paroles. L'empereur s'étonnait aussi de n'avoir rencontré aucune difficulté lors des nombreuses audiences accordées à des notables locaux au cours de l'après-midi. Les Vénitiens étaient si différents des Tchèques mal dégrossis ou des Hongrois insoumis ! Ils faisaient preuve de politesse, exposaient leurs requêtes avec modestie, et quand on se voyait obligé de leur opposer un refus, ils le prenaient avec flegme. Ou faisaient-ils juste semblant ? Avec les Italiens, on ne savait jamais.

François-Joseph écarta le rideau, ouvrit le battant de la fenêtre qui coinçait et baissa les yeux sur la place Saint-Marc illuminée par les becs de gaz. Parviendrait-il à voir la tribune d'où, quelques heures plus tard, il calmerait la panique naissante d'un geste énergique ? Il se pencha à l'extérieur, tourna la tête vers la droite et constata avec déception que le Campanile lui bouchait la vue.

Lorsqu'il entendit un bruit sourd contre la porte derrière lui, il leva les bras en l'air sans le vouloir. Mais ce n'était qu'un laquais qui avait frappé pour annoncer son officier d'ordonnance.

Dès qu'il fut entré, le comte Crenneville s'inclina et dit d'une voix nerveuse :

— Toggenburg m'a rendu visite en compagnie du commandant de police.

Il tenait à la main une grande enveloppe marron. L'empereur fronça les sourcils.

— Ils sont venus ensemble ? Que voulaient-ils ?

— Le commissaire Tron a découvert que demain après-midi, un membre de l'armée allait tirer sur Sa Majesté depuis le toit du palais royal.

Le souverain écarquilla les yeux.

— Comment a-t-il fait ?

Crenneville glissa une main dans l'enveloppe.

— Son Altesse royale désire-t-elle lire le rapport du commissariat ?

François-Joseph secoua la tête.

— Non, résumez !

Quand le général d'artillerie eut terminé, l'empereur garda le silence un moment.

— Ce Tron est vraiment étonnant, dit-il enfin. Bien entendu, ils s'imaginent être en présence d'un attentat *réel*. Que leur avez-vous raconté ?

— Que nous avons tendu un piège au tireur. Et que cette affaire relevait du secret d'État.

— Vous croyez que Spaur s'y tiendra ?

— Sans aucun doute ! Pour plus de précaution, j'ai fait une allusion à sa requête.

Il sortit cette fois de l'enveloppe une feuille de papier ministre qu'il tendit à l'empereur.

— Elle est arrivée de Vienne ce matin par la valise diplomatique.

— Qu'est-ce que c'est ?

— Une demande du commandant de police relative à une affaire personnelle, répondit l'officier d'ordonnance. Le dossier a été bloqué à la chancellerie de la Hofburg car le formulaire d'accompagnement n'était pas rempli de façon correcte. C'est pourquoi la demande a d'abord été rejetée pour des raisons formelles. En d'autres termes, il s'agit d'une réitération.

Crenneville toussota. François-Joseph esquissa un geste agacé.

— Merci, j'ai compris. Que veut-il ?

Le comte s'autorisa un sourire discret.

— Se marier.

— Comment ? Donnez-moi ça !

L'empereur survola le courrier en secouant la tête.

— C'est ridicule. Quel âge a-t-il maintenant ?

— Soixante-trois ans.

— Et la dame ?

— Vingt-sept.

— Elle pourrait être sa petite-fille !

— C'est exact, renchérit Crenneville. Mais au moins, il a une bonne raison de se taire.

— Faut-il que je décide tout de suite ?

— Non, rien ne presse.

Le comte s'apprêtait à sortir quand un geste de l'empereur l'arrêta.

— Encore une question, Crenneville.

— Majesté ?

— Cet homme qui doit me tirer dessus, il va s'enfuir par le palais royal, n'est-ce pas ?

Le général d'artillerie baissa la tête.

— C'est exact, Majesté.

François-Joseph afficha une mine songeuse.

— Ne serait-il pas dommage qu'il parvienne à s'échapper ? Il a quand même tenté d'éliminer un commissaire de police.

Il se tut un instant avant de reprendre sur un ton presque badin :

— Que diriez-vous d'un petit accident au cours de sa fuite ?

Crenneville ravala sa salive.

— Sa Majesté suggère qu'en traversant le palais royal cet homme… rencontre des difficultés ?

François-Joseph avait soudain une expression qui ne lui disait rien de bon.

— S'il tombait sur une personne persuadée qu'il voulait *vraiment* commettre un attentat, expliqua le souverain d'une voix lente sans quitter son officier d'ordonnance des yeux, cette personne ne s'efforcerait-elle pas de l'arrêter ?

Crenneville acquiesça.

— Si, c'est probable, Majesté.

— Et qui est persuadé qu'on en veut à ma vie ?

— Le commissaire Tron, Majesté.

François-Joseph fixa les becs de gaz sur la place Saint-Marc pendant un bon moment. Enfin, il se détourna de la fenêtre et demanda :

— Croyez-vous que, s'il le fallait, ce commissaire hésiterait à… tuer notre homme ?

Crenneville sentit son pouls s'accélérer.

— Non, Majesté.

L'empereur lissa sa veste d'uniforme.

— Eh bien, trouvez une idée !

Une fois dans le couloir, Crenneville constata que son pouls s'était calmé. *Eh bien, trouvez une idée !* Il n'en trouverait jamais, une idée. Toute cette affaire était déjà bien assez délicate en soi. Y mêler le commissaire ne ferait que compliquer les choses. Et puis, que lui dire ? Nous avons préparé un attentat fictif, commissaire, et après le numéro, nous aimerions réduire le régicide au silence. Peut-être accepteriez-vous de, paf, paf, nous en débarrasser ? Non, impossible. Le commissaire Tron n'accepterait jamais. Ce plan ne tenait pas debout. Crenneville prit une grande aspiration et décida de faire ce qui lui semblait le plus raisonnable dans sa situation, à savoir oublier l'ordre de l'empereur.

50

Sissi ouvrit les yeux et vit dans le miroir ce qu'elle voyait chaque fois qu'on la coiffait : son visage, encadré par des flots de cheveux châtain clair et détaché du reste du monde par un tablier aussi blanc que la nappe de sa table de maquillage ou la blouse de sa coiffeuse. Celle-ci avait peigné les mèches impériales pendant une heure et s'occupait à présent de nouer un chignon provisoire. Fanny Angerer, ancienne coiffeuse du Hoftheater qu'elle avait réussi à débaucher, coûtait à la liste civile deux mille florins par an, soit le salaire d'un professeur d'université, comme François-Joseph se plaisait à le lui rappeler quand il ne lui faisait pas la morale sur le coût de ses chevaux, de ses voyages et de sa garde-robe.

Elle avait eu tort, d'ailleurs, de ne pas lui faire remarquer, la veille au soir, qu'il profitait lui aussi de son éclat. Quand il était entré dans sa loge à La Fenice avec l'impératrice à son bras, un murmure avait parcouru la salle et s'était bientôt transformé en une véritable tempête d'applaudissements. Selon elle, il ne faisait aucun doute que cet enthousiasme lui était destiné, à elle, Sissi, vêtue d'une robe de rêve, un *froufrou** sensationnel en soie jaune, avec une longue traîne, des manches ballon et une abondante dentelle au cou et aux poignets. Au théâtre, François-Joseph s'était montré pendant un petit moment détendu et joyeux, libre du souci qui semblait l'accabler depuis leur arrivée à Venise et qu'il refusait de lui avouer, qu'il ne s'avouait sans doute pas à lui-même.

En y repensant bien, à vrai dire, Sissi devait reconnaître que la nervosité de son époux n'était pas injustifiée. La garde civile avait en effet découvert un nid de conjurés. Le commissaire Tron avait même failli perdre la vie lors d'une explosion. Cet incident flétrissait l'honneur du contre-espionnage de l'armée autrichienne, qui ne soupçonnait manifestement rien, et faisait honneur à la police vénitienne. C'était un beau geste de la part de l'empereur, pensa-t-elle, d'avoir invité le comte Tron au gala du lendemain. Elle se réjouissait de le revoir et, par la même occasion, de faire la connaissance de sa fiancée dont on lui avait vanté la beauté et le sens des affaires.

Il demeurait malgré tout surprenant que François-Joseph se montrât toujours aussi tendu alors que le complot était *déjà* déjoué. Comment se faisait-il qu'il donnât une telle impression de nervosité, comme s'il craignait encore un danger imminent ? De quoi pouvait-il s'agir ? Il avait refusé de répondre à toutes ses questions.

C'est sans doute à cause de ce danger inconnu qu'elle n'avait pas réussi jusqu'alors à sortir du palais royal en catimini. Les Königsegg semblaient avoir reçu des instructions formelles. Quand elle avait exposé à l'intendant en chef son désir de descendre incognito au café *Florian*, le comte s'était montré inflexible. Même son épouse avait cette fois-ci refusé de se laisser entraîner dans des *escapades douteuses*. L'expression semblait assez déplacée à l'égard de l'impératrice, mais dans sa grande bonté, Sissi avait fermé les yeux car la pauvre connaissait à nouveau des difficultés avec son mari et avait les nerfs à fleur de peau. Pour une fois, la cause de leurs disputes n'était pas une liaison extraconjugale, mais un chiot blanc à taches noires avec lequel le comte l'avait accueillie à son arrivée à Venise. Spartacus, comme il s'appelait, laissait derrière lui des crottes et des flaques dans tout le palais royal. La comtesse semblait très remontée contre l'animal.

Quoi qu'il en soit, Sissi devait se contenter de promenades en gondole avec les Königsegg qui n'ouvraient pas la bouche de tout le trajet et, conformément aux instructions, veillaient avec soin à ce que l'embarcation ne s'arrête nulle part. La veille, ils avaient entrepris une excursion au Lido ou, plutôt, ils avaient contemplé le Lido de loin et, seulement parce qu'elle avait insisté, mis le cap sur la punta di Santa Marta avant de rentrer. Le bateau, qui portait le nom étrange de *Patna*, n'avait pas coulé, ce qui tenait sans doute au fait qu'en dehors des passages balisés, la lagune ne dépassait pas deux mètres de profondeur par endroits. Elle ignorait toujours ce qui s'était passé au juste sur ce navire, mais elle espérait en apprendre plus de la bouche du commissaire pendant le gala.

Sissi nota que les doigts de Mlle Angerer quittaient ses cheveux et que ses mains s'écartaient. Comme chaque fois que la coiffeuse retirait le tablier, un léger courant d'air lui caressa le visage. Dans le miroir, elle vit que ses cheveux étaient tressés en un simple chignon. Elle approuva. Ce n'était pas ce qu'elle souhaitait pour le bal du lendemain, mais pour ce soir-là, il suffisait amplement.

Cinq minutes plus tard, sa femme de chambre annonça le comte Königsegg. L'intendant en chef entra dans le salon avec la mine d'un homme accablé – sans doute encore un problème de couple, pensa-t-elle. Elle avait tenté maintes fois d'intervenir dans leur détresse conjugale et de les aider de ses conseils. Mais désormais, elle se demandait lequel des deux elle plaignait le plus : lui d'avoir épousé la comtesse Bellegarde ou elle d'être tombée sur Königsegg. En tout état de cause, la comtesse devenait chaque jour un peu plus irascible, ce qui n'était pas vraiment surprenant vu que son mari, en plus de la tromper, s'adonnait à la boisson et au jeu ou cherchait du réconfort auprès d'un animal.

Le général de division fit une révérence polie que Sissi, en bonne souveraine, accueillit d'un hochement de la tête encourageant.

— Et les dents ? demanda-t-elle.

La mine de Königsegg s'éclaircit dans l'instant.

— Elles poussent ! Nous pourrons bientôt passer à la viande.

L'impératrice sourit.

— Que puis-je pour vous, comte ?

— Je viens d'avoir un entretien avec le commissaire Tron, répondit-il d'une voix hésitante. C'est pourquoi je me permets de vous importuner.

— Il est invité au bal de demain soir. A-t-il confirmé ?

— Oui, il sera là. En compagnie de la princesse de Montalcino. Mais ce ne fut pas notre principal sujet de conversation.

— De quoi avez-vous donc parlé ?

— De l'attentat qui menace l'empereur.

Sissi fronça les sourcils.

— Pas plus tard qu'hier, nous avons vu l'épave devant la punta di Santa Marta de nos propres yeux. Je pensais que l'affaire était réglée.

Königsegg soupira.

— Le commissaire aussi le croyait.

— Que s'est-il passé ?

— Certaines circonstances, dit l'intendant en chef en guise d'introduction, font apparaître les événements sous un jour un peu différent.

Lorsqu'il eut terminé son récit, l'impératrice garda le silence quelques instants. Elle finit par dire en secouant la tête :

— Je n'arrive pas à y croire.

— Pourtant, c'est vrai. Le commissaire m'a convaincu.

— Donc, avec Crenneville, François-Joseph a nourri une vipère en son sein. Voulez-vous que je lui en parle ? demanda-t-elle d'un air soucieux.

Königsegg leva les mains pour l'arrêter.

— Surtout pas ! Sa Majesté convoquerait aussitôt le général d'artillerie, qui serait ainsi prévenu.

— Quelle autre solution voyez-vous ?

— Le commissaire Tron pense pouvoir désarmer l'homme à temps.

— Comment ? Il ne le connaît pas ! Il ne sait même pas s'il s'agit d'un officier.

— C'est ce que je lui ai fait remarquer.

— Et qu'a-t-il répondu ?

— Qu'il croit connaître l'heure et le lieu.

— Cela ne lui sera pas d'un grand secours, objecta la souveraine. La sécurité de François-Joseph est tout entière aux mains de l'armée. Il y a trois barrages, poursuivit-elle après une brève réflexion, et une douzaine de personnes tout au plus peuvent passer le dernier. La garde civile ne peut même pas approcher mon mari. Je ne vois pas ce que le commissaire pourrait faire.

— Il n'est pas obligé de s'approcher de l'empereur.

— Ah non ?

— Il suffit qu'il s'approche du tueur.

— Mais au moment de l'attentat, l'assassin sera sous les combles du palais royal, non ?

Königsegg hocha la tête.

— C'est bien pourquoi le commissaire a besoin d'un laissez-passer et d'un uniforme.

Sissi pâlit.

— Vous voulez dire que…

— Tron veut attendre le tireur et l'arrêter dans le grenier. C'est la seule solution.

La souveraine se retourna, puis se dirigea vers la fenêtre et fixa l'obscurité. Königsegg se demanda ce qu'elle observait, le brouillard d'une nuit d'automne s'étant levé sur le bassin de Saint-Marc. Hormis quelques becs de gaz dans les Giardini, on ne voyait rien.

Au bout d'un moment, la souveraine se retourna et déclara :

— Je veux bien établir un laissez-passer au nom du commissaire, mais à deux conditions.

— Lesquelles ?

— Vous vous chargez de l'uniforme.

— Volontiers. Et la seconde ?

Quand l'impératrice l'eut énoncée, Königsegg blêmit.

— Son Altesse ne peut quand même pas…

Elle lui coupa la parole d'un geste énergique.

— Je peux parfaitement. Où joindre le commissaire ?

— Au palais Balbi-Valier.

— Alors, écrivez ! ordonna-t-elle sur un ton qui n'admettait aucune réplique.

51

Le commissaire descendit de gondole peu avant dix heures. Un léger brouillard recouvrait la Piazzetta. Les becs de gaz devant le palais des Doges et la Marciana dessinaient des ronds de lumière jaune dans l'air humide où flottait également depuis plusieurs jours une nervosité croissante. Tandis que les officiers de passage s'amusaient dans les nombreux cafés de la place Saint-Marc, les soldats stationnés à Venise – des chasseurs croates pour la plupart – étaient chargés de veiller au bon déroulement des festivités pendant le séjour de l'empereur. Ils intervenaient sans ménagement au moindre attroupement et prenaient un malin plaisir à vérifier les papiers des Vénitiens aussi bien que ceux des étrangers. Tron remarqua que deux sous-lieutenants postés devant la colonne au lion l'observaient avec attention depuis qu'il avait posé le pied sur le môle. Allait-il devoir montrer son passeport ? Mon Dieu, l'avait-il sur lui au moins ?

Non, ils le laissèrent passer sans l'interpeller. Peut-être son nouveau haut-de-forme, qu'il avait acheté (pour une belle somme) après avoir perdu l'ancien sur le *Patna*, leur inspirait-il le respect.

Une heure plus tôt, il avait reçu un billet de Königsegg au palais Balbi-Valier. Le message se limitait à trois lignes par lesquelles le général de division lui donnait rendez-vous au *Florian* à dix heures. Il ne contenait pas un mot sur la décision de la souveraine, mais il était rédigé sur un épais papier de luxe aux armes de l'impératrice, ce qui laissait supposer que l'intendant en chef l'avait écrit avec l'aval de Sa Majesté. Tron s'étonnait qu'il voulût le rencontrer non pas au *Quadri*, mais précisément au *Florian*, haut lieu de sédition. Königsegg avait sans doute ses raisons. Cette fois, en tout cas, il était peu probable qu'il portât l'uniforme. Traînerait-il à nouveau avec lui le petit Spartacus ? Le commissaire ne put s'empêcher de sourire. Oui, c'était vraisemblable.

Il continua son chemin sans se presser, dépassa de nombreux emplacements où l'on vendait de la friture de poissons ou des marrons chauds et doubla plusieurs groupes d'officiers en train de bavarder, une cigarette aux lèvres. Il s'arrêta devant le portail de la basilique pour examiner la tribune en bois sur laquelle l'empereur grimperait le lendemain. C'était de là qu'il s'adresserait à ses sujets. L'estrade – on y accédait sans peine par deux marches commodes – était ceinte d'une balustrade qu'on devait encore décorer de guirlandes de fleurs. Deux sergents des chasseurs croates montaient la garde. Vu qu'ils le dévisageaient d'un air méfiant, comme s'il pouvait avoir caché une bombe sous son chapeau, Tron se remit prudemment en marche.

Il ne faisait aucun doute, pensa-t-il, que l'intendant en chef avait tout intérêt à déjouer un attentat contre la personne de l'empereur. Il ne faisait aucun doute non plus qu'il avait conscience de sa dette envers lui et n'avait pas l'intention de se dérober à cette obligation. Mais l'impératrice, elle, s'embarquerait-elle dans une entreprise aussi risquée ? Le croirait-elle capable d'arrêter un homme ou, plutôt, un *tueur professionnel* qui avait déjà montré à quel point il était dangereux ? D'un autre côté, quelle solution restait-il s'il était exclu de s'adresser à l'empereur ? Existait-il même une autre solution ?

Contrairement au *Quadri*, le *Florian* était presque vide ce soir-là, ce qui tenait sans doute au fait qu'un *cordon sanitaire** de chasseurs croates contrôlait les papiers de tout nouveau venu, y compris ceux de Tron. Les officiers, jamais bien nombreux, avaient déserté l'établissement. Même les Vénitiens semblaient en minorité. La plupart des clients étaient des étrangers : des Anglais en tweed à carreaux, des Français raffinés, des Russes barbus.

Königsegg, en civil comme Tron l'avait supposé, avait pris place dans la salle orientale, sous le portrait d'une belle Maure. Face à lui, une dame mince, vêtue de noir, à l'épaisse chevelure cachée par un chapeau gris, tournait le dos au commissaire qui distingua néanmoins qu'elle portait une voilette. Un peu troublé par la présence d'une tierce personne, il s'approcha et fit une courtoise révérence. Alors, la dame tourna la tête d'un geste lent et il reconnut son visage à travers la gaze. Sa surprise fut telle qu'il faillit marcher sur Spartacus, occupé à déguster un gâteau aux cerises sous la table.

Une fois la première surprise passée, Sissi avait très vite recouvré son calme quand Königsegg lui avait exposé son histoire – comme si, dans cette ville, de sombres complots faisaient partie de la vie quotidienne et qu'on n'avait aucune raison de perdre contenance à l'annonce de telles nouvelles. N'avait-on pas toujours l'impression, s'était-elle dit en attendant le commissaire, qu'ici chaque place et chaque café constituaient un décor où se jouait une pièce de théâtre différente ? Où les acteurs allaient saluer, puis retirer leurs masques dès que le rideau serait tombé ?

Elle avait songé un instant à prévenir son mari du complot. Cependant, qu'est-ce que cela aurait changé ? Königsegg avait raison. François-Joseph aurait demandé des explications à Crenneville et le général d'artillerie lui aurait servi un mensonge avant d'annuler l'opération pour la répéter ailleurs et à un autre moment. Il fallait donc à tout prix lui arracher son masque de serviteur zélé ici et maintenant.

Après avoir dicté les quelques lignes destinées au commissaire, Sissi s'était changée sans le secours de sa femme de chambre. Elle avait mis une robe simple, son chapeau à voilette, ses bottines à boutons et une cape discrète, achetée à Munich l'année précédente. Une demi-heure plus tard, l'intendant en chef et elle avaient quitté le palais royal par l'aile Napoléon et traversé la place Saint-Marc en compagnie de Spartacus, un excellent camouflage.

À nouveau, elle avait pu constater l'effet inouï que le monde produisait sur elle quand elle n'était pas entourée de sa suite et que personne ne l'importunait de ses regards curieux. François-Joseph souffrait-il lui aussi de cette indiscrétion permanente qui empêchait de voir ? En tout cas, cet instant s'était gravé dans sa mémoire : la place sertie dans une guirlande de becs de gaz, la foule houleuse, une légère nappe de brouillard que les pigeons traversaient tels des fantômes. Une odeur de sel marin où se mêlait un soupçon fétide, pareil à la note de cœur d'un parfum, perçait derrière la note de tête des marrons chauds qu'on vendait à des stands.

Le *Florian* en revanche, comme tant de choses qu'on s'imagine merveilleuses et qu'on aborde le cœur battant, l'avait déçue. Les salons successifs, presque aménagés comme de confortables salles de séjour, étaient certes jolis, mais nulle part elle n'avait aperçu de Vénitiens plongés dans des discussions enflammées, en train de concevoir des pamphlets séditieux et vociférant des hourras à la gloire de Garibaldi à chaque gorgée de café, comme François-Joseph le dépeignait chaque fois qu'il évoquait ce lieu. Le seul acte de résistance qu'elle ait pu remarquer était commis par un homme d'apparence fragile, qui dégustait un morceau de gâteau au chocolat tout en lisant la *Stampa di Torino*. Toutefois, elle ne pensait pas que la police de Venise intervînt pour si peu. D'ailleurs, le *Florian* était étonnamment vide. Sans doute les habitués avaient-ils préféré ne pas venir à cause du contrôle à l'entrée.

Une fois que Königsegg eut inspecté l'endroit avec nervosité, ils s'étaient installés dans la salle orientale qu'ils partageaient avec un couple (russe ?) assis en silence face à deux petites cafetières (ici, on ne servait que des cafetières) et deux choux à la crème.

Quand le serveur était venu prendre leur commande, elle avait insisté pour obtenir une *coupe de glace italienne*, nom inoffensif donné à une création anti-austro-hongroise qu'on appelait en dialecte vénitien *coppa Garibaldi* et qui se composait de glace à la pistache verte, de sorbet au citron blanc et de glace à la fraise rouge. De cette manière, il ne se douterait jamais qu'il avait affaire à l'impératrice d'Autriche. Königsegg, qui désapprouvait bien entendu son choix et tirait toujours une mine de six pieds de long, avait commandé de manière démonstrative un *Kaiserschmarrn*[1] avec de la compote de pommes (car ils en vendaient aussi).

1. Dessert autrichien à base de grosses crêpes, de raisins et de sucre glace. (*N.d.T.*)

Peu après dix heures, le commissaire s'était approché de leur table. Sissi avait tourné la tête et constaté avec amusement qu'au moment où il la reconnut, sa mâchoire inférieure se décrocha et qu'il resta bouche bée pendant un petit moment.

— La *com-tesse*, dit Königsegg en distinguant bien les deux syllabes et en adressant à Tron un regard de supplique, souhaitait vous remettre le document en main propre.

Il fallut au commissaire trente secondes, voire plus, pour refermer la bouche. Alors, il se pencha sur la main qu'on lui tendait avec un sourire, esquissa un baiser et leva le regard vers la *comtesse* qui, lui sembla-t-il, le lui rendit avec un grand naturel, presque avec une certaine intimité. Il distinguait sa lèvre supérieure, qui recouvrait légèrement l'autre, le tracé moqueur de sa bouche, l'amorce de ses fossettes, ses grands yeux marron foncé et son front haut. Oui, cela ne faisait aucun doute, il s'agissait bien de l'impératrice en chair et en os, assise devant lui et en train de manger une *coppa Garibaldi*. Il s'éclaircit la gorge.

— La comtesse Hohenembs, si j'ai bon souvenir ?

L'impératrice esquissa un sourire un peu sentimental. Puis elle lui dit dans son allemand doux, teinté de bavarois :

— C'est parfaitement exact, comte.

— Je ne m'attendais pas à vous rencontrer ici.

Petit à petit, il avait repris ses esprits.

— Et moi, répliqua-t-elle sans cesser de sourire, je ne m'attendais pas à vous voir au bal demain soir.

Puis elle se pencha au-dessus de la table, la mine soudain sérieuse.

— Comment comptez-vous y prendre, commissaire ?

— Je vais monter au grenier vers trois heures et arrêter cet individu.

Tron s'était assis à côté de l'intendant en chef qui plantait sa fourchette dans son *Kaiserschmarrn*, l'air mal à l'aise. Des bruits de langue provenaient de dessous la table : Spartacus léchait son assiette.

L'impératrice fronça les sourcils.

— Comme ça, tout simplement ?

— Je serai armé, comtesse ! précisa le commissaire. Et si nous en venons au corps à corps, son fusil de précision ne lui sera pas d'un grand secours.

Tron se réjouissait que le terme *corps à corps* lui soit revenu. Il semblait faire son petit effet. Derrière la voilette, Sissi fit une grimace angoissée.

— Vous pensez devoir vous battre ?

Il secoua la tête.

— Non, je pense qu'il se rendra sur-le-champ.

— Qu'est-ce qui vous permet d'en être aussi sûr ?

L'impératrice avala une cuillerée de glace à la fraise et but une gorgée de café. Le commissaire remarqua qu'elle changeait chaque fois de parfum de manière à déguster la *coppa Garibaldi* dans l'ordre subversif.

— Nous avons affaire à un *tueur professionnel*, expliqua-t-il sur un ton d'expert. Ces gens sont *vénaux*. Il suffit de lui proposer une plus grosse somme que la bande de Crenneville.

Sissi comprit aussitôt.

— Vous voulez dire qu'il va nous révéler le nom de ses commanditaires ? Pour de l'argent et en échange de sa liberté ?

Tron acquiesça.

— Il n'y aura pas de combat ou, tout au plus, une joute verbale.

— Quelle garantie pouvez-vous lui offrir ?

— Aucune, répondit le commissaire. Mais nous non plus, nous n'avons aucune garantie qu'il parlera. Nous serons obligés de nous faire une confiance mutuelle.

— Que se passera-t-il une fois que vous l'aurez arrêté ? Avez-vous l'intention de le confier aux gardes du palais royal ?

Sissi hésita un instant avant de poursuivre.

— Peut-être risquent-ils de…

— … le tuer au cours d'une tentative de fuite ? demanda le commissaire.

— Cette hypothèse ne me paraît pas exclue, confirma-t-elle. Les morts ne parlent pas.

— C'est pourquoi, dit Tron, je ne le confierai pas aux gardes du palais royal, mais à la Kommandantur.

La fausse comtesse plissa le front.

— Vous allez bien devoir passer devant les sentinelles pour sortir du palais !

Il secoua la tête.

— Avec mon uniforme d'officier, je n'aurai aucun mal. Une fois dehors, il sera trop tard pour l'abattre.

— Et alors, Crenneville est fichu, lâcha Königsegg non sans une certaine satisfaction.

— De même que tous les gens qui se cachent derrière lui, ajouta la souveraine.

Elle prit à nouveau une cuillère de glace à la fraise, suivie d'une gorgée de café. Puis elle sortit de son sac à main une feuille pliée en quatre qu'elle tendit au-dessus de la table.

— Voici le document que vous avez réclamé. Il ne reste plus qu'à ajouter le nom, le régiment et le grade.

Elle s'adressa alors à son intendant en chef.

— Où en est l'uniforme, comte ?

Königsegg, qui s'était penché sous la table pour parler à Spartacus, se releva. Tron remarqua un peu de gâteau aux cerises collé à ses lèvres.

— Pour l'uniforme, dit le général de division en prenant sa serviette afin de s'essuyer la bouche, adressez-vous à M. Carducci. Il vous attend.

— Le couturier de la calle Gritti ?

— Oui. Bien sûr, il faudra vous contenter de celui qui vous ira. Carducci ne pourra rien retoucher en un laps de temps aussi bref.

Il se baissa à nouveau pour poser par terre le reste de *Kaiserschmarrn*. Spartacus le remercia d'un ouah joyeux.

— Y a-t-il un grand choix ?

Königsegg, qui avait entre-temps refait surface, hocha la tête.

— Vous trouverez un uniforme à votre goût, commissaire.

— Dans ce cas, je prendrai le plus discret possible.

52

Tron fit un pas en arrière et un quart de tour à droite pour se regarder de profil dans le miroir. Le soleil qui entrait dans la chambre de la princesse par la fenêtre grande ouverte mettait en valeur le rouge carmin de l'uniforme et faisait briller les riches passementeries argentées sur sa poitrine et sur ses manches. Pour des raisons qui lui étaient inconnues, le casque était recouvert de fourrure sombre et surmonté d'une mystérieuse boule en métal d'où sortait une grande plume d'autruche oscillant à chaque mouvement de la tête. Selon lui, il fallait être soûl pour concevoir une pareille tenue.

— Nous avons essayé au moins une douzaine d'uniformes, expliqua-t-il en s'efforçant de ne pas bouger. C'est le seul qui m'allait et pour lequel Carducci avait encore une paire de bottes.

Les bottes, elles aussi ornées de riches broderies argentées, étaient taillées dans du cuir teint en jaune et lui arrivaient presque aux genoux. Elles étaient si grandes qu'il avait dû les bourrer de papier journal. Pour marcher, il était obligé de tourner la pointe des pieds vers l'extérieur.

— Et à quel corps d'armée appartiens-tu ? voulut savoir Maria, assise sur le rebord de la fenêtre, les jambes ramenées contre le corps, une cigarette à la main.

Un doux vent d'ouest avait chassé le brouillard. Le ciel derrière elle était d'un bleu sans nuages. Ce temps se maintiendrait à coup sûr jusqu'au soir, pensa Tron.

— Je suis capitaine des hussards hongrois. En fait, je devrais aussi porter une fourrure de tigre sur l'épaule gauche. Mais elle sentait le poisson, nous y avons renoncé. M. Carducci m'a certifié que sur ce point, le règlement manquait de clarté.

— On ne peut pas vraiment parler de tenue discrète, remarqua la princesse.

— Tu crois que quelqu'un qui voudrait passer inaperçu porterait un tel uniforme ?

— J'en doute.

— Donc, il n'existe pas de meilleur camouflage, conclut le commissaire.

— Comment les choses vont-elles se dérouler exactement ?

— De manière on ne peut plus paisible. Après avoir montré mon laissez-passer, je vais prendre l'escalier de service et monter au grenier où notre homme se trouvera sans doute déjà.

— Alors ?

— Alors, je vais me présenter et lui exposer notre offre.

— Comme si vous vous étiez donné tranquillement rendez-vous au café ?

— Parfaitement.

— Tu seras armé ?

— Je vais prendre un revolver et une paire de menottes, dit-il en souriant. Pour le cas où il ne se montrerait pas sensible à mes arguments. Mais il n'y a aucune raison de dramatiser.

La princesse restait sceptique.

— Tu crois sincèrement qu'il va accepter ta proposition ?

— Sa Majesté m'a posé la même question.

— Et que lui as-tu répondu ?

— Que j'avais des arguments probants. Or, jusqu'à maintenant, cet homme a toujours agi de manière rationnelle. Il ne tue que quand il n'a pas le choix. De fait, il avait de bonnes raisons de vouloir se débarrasser de moi.

— Il n'en a plus à présent ?

Tron secoua la tête.

— Ce n'est pas un fanatique !

— Et tes explications ont convaincu Sa Majesté ?

— Je pense que oui.

— Il est malgré tout suprenant qu'elle ait tenu à te rencontrer au *Florian*.

— Pas du tout ! C'est le dernier endroit où l'on s'attendrait à trouver l'impératrice d'Autriche.

— Quelle femme étonnante ! J'ai hâte de faire sa connaissance.

La princesse jeta un coup d'œil sur sa montre, un médaillon pendu à son cou.

— À quelle heure dois-tu y aller ?

— Dans un instant.

— Je déteste quand tu pars à tes rendez-vous.

— *Rendez-vous* est le mot juste, plaisanta Tron. Je vais mener une conversation, arrêter cet individu, et à six heures, je suis de retour. Nous aurons encore bien assez de temps pour nous changer avant le bal.

Vingt minutes plus tard, Tron descendit de gondole dans la calle Vallaresso pour gagner l'aile Napoléon par l'arrière (compte tenu de son uniforme, il préférait ne pas traverser la place Saint-Marc). Venise resplendissait. Un ciel radieux, d'un bleu à la Della Robbia, recouvrait la cité des Doges. Il faisait une chaleur presque estivale. Au bout de quelques pas, il se mit à suer sous son casque recouvert de fourrure. Les bottes d'apparat jaunes, conçues pour monter à cheval, se révélaient elles aussi très inconfortables. Comme le papier journal censé caler ses pieds s'était vite écrasé, il nageait dedans et était obligé de trottiner en se dandinant.

Malgré tout, il passait inaperçu, tant la cohue était grande. L'intérêt que l'apparition publique de l'empereur suscitait chez les Vénitiens ne manqua pas de le surprendre. Une véritable marée humaine s'engouffrait dans les étroites ruelles menant à la place Saint-Marc. Quand la foule fut bloquée, l'uniforme somptueux des hussards hongrois se révéla même d'une grande utilité : les gens s'écartèrent devant lui avec respect, ce dont il les remercia d'un aimable tapotement de l'index sur la tempe droite.

Il franchit le premier barrage, situé devant l'aile Napoléon, sans devoir s'arrêter. Le deuxième contrôle, assuré par des chasseurs croates, eut lieu juste à l'entrée du palais royal. Il se limita à un coup d'œil admiratif sur son uniforme, suivi d'un salut militaire et d'un recul servile. Le troisième, dans le vestibule, était confié à un lieutenant des trabans, vêtu d'une veste vert foncé aux revers écarlates et d'un pantalon en daim blanc. Il examina la plume d'autruche au-dessus du casque avec un air de connaisseur. Dès qu'il aperçut la signature de l'impératrice au bas du laissez-passer, il se mit au garde-à-vous et claqua des talons.

Au pied du grand escalier conduisant à la salle de bal, Tron prit à gauche. Il traversa un deuxième vestibule où plusieurs officiers bavardaient en fumant et arriva dans un long couloir au bout duquel se trouvait l'escalier en colimaçon permettant d'accéder aux combles. Comme le couple impérial était à la basilique avec l'ensemble de sa suite, Tron s'était imaginé que le palais royal serait désert. En réalité, il croisa une foule de laquais, frôla des ordonnances, rencontra un aumônier. Et dans l'escalier, il dut même se pousser à deux reprises pour laisser descendre une domestique portant un panier à linge.

Le commissaire entra dans le grenier du palais royal peu après trois heures de l'après-midi. La porte en haut de l'escalier n'était pas fermée à clé. Néanmoins, il ne se donna pas la peine de l'ouvrir sans bruit. Le tireur pouvait bien l'entendre. Il *devait* même l'entendre. Tron rabattit la porte derrière lui et resta un instant immobile, le temps que ses yeux s'habituent à l'obscurité. Peu à peu, il distingua l'espace divisé en chambres de bonne par des cloisons en bois. Dans l'une d'elles se trouvaient deux chaises ; dans une deuxième, une commode et un mannequin de tailleur. Toutes les autres étaient vides.

Le jour provenait de deux lucarnes inclinées. Comme l'air était rempli de minuscules grains de poussière, une bande de lumière sale tombait sur le plancher grossier. Sans doute y avait-il des chauves-souris. En levant les yeux, Tron en reconnut plusieurs grappes accrochées aux chevrons, leurs petites têtes en bas. Il ne put s'empêcher de penser à Bossi qui ne lui ferait jamais croire que ces bestioles se nourrissaient d'insectes et non de sang humain. Il prit à droite et s'arrêta au bout de l'étroit couloir délimité par les cloisons.

Là, il faisait presque noir. Pourtant, au bout de quelques secondes, il distingua une porte quasi invisible. Alors il ôta son casque, le posa par terre et inspira profondément. Puis il poussa le battant avec précaution. La porte s'ouvrit dans un craquement. Après avoir enjambé le seuil, il se retrouva dans le grenier de la bibliothèque Marciana.

L'atmosphère y était plus fraîche. Un léger courant d'air agitait les toiles d'araignée tendues entre les poutres. Tron comprit aussitôt à quoi tenait cette différence. L'une des trois lucarnes était entrouverte. Un morceau de bois coincé entre le cadre et le montant l'empêchait de se refermer. Sous la lucarne se trouvait une caisse en bois. Deux pas plus loin, il aperçut un anneau métallique vissé dans un imposant madrier. Au moment où il découvrit l'arme posée à terre devant la caisse, une voix retentit derrière lui.

— Levez les mains en l'air sans vous retourner !

L'inconnu n'avait pas haussé la voix, mais parlé sur un ton tranchant et résolu. Surtout, ses paroles avaient été précédées du bruit caractéristique d'un chien de revolver qu'on abaisse. Tron s'exécuta aussitôt. L'inconnu s'approcha de lui, fouilla sa veste et s'empara des menottes ainsi que de son arme.

— Allez jusqu'à la poutre. Là, vous pourrez baisser les bras.

Tron obéit. Il sentit qu'une moitié des menottes se refermait autour de son poignet tandis que l'autre était attachée à l'anneau métallique fixé au madrier. Alors, la voix dit :

— Vous pouvez vous retourner, commissaire.

L'homme debout sous la lucarne portait un uniforme de premier-lieutenant des chasseurs impériaux d'Innsbruck et l'observait, les sourcils légèrement levés. Son visage bien dessiné était rasé de près. Des mèches grises traversaient ses cheveux foncés qui commençaient à se raréfier en haut du front. Le rayon de lumière presque vertical au-dessus de lui accentuait le blanc immaculé de sa veste et soulignait les rides prononcées aux commissures de ses lèvres. Il avait glissé son revolver dans sa ceinture avec décontraction. Un *tueur professionnel*, se dit Tron, ne ressemble pas à cela, il a l'air plus froid, plus impitoyable. Il pensa à la mort de Zorzi afin d'éprouver du dégoût pour cet homme, mais sans succès.

— Le commandant de police avait garanti au général d'artillerie que vous resteriez en dehors de cette histoire, commissaire, dit l'inconnu d'une voix calme après l'avoir dévisagé pendant un petit moment.

Tron fronça les sourcils.

— Vous savez qui je suis ?

— En tout cas, vous n'êtes pas capitaine des hussards hongrois. Que voulez-vous ?

— Vous suggérer de renoncer. L'attentat ne peut plus passer pour le fait de patriotes italiens. Trop de gens sont maintenant au courant de la conjuration au sein de l'armée.

Un rapide sourire traversa le visage de l'inconnu. Puis il prononça des paroles que Tron ne comprit pas :

— Il ne s'agit pas d'une conjuration au sein de l'armée, commissaire. Ma mission consiste à tirer sur l'empereur avec des balles à blanc.

Et il ajouta avec un haussement d'épaules :

— Rien n'accroît autant le prestige d'un souverain qu'un attentat manqué.

L'espace d'un instant, Tron fut persuadé que l'homme venait de dire quelque chose d'absurde. Quelque chose qui n'expliquait ni les événements des jours précédents ni leur présence dans ce grenier. Son entendement finit pourtant par se raccrocher à l'expression de *balles à blanc* qui conféra soudain un sens à la phrase. Il parvint à refouler un éclat de rire hystérique, mais dut ravaler plusieurs fois sa salive avant de pouvoir parler.

— Vous voulez dire que tous ces événements constituent…

Il s'interrompit car il ne trouvait pas le mot juste.

— Une mascarade, confirma l'inconnu d'une voix calme.

D'accord, pensa Tron, il avait bien compris. Sauf que cette *mascarade* avait coûté la vie à deux personnes. Il toussota.

— Voilà pourquoi Crenneville voulait nous tenir à l'écart ?

L'homme hocha la tête. Puis, pour la deuxième fois, il prononça une phrase que Tron ne comprit pas tout de suite, qu'il ne comprit pas du tout. Il précisa sans élever la voix et sur un ton presque badin :

— Cela étant, il ne pouvait pas savoir que vous aviez raison, commissaire.

Que vous aviez raison, commissaire ? Tout à coup, Tron eut le sentiment désagréable que son entendement s'échappait de son crâne, traversait la lucarne et s'envolait avec lenteur dans le ciel bleu. Il inspira à pleins poumons et attendit qu'un sens quelconque résulte de cette phrase. Cependant, elle continuait de n'en avoir aucun.

— Je ne vais pas me servir de balles à blanc, reprit l'individu.

Il ramassa son fusil posé par terre, fit basculer le canon et introduisit une cartouche dans la chambre. Alors il dit :

— Je vais tuer l'empereur.

Je vais tuer l'empereur. Cette phrase-ci, au moins, pensa Tron, était courte et limpide comme un exemple dans une grammaire latine. *Caedam caesarem.* Zorzi lui revint à l'esprit, le séminaire patriarcal et les uniformes noirs qui leur donnaient une allure de petits curés. Il se rappela le froid en hiver et les doigts tout bleus de son ancien camarade de classe. Alors, il fixa le tueur.

— Pour qui travaillez-vous ? Pour Turin ? Pour Garibaldi ?

L'homme reposa son fusil. Soudain, il eut l'air triste et fatigué, comme quelqu'un qui n'a pas dormi depuis des jours.

— Ni pour l'un ni pour l'autre, répondit-il. Je commandais une unité spéciale qui poursuivait une troupe de Chemises rouges. À la tombée de la nuit, les rebelles se sont réfugiés dans une maison à proximité de Torre di Benaco. C'est un village sur la rive orientale du lac de Garde, ma région natale. Nous avons cerné le bâtiment.

Il marqua une courte pause avant de reprendre :

— Dans cette maison, il y avait une femme et une enfant. C'est pourquoi nous ne l'avons pas prise d'assaut.

— À quand cela remonte-t-il ?

— À l'été 59, dit l'homme. Nous avons demandé du renfort à Vérone. Je pensais que face à notre supériorité numérique les Chemises rouges se rendraient. Les renforts arrivèrent à l'aube. Mais le lieutenant a refusé de négocier. La femme et l'enfant ne l'intéressaient pas.

L'homme se tut et fixa le fusil qu'il tenait toujours dans les mains.

— Ils ont incendié la maison, reprit-il enfin. Quand les Chemises rouges en sont sortis, les mains en l'air, ils les ont abattus.

— Et la femme avec son enfant ? demanda le commissaire.

— Ils les ont également abattues, dit l'inconnu d'un ton placide. Suite à cela, le commandant a été décoré par François-Joseph.

Tron toussota. La question lui paraissait superflue car il en savait d'avance la réponse, mais il la posa quand-même.

— Vous connaissiez la femme et l'enfant ?

L'homme acquiesça sans trahir la moindre émotion.

— C'étaient mon épouse et ma fille.

Un silence se fit. Il dura un long moment, jusqu'à ce que, tout à coup, le *malefico* se mît à sonner, à sonner si fort que les poutres du toit en vibraient. L'homme se retourna sans hâte et monta sur la caisse. Puis il ouvrit la lucarne en grand, épaula son fusil et posa le canon sur le cadre de la fenêtre. Quand le *malefico* s'arrêta, ses lèvres commencèrent à bouger comme s'il comptait ou récitait une prière.

53

Au moment où François-Joseph sortit de la pénombre de la basilique, l'impératrice à son bras, des hourras s'élevèrent, d'abord isolés et timides, puis de plus en plus forts. Comme le soleil l'aveuglait, il ne pouvait pas voir la foule, mais il sentait sa présence, percevait ses murmures d'excitation et devinait qu'elle ne lui était pas hostile. En tout cas, il était sûr de faire *bella figura*. Il portait son uniforme de maréchal, à savoir une veste presque tout entière couverte de médailles étincelantes, un pantalon rouge à galons dorés et un sabre qui l'obligeait à de grandes enjambées compassées pour éviter de se cogner la rotule à chaque pas.

Derrière lui s'étirait l'habituelle queue de comète, formée des officiers de haut et de très haut rang. Tous portaient leurs uniformes de parade, le soleil qui brillait au sud-ouest faisait luire leurs médailles et resplendir les plumes de leurs casques.

Pendant qu'il s'approchait de l'estrade, François-Joseph leva le bras à plusieurs reprises pour saluer. Chaque fois, une salve de hourras retentissait, mais à présent, elle sortait de la gorge des soldats de la garde impériale qui s'étaient glissés entre l'entourage du souverain et la foule et formaient un demi-cercle interdit aux spectateurs à l'entrée de la basilique. Eux aussi avaient revêtu leurs uniformes de parade. Ils portaient des tuniques vert foncé aux revers écarlates, des épaulettes en écaille munies de cordons et des casques à pointe ornés de panaches en crin de cheval noir. Devant un tableau aussi grandiose, François-Joseph sentit son cœur battre de joie.

Quand le *malefico* se mit à sonner, il lâcha le bras de son épouse, s'inclina légèrement vers elle et gravit les deux marches à l'arrière de l'estrade. Un tapis rouge recouvrait les planches tandis qu'on avait posé de part et d'autre un grand pot de fleurs en terre cuite. Il franchit la tribune et s'arrêta devant la balustrade garnie de couronnes de laurier, qui lui arrivait à mi-corps.

Là, depuis cette position légèrement surélevée, il put voir que la place Saint-Marc était bel et bien couverte de monde jusqu'à l'aile Napoléon. Les gens se serraient les uns contre les autres. Quelques hourras isolés fusaient encore de cette mer bariolée d'uniformes, de redingotes, de robes et d'ombrelles. Plusieurs dames, rassemblées au pied du Campanile, agitaient leurs mouchoirs avec enthousiasme, ce qui l'incita à lever le bras en souriant et à esquisser une galante révérence. Ce petit geste familier provoqua aussitôt des cris de ravissement et une accélération du mouvement des mouchoirs. Pendant un instant merveilleux, François-Joseph se fit l'effet de Franz Liszt car, à ce qu'on lui avait dit, des femmes tombaient en syncope à chacun de ses concerts. Qui sait ? Peut-être une des dames au bas du Campanile s'était-elle évanouie. Il ne pouvait pas le vérifier, hélas, mais il ne pouvait pas non plus l'exclure.

François-Joseph laissa son regard errer sur la foule et constata avec satisfaction que la nervosité qui s'emparait de lui chaque fois qu'il pensait à ce discours s'était évanouie. Pendant le sermon ennuyeux que le patriarche de Venise avait lu dans un allemand approximatif, il avait soudain trouvé comment garder le contrôle de soi : il suffisait qu'il s'imagine dans sa chambre à coucher, qu'il prenne le *malefico* pour une sonnette et les coups de feu pour le bruit d'une tapette à mouches contre un carton à chapeau.

L'empereur inspira profondément et adopta une position à la fois détendue et majestueuse. Par précaution, il plia le bras qui s'élèverait dès que la tapette à mouches aurait frappé le carton à chapeau. Il eût été fâcheux qu'il se prît dans le sabre. Quand le *malefico* cessa de tinter, il se concentra. Il voyait devant lui Rottner, son valet de chambre, la clochette dans une main et la tapette à mouches dans l'autre. Alors, il leva le menton et se mit à compter avec lenteur. *Un, deux, trois, quatre, cinq, six...*

La détonation fut si forte qu'elle assourdit Tron pendant un moment. Les chauves-souris, arrachées à leur sommeil, parcoururent le grenier en tous sens. S'il en avait été capable, le tirailleur se serait lui aussi sans doute retourné. Au lieu de cela, sa tête fut projetée en avant, son front alla se cogner avec violence contre le cadre de la lucarne. Puis ses jambes fléchirent et il tomba par terre dans la même position que Ziani devant son armoire, sauf que du sang et de la cervelle sortaient par un trou de sa tempe gauche.

Le commissaire tourna la tête d'un geste brusque. Son cœur battait si fort qu'il crut voir une lumière vive danser devant ses yeux, telles les dernières lueurs d'un éclair. Il lui fallut plusieurs secondes pour reconnaître le militaire debout dans l'embrasure entre le palais royal et la bibliothèque. Il s'agissait de Königsegg. Le général de division, vêtu comme il se devait de son uniforme de parade, avait gardé sa position de tir : l'œil gauche fermé, la main gauche serrant le poignet droit. Son allure professionnelle avait quelque chose de troublant. Tron se demanda s'il ne l'avait pas sous-estimé.

Après avoir baissé son revolver fumant, l'intendant en chef s'approcha de lui à pas rapides et le dévisagea d'un air soucieux en chassant comme des mouches importunes les chauves-souris qui fendaient l'air. À présent, des cris montaient de la place Saint-Marc. Puis une voix d'homme sembla hurler un ordre.

— Êtes-vous blessé, commissaire ?

Tron secoua la tête. Ses oreilles bourdonnaient toujours à cause du coup de feu, il se sentait étourdi, mais rien de plus.

— Cet homme, bredouilla-t-il, ne me voulait aucun mal.

Le détail ne changeait rien à l'affaire, mais il éprouvait le besoin impérieux de le rappeler.

— A-t-il eu le temps de tirer ? demanda Königsegg.

De sa main libre, Tron désigna le fusil près du cadavre.

— Si le coup est parti, dit-il, la chambre devrait être vide.

Le colonel de division l'approuva, se baissa aussitôt, ramassa le fusil, fit basculer le canon et le referma. Quand il se redressa, il était pâle comme un linge.

— La culasse est vide.

François-Joseph s'était attendu à une détonation violente une fois qu'il serait arrivé à dix, un coup de feu bruyant, suivi d'un nuage de fumée au-dessus d'une des lucarnes de la Marciana. Or au lieu de cela, il entendit un paf coutumier et vit un des pots de fleurs à côté de lui exploser. De petits jets de terre cuite et de terreau, de feuilles et de pétales jaillirent sur ses bottes et sur les aigrettes des soldats alignés devant l'estrade, qui se retournèrent tout à coup d'un air effrayé. Une femme poussa un cri hystérique, une autre s'évanouit. Comme prévu, la panique se répandit dans les premiers rangs.

Pendant un court instant, l'empereur fut troublé. Mais le réflexe qu'il avait développé grâce à la tapette à mouches le sauva. Il leva le bras droit, se remplit les poumons et sentit sa poitrine se gonfler sous sa veste d'uniforme. Alors, les paroles jaillirent d'elles-mêmes avec force :

— Sur le toit de la bibliothèque !

François-Joseph savait que le colonel Hölzl et ses hommes allaient aussitôt se mettre en branle. Il sentit que la foule, rassurée par sa présence d'esprit, se calmait déjà. Il jeta un coup d'œil sur les restes du pot de fleurs et eut du mal à contenir un sourire devant tant de réalisme. Cet effet avait dû traverser l'esprit de Crenneville et du colonel Hölzl à la toute dernière minute. Il n'était pas normal qu'on ait omis de le prévenir, mais il devait reconnaître que la mise en scène était réussie. La balle du tireur l'avait frôlée pour atterrir en fin de compte dans un pot de fleurs. Tout le monde l'avait vu. On ne pouvait pas espérer mieux.

54

— Ce collier est parfait ! déclara Tron.

Il fit jouer le fermoir, rabattit le minuscule méplat et retint avec vaillance l'envie d'embrasser la nuque de sa fiancée dont le visage se reflétait, telle une vision, dans le miroir de sa coiffeuse, entre deux candélabres à quatre branches, au-dessus d'un océan de flacons, de poudriers, de miroirs à main, de peignes et de brosses. Il n'aurait pas été surpris si dans l'instant suivant, Maria s'était envolée vers le ciel comme la Vierge du Titien dans l'église des Frari.

— Il n'est *nullement* parfait, répliqua la princesse d'un ton bougon. Il me vieillit.

Quoi, comment ? Tron roula des yeux. Il était rentré au palais Balbi-Valier une demi-heure plus tôt et, comme le temps pressait, il avait enfilé son habit sans tarder. Dans l'intervalle, la princesse n'avait toujours pas fini de mettre la dernière touche à sa toilette, une opération qui s'éternisait chaque fois qu'ils sortaient.

— Continue, lui dit-elle.

Sa main indécise oscillait entre deux poudriers.

— Königsegg t'a-t-il expliqué pourquoi il était monté au grenier ?

L'une des poudres était marron clair, l'autre aussi. Tron se demanda s'il devait le lui faire remarquer.

— C'est l'impératrice qui l'a envoyé, dit-il. Hier, au *Florian*, j'ai employé le terme de *corps à corps*. Ce mot, paraît-il, ne lui est plus sorti de l'esprit. Du reste, ajouta-t-il, le comte insiste pour que ce soit moi qui aie tué le régicide avant son arrivée.

La main de Maria balançait toujours entre les deux poudriers.

— Il veut te laisser le rôle du héros ?

— Comme il me doit beaucoup, je suppose qu'il entend ainsi rembourser une partie de sa dette.

Tron ferma les yeux pour échapper à la vue de la main indécise.

— Je n'ai pas réussi à l'en dissuader. Il est reparti sur-le-champ.

— Sait-il qu'il s'agit d'une farce qui a mal tourné parce qu'ils ont choisi le mauvais homme ?

Le commissaire hocha la tête.

— Oui, bien entendu. Il va d'ailleurs mettre l'impératrice au courant.

— Que s'est-il passé ensuite ?

La princesse prit – enfin ! – une des houppettes et s'en tapota le front pour y mettre la dernière touche. Une expression de satisfaction apparut sur son visage. Tron ne constatait aucune différence. Il esquissa un mince sourire.

— Puis-je te le raconter en chemin, Maria ? Il est déjà sept heures et demie.

La princesse l'observa comme à travers une couche de glace.

— Tu vois bien que je n'ai pas terminé ! Raconte-moi *maintenant*.

Elle s'empara d'un petit pinceau et en effleura son sourcil gauche.

— À ce moment-là, un colonel a surgi de la bibliothèque avec une troupe de soldats.

Tout à coup, le commissaire éprouva le désir irrationnel de se retrouver sur le pont d'un bateau en flammes ou de violer une tombe en compagnie de Bossi.

— Je lui ai expliqué, poursuivit-il malgré tout, que j'avais tué un homme qui s'apprêtait à abattre l'empereur et que je souhaitais parler à son supérieur. Une demi-heure plus tard, Crenneville est apparu et nous sommes descendus dans son bureau.

La princesse baissa le pinceau et plaqua le poing gauche contre sa bouche. On aurait dit une héroïne romantique en proie à d'abominables tourments.

— Je suis affreuse ! murmura-t-elle avant d'ajouter dans un même souffle : Et qu'as-tu raconté à Crenneville ?

— Que j'étais à présent au courant de la mascarade et qu'ils s'étaient trompés de personne, que l'homme qu'ils avaient choisi n'avait pas du tout l'intention de se servir de balles à blanc. Le général d'artillerie a eu l'air passablement ébranlé et m'a supplié d'user de discrétion. Sa Majesté s'imagine toujours que l'opération s'est déroulée comme prévu.

— Quel est ton rôle officiel dans cette comédie ?

— Je suis censé avoir cru qu'il s'agissait d'un attentat réel et avoir tué l'agent par erreur. Voilà mon rôle.

— Donc, tu acceptes de jouer le jeu, constata-t-elle d'un ton neutre.

— Je joue leur jeu depuis le début, sauf que je ne le savais pas.

Il jeta un coup d'œil discret sur la pendule posée au-dessus de la cheminée.

— Tu es prête ?

La princesse se regarda une dernière fois dans le miroir, puis se leva avec un air de martyr.

— Que se passera-t-il si l'impératrice a déjà raconté à son mari que leur homme voulait le tuer pour de bon ?

Tron haussa les épaules.

— Je l'ignore. En tout état de cause, ce soir, François-Joseph va connaître son heure de gloire.

Comme ils remontaient à pas très lents la large allée qui menait au centre de la salle, François-Joseph eut tout loisir d'admirer l'étonnante métamorphose du lieu en l'espace de vingt-quatre heures. Il n'avait jamais aimé ce pompeux héritage napoléonien, cette galerie froide aux colonnes massives, qu'on aurait pu croire en plomb. À présent, il découvrait avec ravissement que des mains zélées l'avaient transformée en une gigantesque serre. Des douzaines de paniers accrochés au plafond par de fines chaînes métalliques regorgeaient d'orchidées dont les épaisses tiges pointaient dans toutes les directions. Au fond de la salle, l'orchestre était flanqué de deux énormes buissons de roses trémières dont le somptueux manteau de feuilles et de pétales balayait le sol en marbre. Entre les colonnes, des palmiers plantés dans des bacs en bois érigeaient leurs troncs à la courbure légère et gracieuse. Ils déployaient leurs éventails, dressaient leurs couronnes rondes et laissaient pendre leurs feuilles semblables à des rames.

François-Joseph et Sissi atteignirent le centre de la pièce au moment où l'hymne s'achevait. À cet endroit, le protocole prévoyait qu'il lâche le bras de son épouse après une courtoise révérence et s'écarte d'un pas pour remercier l'assemblée de ses applaudissements en souriant, tandis que les femmes plieraient le genou et que les hommes s'inclineraient. Mais à sa plus grande joie, les choses ne se déroulèrent pas de cette façon. Était-ce Crenneville qui avait poussé le premier vivat ? Ou le colonel Hölzl, debout à ses côtés ? Ou bien, pensa François-Joseph, l'excitation contenue qu'il avait ressentie dès son apparition dans la salle avait-elle provoqué d'elle-même un déchaînement spontané d'enthousiasme monarchique ? Tout à coup, en effet, l'ensemble des invités s'était mis à l'acclamer comme la foule sur la place Saint-Marc un peu plus tôt dans l'après-midi.

Un cortège triomphal. Toute une ville debout pour acclamer les miraculés.

François-Joseph ferma un instant les yeux avec délices et se rappela le jour pas si lointain où, soucieux, il guettait l'arrivée de la calèche de Crenneville à la fenêtre de son cabinet de travail à la Hofburg. Leur plan avait marché. Et il fallait voir comment ! L'opération, *son* opération, avait fonctionné avec la précision d'une horloge suisse, et la cerise sur le gâteau était que le général d'artillerie était parvenu à liquider le tirailleur. L'empereur ignorait comment il s'y était pris, mais de toute évidence, son officier d'ordonnance avait réussi à manipuler le commissaire tant et si bien que celui-ci n'avait plus eu qu'à tuer cet individu. L'aura de sauveur qui entourait maintenant le policier était bien entendu à mourir de rire, mais cela ne l'empêcherait pas de lui adresser quelques mots de reconnaissance dans le courant de la soirée et de lui laisser entrevoir une distinction à la hauteur de son geste. Ce Tron était, paraît-il, dévoré par l'ambition. Une médaille quelconque était exactement ce qu'il lui fallait.

Et Sissi, rayonnante à ses côtés, que ressentait-elle à présent ? Quand il était entré dans sa suite pour lui remettre le collier, peu avant le début du bal, elle lui avait sauté au cou d'un geste spontané et l'avait appelé *chéri*. Puis elle l'avait fixé pendant un long moment, d'un air indécis, comme si elle se demandait qui au juste se tenait devant elle. Un homme avec moins d'expérience aurait été troublé. Par chance, il connaissait assez les femmes pour reconnaître, derrière l'apparente indécision de son regard, une expression de profonde admiration pour celui qui avait failli mourir sous ses yeux et n'avait pas perdu son calme un seul instant.

Comme les gondoles obstruaient le rio dei Giardinetti jusqu'au bassin de Saint-Marc, Tron et la princesse mirent un bon moment à retrouver la leur afin de rentrer au palais Balbi-Valier. Le fond de l'air était frais, mais le ciel dégagé. La lune ronde brillait au-dessus de la lagune, et pourtant, le ciel d'un noir profond était parsemé d'étoiles plus nombreuses que d'habitude. C'est seulement lorsqu'ils eurent dépassé la Douane de mer et que la silhouette de la Salute se dessina à l'horizon, telle une gigantesque coupe à fruits, que le commissaire rompit le silence dans lequel ils étaient plongés.

— Tu as parlé un long moment avec l'impératrice, dit-il. Königsegg estime que vous avez passé au moins une heure à *papoter* sur la causeuse, pour reprendre ses termes. Si personne ne l'a remarqué, c'est juste parce que, ce soir, François-Joseph retenait toute l'attention.

Il ôta son haut-de-forme et tendit les jambes.

— L'impératrice en était ravie, dit Maria. Quelle femme sympathique !

— De quoi avez-vous discuté ?

— Pour commencer, nous avons admiré réciproquement nos colliers. Puis nous avons convenu qu'il y avait des choses plus importantes dans l'existence.

— Par exemple ?

— Tomber sur le bon époux. Ou rester célibataire. Quoi qu'il en soit, elle nous admire de vivre ensemble sans être mariés. Elle nous a comparés à Chopin et George Sand.

— C'est très flatteur.

Tron tourna la tête pour suivre du regard une gondole illuminée. Les petites vagues d'étrave empêchaient les rayons de la lune de se refléter sur la surface noire du Grand Canal. Alors, il demanda :

— A-t-elle informé son mari que le pot de fleurs à côté de lui n'a pas explosé par un effet pyrotechnique raffiné ? Je n'ai pas l'impression.

— Non, elle n'a pas osé, confirma la princesse. François-Joseph était si heureux que son plan ait marché ! Elle ne voulait pas lui gâter son plaisir.

Maria se tut quelques secondes avant d'ajouter :

— En dehors de cela, elle adore le petit chien de Königsegg. Elle le gave de gâteau aux cerises.

Puis elle éclata de rire.

— Elle le soupçonne d'appartenir à une race de chiens de combat, mais ne l'a pas encore dit à son maître. Elle craint que cette nouvelle ne l'ébranle.

— Donc, tout n'est à nouveau que malentendus, soupira Tron.

Elle hocha la tête.

— Sans malentendus, le chaos serait encore pire.

Le commissaire se cala dans les coussins, appuya sa tête en arrière et aperçut un point lumineux qui traversait le ciel. L'espace d'un instant, il crut que c'était une étoile filante. En fait, il s'agissait juste d'un mégot que quelqu'un avait jeté par une fenêtre du palais Da Mula devant lequel ils passaient.

— Je me demande, dit-il d'une voix lente, sur quel malentendu repose *notre* relation.

Sa fiancée haussa les épaules.

— Mon rapport à toi est de toute façon complètement irrationnel.

Comme pour confirmer ses dires, elle se blottit contre lui et posa la tête sur son épaule.

— Moi, c'est tout l'inverse, affirma-t-il. Je sais exactement ce que j'aime en toi.

— Ah oui ? Quoi donc ?

La princesse se rapprocha encore. Il sentait son haleine de frangipane qui se mêlait à l'odeur putride du sel marin.

— Ton argent et tes desserts, répondit-il.

Composé par Nord Compo Multimédia
7, rue de Fives, 59650 Villeneuve-d'Ascq

Impression réalisée par

CPI
BRODARD & TAUPIN

La Flèche (Sarthe), 59438
N° d'édition : 4295
Dépôt légal : septembre 2010

X05157/01

Imprimé en France